무직전생

이세계에 갔으면
최선을 다한다

KB104592

글 리후진 나 마고노테   일러스트 시로타카

MUSHOKU TENSEI ~ISEKAI ITTARA HONKIDASU~ Vol.23

ⓒRifujin na Magonote 2020
First published in Japan in 2020 by KADOKAWA CORPORATION, Tokyo.
Korean translation rights arranged with KADOKAWA CORPORATION, Tokyo.

CONTENTS

"불행은 사소한 일부터 시작된다."

I don't need anything special happily.

글 : 루데우스 그레이랫

옮김 : 진 RF 매곳

제23장

청년기

제1화　녹색 아기

★ 실피에트 시점 ★

꿈을 꾼 적이 있었다.

그건 루디가 왕룡 왕국에 갔을 무렵이었다.

꿈속에서 한 아이가 울고 있었다.

녹색 머리의 아이가 울고 있었다.

주위에는 검은 그림자가 있었다. 검은 그림자는 아이를 둘러싸고, 검은 덩어리 같은 것을 던져댔다. 아이는 필사적으로 피하려고 했지만 검은 그림자는 끝까지 따라왔다.

하지만 아이가 향하는 곳에는 빛이 있었다.

아이가 빛에 다가가자, 빛은 아이를 둘러싼 검은 그림자를 향해 빛의 구슬을 던져서 그것을 쫓아냈다.

빛은 아이를 부드럽게 감쌌고, 아이는 평온하게 잠들었다.

이 꿈을 꾸었을 때, 나는 옛날 꿈이라고만 생각했다.

내가 옛날에 마을 아이들에게 괴롭힘당하던 시절의 꿈이라고.

이제 와서 이런 꿈을 꾸다니, 나는 정말로 루디를 좋아하는구나, 라고.

그때는 그렇게 생각하며 침대 안에서 소녀처럼 발을 굴렀다.

그로부터 몇 달 후.
루디가 마대륙에 갔을 무렵에 또 비슷한 꿈을 꾸었다.
하지만 그때는 조금 달랐다.
녹색 머리의 아이가 나왔다.
하지만 그 얼굴은 내가 아니었다. 루디의 얼굴을 하고 있었다.
루디의 얼굴을 한 녹색 머리의 아이가 검은 그림자에게 쫓기고 있었다.
그리고 어째서인지 아이가 도망친 곳에 빛이 없었다. 나는 다급히 아이에게 달려가, 검은 그림자에게서 지키려고 했다. 꿈속의 나는 마술을 쓸 수 없어서 검은 그림자를 맨손으로 쫓아내려고 했다.
검은 그림자는 끈질겨서 좀처럼 사라지지 않았다. 아이는 내 품 안에서 떨고 있었다.
이 꿈을 꾸었을 때, 루디의 몸에 무슨 일이 일어난 게 아닌가 싶어서 불안해졌다.
다치지나 않았을까, 누군가에게 붙잡힌 게 아닐까.
에리스와 록시가 있는데….
혹시 그렇다면 나는 어떻게 움직여야 할지 진지하게 생각했다.
결국 그날 루디가 돌아왔기에 불안은 해소되었지만….

대신 다른 불안이 떠올랐다.

불러온 배. 배 속에 있는 아이의 꿈이 아닐까 하는 불안이.

하지만 곧 그것은 기우라고 생각했다.

루디가 아이를 지키지 않을 리가 없다. 이 아이에게 빛이 없을 리가 없다. 임신 중이라서 조금 우울해진 것뿐이라고 생각했다.

꿈은 곧 잊어버렸다.

그리고 루디가 마대륙에서 돌아왔다.

나는 그에게 아이의 이름을 물어보았다.

생각해둔다고 말한 지 6개월.

태어난 뒤에 물어봐도 좋겠지만, 또 여행을 갈 거라면 미리 들어두고 싶다고.

"…미안해. 이름 말인데, 아직 생각하지 않았습니다."

그때 내 머릿속에 그 꿈이 스쳤다.

어두운 그림자에 사로잡힌 채 누구도 구해주지 않는 아이의 모습.

동시에 생각했다. 어쩌면 이 아이는 루디에게 사랑받지 못하는 게 아닐까 하고.

아니, 그럴 리는 없다고 바로 그 생각을 지웠지만….

그날 밤, 역시 꿈을 꾸었다. 아이는 내 손이 닿지 않을 정도로 먼 곳에서 검은 그림자에 둘러싸여 있었다. 나는 필사적으로 달려가서 도우려고 했다.

하지만 늦어버렸다.

내가 도착했을 때에는 검은 그림자가 사라지고, 아이는 죽었다.

깨어났을 때에는 땀에 흠뻑 젖어 있었다.

단순한 꿈. 그냥 우울해졌을 뿐이다.

그렇게 믿고 싶었다. 하지만 아무래도 자꾸만 다른 생각이 들었다.

혹시 진짜로 녹색 머리 아이가 태어나면… 그 아이는 분명 박해받겠지. 내가 그랬던 것처럼. 내 경우는 기껏해야 동네 아이들에게 괴롭힘당하는 정도였지만, 내 아이도 그렇다고만 할 수는 없다. 더 심한 일을 당할지도 모른다.

물론 루디는 녹색 머리라도 분명 지켜줄 것이다. 에리스도, 록시도 그렇다. 그렇게 알고 있지만 왜 불안이 사라지지 않는 걸까.

그 대답에는 의외로 일찍 도달했다.

나는 알고 있다. 라플라스의 인자를. 내 머리가 녹색이었던 이유를.

루디가 한때 그 점을 조금 불안하게 여겼던 것도.

혹시 태어나는 아이가 라플라스라면… 이라고.

루디는 어떻게 할까. 지금은 조금 다르지만, 루디는 80년 뒤에 라플라스와 싸우기 위한 전력을 모으고 있다.

혹시 내 아이가 라플라스라면 루디가 해온 일은….

…어떻게 되는 걸까.

결코 루디를 신용하지 않는 건 아니다. 신용하지 않는 것은 아니다.

하지만 어떻게 되는 걸까.

나는 어떻게 되기를 바라는 걸까.

그 점을 계속 생각했더니 밤에도 잠을 이루지 못했다.

결국 '녹색 머리 아이가 태어난다고만 할 순 없다'는 결론을 내렸다.

그냥 녹색 머리가 아니면 되는 거다.

하지만 녹색이었다.

★ 루데우스 시점 ★

아기에게는 지크하르트라는 이름을 지어주었다.

딸인 루시와 라라는 부모의 이름에서, 아들인 아르스는 과거의 용사의 이름에서 따왔으니까, 이번 아기에게는 전생에서 불사신 영웅이었던 지크프리트의 이름을 따왔다.

처음에는 지크프리트 그대로 붙일까 했지만, 라노아에는 '~하르트'라는 이름이 많으니까 급하게 변경했다.

애칭은 지크다.

지크는 평범한 아이로 보였다.

잘 울고 잘 잔다. 오줌도 지리고 똥도 싼다.

적어도 잘 안 울었던 라라나, 내가 안으면 울며 발버둥치는 아르스보다는 평범했다.

전생자는… 아니, 너무 급하게 생각하지 말자.

라플라스로는 보이지 않았다.

"내게는 그렇게 보이는데…. 어떻습니까, 내 아이는…."

아르만피가 나타나서 페르기우스가 부른다고 전한 지 벌써 사흘.

현재는 심야. 내 앞에 앉아 있는 것은 올스테드.

그와 나 사이에는 요람 안에서 새근새근 잠든 지크가 있었다.

방금 전까지는 울고 있었는데, 지금은 잠들었다.

올스테드도 기분 탓인지 졸린 것처럼 보였다.

참고로 올스테드의 뒤에는 에리스가 서 있다. 그렇게 경계하지 않아도 될 텐데, 칼자루에 손을 대고 있었다.

"…너는 내 이야기를 이해하지 못했나?"

"아뇨! 물론, 물론 이해합니다! 믿고 있습니다! 라플라스는 아직 태어나지 않았다! 그럼 내 아들도 라플라스가 아니다! 예, 물론! 알고 있고말고요!"

"……."

"하지만, 전에 말씀하시지 않았습니까. 팩스가 죽어서 라플라스가 어디에서 태어날지 알 수 없어졌다고. 그렇다면! 내 존재가 이리저리 여차저차해서, 이 시대에 라플라스가, 인신 때문에, 라는 일도… 있지 않을까~ 싶어서."

점점 기어들어가는 목소리로 그렇게 말하자, 올스테드는 한숨을 내쉬었다.

또 설명을 해야 하나?라는 얼굴이다.

"팩스가 죽어서 라플라스가 어디에서 태어날지 알 수 없어졌다…. 하지만 라플라스의 인자는 아직 수렴되지 않았다. 50년 뒤라면 가능성도 있지만, 지금 당장 라플라스가 부활하는 일은 없다. 어떻게 굴러가겠지."

수렴이네 하는 이야기는 들은 기억이 없는데….

하지만 그 말을 믿자면.

"즉, 이 아이는?"

"그냥 귀여운 갓난아기다."

올스테드는 그렇게 말하면서 지크를 향해 손을 뻗으려고 했지만, 에리스가 칼을 뽑는 소리를 듣고 멈추었다.

머리를 쓰다듬는 정도는 괜찮을 텐데, 에리스 씨도 참 과보호네요….

"그럼 이 녹색 머리는?"

지크의 머리는 녹색. 과거의 실피와 비슷한 색깔이다.

아기라서 아직 색소가 연하고 숱이 적지만, 분명히 녹색이다.

"그냥 녹색일 뿐이다. 라플라스의 인자인지, 그냥 유전인지…. 그것뿐이겠지."

그냥 녹색인 아기…인가.

"이 아기는 라플라스가 아니다. 그건 내가 보증하지."

"…감사합니다."

그렇게 감사의 말을 하면서도 아직 조금 의심하고 싶다.

올스테드는 완벽하지 않다. 지난번 루프에서 그랬다고 해도 이번 루프는 이레귤러도 많다.

실제로 올스테드도 여러 계산 착오를 일으켰다.

그러니까 페르기우스가 잘 조사해보면, 사실 라플라스였다, 좋아, 죽이자, 같은 일이 일어날 가능성이 있을지도 모른다.

사람이 하는 일에 절대란 없다.

설령 아무리 영웅이라고 불리는 사람이더라도.

"혹시 괜찮다면 페르기우스 님에게 갈 때 함께 가주실 수 있겠습니까? 그리고 혹시 그가 라플라스일지 모른다고 하면 지켜주시겠습니까?"

"……좋아."

올스테드는 또 한숨을 내쉬었다.

괜찮다고 말했는데도 이 남자는 왜 이런 제안을 하는 거지? 라고 말하는 듯하다.

나도 괜히 불안해서 올스테드를 대동시키는 건 미안하다고 생각하거든?

하지만 말이지, 응, 역시 사람은 잘못을 저지르는 생물이니까.

아무튼 올스테드가 내 뒤에 서 있으면 페르기우스도 섣부른 짓까진 못 한다. 내 뒤에는 올스테드 씨가 있으니까!

좋아, 해결이다.

일단 이 점은 말이지.

"……."

"석연찮은 얼굴이군. 또 뭔가 있나?"

"예…."

그 뒤로 실피는 눈에 띄게 초췌해진 기색이다.

표면상으로는 평소처럼 행동하는 것으로 보이지만, 고개를 숙일 때가 많아 보였다.

녹색 머리의 아이를 낳은 것에 책임을 느끼는 걸지도 모른다.

물론 가족들 중 누구도 신경 쓰지 않는다. 록시만큼은 그 마음을 이해하듯이 카운슬링 같은 것을 하는 모습을 슬쩍 본 적이 있다.

하지만 실피는 여전히 힘없는 모습이었다.

나도 이런저런 말을 붙여보았지만, 어떻게 해야 실피의 미소가 돌아올지 모르겠다.

"하지만 그건 우리 가족의 가정사라서."

"그런가. 그럼 페르기우스에게는 언제 가지?"

"실피가 조금 더 안정되면 가겠습니다."

아르만피에게는 기다려달라고 했다.

막 아이가 태어났으니 바로 갈 수는 없다고.

아르만피는 '알겠다'라고 짧게 말하고 돌아갔지만, 페르기우스는 그대로 계속 기다리고 있겠지.

그렇게 딱 타이밍을 맞춰서 올 정도였고….

올스테드는 라플라스가 아니라고 말했다.

그렇긴 해도 일방적으로 말한다고 페르기우스도 납득하진 않겠지. 실제로 자기 눈으로 보지 않으면….

여러모로 힘들겠지만 실피도 같이 데려가자. 아마 그 편이 좋겠지.

20일이 경과했다.

아기는 현재로서는 문제없다. 오히려 아주 건강했다.

실피의 몸 상태는 안정되었지만, 여전히 기운이 없는 모습에 계속 얼굴이 어두웠다.

하지만 낮에는 아기를 잘 안고 있다. 이 아이는 누구에게도 넘기지 않겠다는 듯이, 굳게 결심한 표정을 할 때도 많았다.

"실피, 페르기우스 님에게 지크를 보여드릴까 해."

그녀에게 그렇게 제안하자, 실피는 놀란 얼굴로 지크를 껴안았다.

"…싫어."

마치 어렸을 때의 모습으로 돌아간 듯 힘없는 태도.

게다가 그 표정은 예전에 내게 보여주던 것이 아니었다. 괴롭히던 아이들을 향한 것이었다.

"왜… 그런 말을 해…?"

"페르기우스 님에게 우리 아이는 라플라스가 아니라고 이해시켜 드려야지."

실피는 고개 숙였다.

"…혹시 라플라스라면 어떻게 해?"

"어? 그러니까 올스테드 님도 라플라스가 아니라고…."

"하지만 잘못 알 수도 있잖아…?"

올스테드도 완벽하지 않다.

지크가 너무 귀여워서 라플라스지만 라플라스가 아니라고 말했을 가능성도 있다.

아니라고 생각하지만….

"그때는…."

"그때는?"

"공중성채를 떨어뜨려서라도 지크를 지키겠어."

실피는 그 말에 또 고개 숙였다.

그리고 기어들어가는 목소리로 "응."이라고 말했다.

그리고 공중성채로 가게 되었다.

일행은 나와, 지크를 안은 실피, 그리고 에리스와 올스테드, 그리고 자노바였다.

자노바를 데려가는 것은 페르기우스를 설득하기 쉬운 녀석도 있는 편이 나을 거라는 판단이었다.

"잘 오셨습니다."

이 인원들을 맞이한 실바릴의 반응은 평소와 같았다.

일단 자노바와 에리스, 실피를 향한 진심 어린 경의.

나에게는 겉으로만 경의. 올스테드에게는 불쾌하다는 태도.

평소와 같다.

이 사람, 마음을 태도로 드러내지 않는 편이 좋지 않을까 싶은데…. 그렇게 말해도 공중성채 케이오스브레이커는 서비스업이 아니라고 한소리 들을 뿐이겠지.

"그럼 이쪽으로. 페르기우스 님이 기다리십니다."

그리고 평소와 같은 루트로 알현실로 안내받았다.

대화는 없었다. 내 옆에서 지크를 안은 채로 힘없이 걷는 실피.

그녀를 지키듯이 칼자루에 손을 얹은 채 걷는 에리스.

뒤에서는 상황을 듣고 조금 긴장한 얼굴인 자노바, 헬멧 때문에 얼굴이 보이지 않는 올스테드가 나란히 걷고 있었다.

그 대열로, 예전에 자노바가 칭찬했던 문을 지났다.

실피와 지크에게서는 하얀 입자의 환영이 보였다. 나에게서도 나오는 걸까.

조금 신기한 점은 그것이 올스테드에게서 나오지 않았다는 점일까. 그에게는 라플라스의 인자라는 게 없는 걸까.

"……."

실바릴이 이쪽을 보았지만 말이 없었다. 딱히 별말도 없이 계속 전진했다.

별로 반응이 없는 것을 보면,

"봐, 실피. 역시 아닌 거야."

"…응."

그렇긴 해도 반응이 없다는 것만으로는 확실한 증거가 되지 않겠지. 실피의 반응도 약했다.

실바릴은 돌아보지 않고 걸어갔다.

섬세한 인테리어의 복도를 걸어서 화려한 문 앞에 섰다.

다시금 보니 이 문도 꽤 좋은 취향이다. 전 세계의 성을 보고 다녔기 때문일까…. 그날 자노바가 이 성을 계속 칭찬한 이유를 잘 알겠다.

지금 그런 소리를 해봤자 아첨하는 것으로 여겨질 뿐이겠지만.

실바릴은 그 화려한 문을 열었다.

"들어가시죠."

실바릴의 말에 알현실로 들어갔다.

거기에는 역시나 평소에 보던 광경이 펼쳐져 있었다.

커다란 나무 같은 기둥에 거대한 샹들리에. 인간과 용족의 문장이 새겨진 현수막. 붉은 벨벳 융단을 두고 양옆에 선, 가면을 쓴 열두 명의 남녀.

옥좌에 앉은 것은 은발의 용왕.

눈부시게 화려하고 위대하며, 신성하다고 할 정도의 광경.

이 정도의 알현실은 세계 어디를 뒤져봐도 존재하지 않는다.

또한 거기에 실바릴이 더해지면 완벽… 어라, 한 명 많네?

아, 나나호시가 섞여 있잖아. 저 녀석, 뭐 하는 거야? 정령놀이인가?

"왔나, 루데우스."

"예. 별일 없으셨습니까, 페르기우스 님."

선 채로 고개를 숙였다.

실피와 에리스, 자노바가 무릎을 꿇었지만, 나는 계속 선 채다.

사실은 나도 무릎을 꿇는 편이 좋겠지만, 올스테드의 부하로서 너무 저자세로 있으면 안 된다는 사실을 최근 배웠다.

예상대로 실바릴이 울컥하는 기색이었지만, 페르기우스는 딱히 별말 없었다.

다만 오늘의 그는 심기가 좀 안 좋아 보였다.

"꽤나 기다리게 하는군."

"…이번에 아이가 태어났기 때문입니다."

"아르만피에게 들었다. 그러니까 기다려준 것이다. 다른 하찮은 이유였다면 용서치 않았다."

아이가 태어난 정도는 사소한 일이라고 잘라 말하지는 않았다. 역시나 관대한 분이다.

하지만 그래도 기분이 안 좋아 보였다. 옥좌에 있는 용머리 팔걸이를 계속해서 톡톡 두들기고 있었다.

"그 얼굴, 이번에 무슨 일로 불렀는지 이유를 알고 있나 보군."

"예."

"그리고 이 얼굴들, 이야기의 흐름에 따라서는 싸움도 불사하겠다는 건가. 대단한 각오로다."

"…예."

페르기우스는 씁쓸한 얼굴로 올스테드를 노려보았다.

올스테드는 검은 헬멧 때문에 표정이 보이지 않지만, 평소처럼 무서운 얼굴을 하고 있겠지.

든든하다.

"하지만 페르기우스 님, 싸움은 없을 것이라 생각합니다."

"호오! 싸움은 없을 거라! 그래, 그 정도로 자기 언변에 자신이 있단 말인가!"

"글쎄요. 하지만 싸울 이유도 없으니…. 실피."

나는 실피를 일으켜 세워서, 그녀가 품에 안은 아기를 보였다.

"보십시오. 저의 넷째 자식입니다."

"…그게 어쨌단 말이지?"

"어쨌다뇨. 이전에 페르기우스 님이 말씀하지 않으셨습니까. 실피와의 사이에서 자식이 태어나면 데려오라고요."

페르기우스의 움직임이 멎었다. 팔걸이를 짜증스럽게 톡톡 두들기던 손가락도 멎었다.

개의치 않고 나는 말을 이었다.

"올스테드 님께도 보여드렸습니다만, 이 아이는 라플라스가 아닙니다. 하지만 페르기우스 님도 실제로 보기 전에는 납득하지 않으시겠지요. 저로서는 보여드리지 않아도 괜찮을 거라 생각했습니다만, 앞으로 페르기우스 님과의 우호를 위해서라도 일단 확실히 해야겠다고 생각해서."

"……."

페르기우스는 침묵을 지켰다.

"다만 올스테드 님이 잘못 보셔서, 이 아이가 라플라스였을 때는…."

"…그때는?"

"싸우겠습니다."

페르기우스의 눈썹이 꿈틀 하고 움직였다.

"너는 80년 후에 라플라스와 싸우기 위해 각지를 도는 것이 아니었나?"

"그렇습니다."

"그 라플라스를 지키기 위해 싸우겠다는 건가?"

들고 보니 모순이었다.

이 아이가 라플라스인 걸 알면서도 내가 지킨다.

요 몇 년 동안 해온 일이 완전히 허사가 되는 행동이다.

"혹시 이 아이가 성장하여 진짜로 인간과 전쟁을 일으킨다면 그때는… 그때를 위한 준비를 하여 대처하겠습니다."

"싹을 미리 뽑자는 생각은 안 하나?"

"…예."

내 아들이 라플라스라면.

정말 무섭다고 생각하면서도 일부러 깊게 생각하지 않았던 것 같다.

80년 뒤, 라플라스는 전쟁을 일으킨다.

나는 그것에 대비하여, 올스테드의 부담이 최대한 가벼워지도록 각지에 경고했다. 지금 이 순간에 라플라스가 출현한다면 나도 전쟁에 참가하겠지.

하지만 조금 생각해 보자.

예를 들어서 전쟁이 일어나지 않는다면 어떻게 될까.

라플라스가 제정신을 되찾고, 전쟁을 일으키지 않는다면 어떻게 될까.

라플라스는 이제 막 태어났으니 설득할 시간은 얼마든지 있다.

교육이란 것은 장래를 위해 하는 것이다.

라플라스에게 지금까지의 일과 앞으로의 일을 가르치면 올스테드의 아군이 되어서….

아니.

올스테드는 말했다. 라플라스는 죽여야만 한다고.

용족의 비보란 것을 얻기 위해서겠지. 그렇다면 언젠가 올스테드가 내 아들을 죽인다는 소리고…. 제길, 사면초가잖아.

아니, 진정해 보자.

순서대로 생각하면 내가 하고 싶은 바가 보일 것이다.

"저는 언제든 가족의 편입니다. 가족을 해하려는 자가 있기에 올스테드 님의 부하가 되었지요. 그 올스테드 님이 제 가족을 해한다면 싸울 뿐입니다."

"그 원인이 네 자식에게 있다고 해도?"

"…저는 선악을 제대로 판단할 수 있도록 가르칠 생각입니다. 아직 아이들은 어리지만 적어도 성인… 15세가 될 때까지는 지키겠습니다. 그 뒤에 제 말을 무시하게 되면… 그때는 제가 책임을 지고 대처하겠습니다."

"호오, 대처라. 구체적으로 어떻게 대처할 거지?"

"……가능하다면 재교육을."

가능하다면. 불가능하다면 설령 아이라고 해도… 아니….

"죽인다…는 말은 하지 않나."

"어떤 인생을 보내든지 길을 잘못 들 때는 잘못 드는 법이니. 다시 시작할 기회를 주고 싶습니다."

그런 말밖에 할 수 없다.

그 이상의 말은 내 입으로 하고 싶지 않다.

루시가, 라라가, 아르스가, 올스테드와 적대하여 무참하게 살해되는 미래 따윈 생각하고 싶지도 않다.

하지만 내가 아무리 좋은 교육을 해도 엇나갈 때는 엇나가는 법이다.

인간은 생각대로 자라지 않는다.

나 자신도 내 마음대로 되지 않았던 일이 많다. 아이라고 해도 한 인격체가 내 마음대로 될 리가 없다.

그러니까 하다못해 기회를 주고 싶다. 타협점이다.

"나는 자식이 없다. 고로 그 생각을 이해할 수 없다. 문제의 싹을 키우고 그걸 자기가 베겠다는, 너의 그런 생각을 말이다."

페르기우스는 그렇게 말하고 웃었다.

"그러나 너는 아내를 지키기 위해 올스테드와 무모한 싸움을 벌일 정도로 어리석은 남자였다. 이해할 수 없는 게 당연하지. 이해할 수 없지만… 굳은 신념을 가진 것은 알았다."

페르기우스가 옥좌에서 일어나서 천천히 이쪽으로 다가왔다.

눈앞에 그가 서자, 나는 그를 올려다보는 형태가 되었다.

"그렇기에 네게 기회와 시련을 내리지."

"기회와 시련?"

"아이를 데리고 아르체 언덕에 있는 사당을 찾아가서 세례를 받아라."

"아르체 언덕…?"

들은 적 없는 지명이다.

주위를 둘러보니, 다들 고개를 갸웃거리고 있었다. 올스테드만큼은 아니었지만, 표정이 확실히 보이는 것도 아니었다. 뭐, 그러면 알고 있을 것 같지만.

"나나호시도 그거면 되겠지?"

내가 곤혹스러워하는데, 페르기우스는 갑자기 그렇게 말했다.

왜 여기서 나나호시의 이름이 나오는 걸까 싶어서 그녀를 보았다.

"이야기가 잘 이해되지 않지만… 루데우스에게는 신세 진 것도 있으니 상관없어."

나나호시는 한숨을 쉬면서 그렇게 말했다. 어딘가 아쉬운 기색이다.

어쩌면 무슨 일이 있었던 걸지도 모른다. 그게 아니라면 의미도 없이 정령과 함께 있을 리가 없고.

그렇긴 해도 우리 가족의 중대사. 미안하지만, 이쪽을 우선하도록 하겠어.

"그럼 페르기우스 님, 아르체 언덕이란 곳은 어디에…?"

"알아서 찾아라…라고 말하고 싶지만, 가르쳐주지. 어차피 올스테드가 알고 있을 테니까."

"아, 예. 죄송합니다. 번거롭게 해드려서."

그리고 페르기우스는 드높게 말했다.

"천대륙이다."

내가 아직 발을 디딘 적 없는 대륙의 이름을.

제2화   천대륙으로의 여로

천대륙.

지도를 보자면 최북단에 위치하고, 중앙대륙과 마대륙을 잇는 유일한 대륙.

대륙이라고 하지만, 중앙대륙과는 육지로 이어져 있고, 마대륙과는 썰물일 때 걸어서 갈 수 있다.

그런 대지가 왜 중앙대륙이나 마대륙과 별개의 대륙으로 간주되는가.

그것은 그 높이에 있다. 천대륙은 표고 3천 미터 정도 되는 깎아지른 절벽 위에 존재한다.

기본적으로 사람들의 왕래는 없다.

가려고 하면 못 갈 것까지는 없지만 길다운 길은 없고, 그 절벽에는 날개 있는 마물이 많이 살기 때문에 왕래가 굉장히 힘들다. 중앙대륙에서 지명수배되어서 현상금 사냥꾼에게 쫓기는 범죄자가 마대륙으로 넘어가기 위해 천대륙의 절벽을 타고 이동한다는 이야기는 들은 적이 있는데, 일단 거기서 살아남을 수나 있을까.

하늘이라도 날 수 있으면 또 모르겠는데, 이 세계의 하늘은 드래곤의 영역이다. 비행기는 고사하고 기구조차도 발달하지 않았다. 인간이 공중에서 무방비하게 나는 것은 무모하겠지.

그런 장소에 생후 한 달 된 아기를 데려간다?

제정신으로 할 짓이 아니다.

"그런고로 천대륙으로 이어지는 전이마법진의 장소를 가르쳐주시면 감사하겠습니다."

장소는 교외에 있는 우리 회사의 사무소다.

에리스는 내 바로 뒤에 있다. 록시와 실피는 다른 방에서 지크와 함께 있다.

일단 페르기우스와 싸움을 벌일 일은 없어졌으니 자노바는 돌려보냈다.

"……."

올스테드는 여전히 무서운 얼굴이다.

하지만 이 무서운 얼굴을 잘 살펴보면, 말하기 껄끄러운 이야기를 해야 할지 망설일 때의 무서운 얼굴.

그렇다면 혹시 천대륙으로 이어지는 전이마법진은 존재하지 않나…?

"전이마법진을 쓰면 페르기우스는 납득하지 않는다."

"아하, 과연."

생각해 보니, 페르기우스는 '시련'이라고 말했다.

그 시련에는 천대륙의 아르체 언덕에서 세례를 받는 것뿐만

이 아니라, 거기에 도달하기까지의 여정도 포함되는 것이겠지.

그렇긴 해도 여기서 천대륙까지 육로로 이동한다면 시간이 꽤 걸린다.

"천대륙 근처까지 전이해도 안 되는 걸까요?"

"근처까지라면 문제없겠지."

아기를 데리고 천대륙의 밑에서부터 록클라이밍하여 정상에 도달하고, 거기에 있는 사람에게서 세례를 받는다.

이것이 시련의 정체라는 걸까.

그 여정은 둘째 치고, 생후 한 달 미만의 아기를 데려간다. 도중에 건강을 해칠지도 모르고, 3천 미터나 되면 고산병도 걱정된다.

으음, 꽤나 힘들겠군.

그러니까 시련이겠지만.

"으음…."

역시 그냥 공중성채랑 한 판 붙을 수밖에 없는 걸까.

"올스테드 님은 내가 이 시련을 통과할 수 있다고 생각합니까? 생후 한 달 된 아기를 데리고."

"그래."

"그 이유를 물어봐도?"

"지크하르트라고 했던가. 그 아기는 육체적으로 라플라스 인자의 영향이 강하게 나오고 있다. 그런 아이는 모든 병이나 환경에 대한 내성을 가지고 있다."

"아하, 그렇습니까."

"그래, 라플라스는 자기가 전생할 육체가 어떤 가혹한 환경에서도 살아남을 수 있도록 전생술에 심혈을 기울였다. 인자가 강하게 발현하는 아기라면 천대륙으로 이동하는 것도 견뎌내겠지."

그런가.

올스테드가 그렇게 말한다면 지크 쪽은 괜찮을까.

내가 실수를 해서, 등에 업은 아기를 로크 새에게 빼앗기지 않는 한. 그렇긴 해도 같이 가게 될 에리스나 록시가 도와줄 것이다.

"왠지 죄송하네요. 기스 문제도 있는데 이런….”

"알고 있다."

"…그렇게 말씀해 주시는 건."

"네가 가족을 지키기 위해 숲을 하나 소멸시킨 건 똑똑히 기억한다. 라플라스가 부활하기 전에 케이오스브레이커를 떨어뜨릴 수는 없다. 그것도 귀중한 전력이다."

그도 그런가. 올스테드로서는 나도 페르기우스도 마찬가지로 전력. 그 둘이 멋대로 서로 충돌해서 소멸했다간 곤란하겠지.

"아무튼 이해해주시니 다행입니다. 바로 준비하겠습니다."

"그래."

할 일은 정해졌으니 나는 뒤를 돌아보았다.

그곳에는 언제나처럼 팔짱을 끼고 서 있는 에리스의 모습이 있었다.

"에리스도 그거면 될까?"

"나는 상관없어."

에리스는 요즘에 보기 드물게 나를 날카롭게 노려보았다.

"하지만 실피랑 제대로 이야기하는 편이 좋아."

"…알았어."

에리스에게 그런 소리를 들을 줄은 몰랐기에 나는 쓴웃음을 지으면서, 하지만 진지하게 고개를 끄덕였다.

★ 실피에트 시점 ★

어떻게 해야 좋을지 알 수 없었다.

누구에게 뭘 어떻게 해달라고 해야 할지도 알 수 없었다.

뿐만 아니라 어떻게 되는 게 좋은 건지도 알 수 없었다.

아무것도 알 수 없어서 괴로웠다.

루디가 페르기우스 님에게 지크를 보인다고 말했을 때, 페르기우스 님이 지크를 데려가면 편해질지도 모른다는 생각을 순간 했다가 쇼크를 받았다.

그러니까 아마도 나는 지크가 라플라스일지도 모른다는 생각에 이런 기분이 된 게 아니라고 생각한다.

하지만 그럼 뭐가 무섭고 뭐가 불안한 거냐고 묻는다면, 그걸 알 수 없었다.

나는 그저 지크를 안은 채 떨고 있었다.

천대륙에 세례를 받으러 가라는 말에도 딱히 무슨 생각이 떠오르지 않았다. 정말로 예전으로 돌아간 기분이었다. 부에나 마을에서 다른 아이들에게 괴롭힘당하던 그 시절로.

그때는 루디가 도와주었다. 아이들을 쫓아내고 많은 것을 가르쳐주었다. 마술이나 간단한 읽고 쓰기 같은 것도.

이번에는 어떻게 될까.

루디는 도와주는 걸까.

어렸을 때라면, 아무것도 모르는 때라면, 루디를 완전히 믿고 분명 도와줄 거라고 생각할 수 있었다.

하지만 지금은 다르다.

루디를 좋아하고 신뢰한다.

하지만 루디가 인간이란 것도 알고 있다.

그래, 루디는 인간이다. 만능이며 뭐든지 할 수 있는 것처럼 보이지만, 사실은 못 하는 일도 많고 두려운 것도 있고, 물론 평소라면 척척 해내는 일도 실패할 때가 있다.

아이의 이름을 잊고 있었던 것도 그중 하나다. 순간 쇼크를 받았고 아쉬웠지만, 딱히 그것 때문에 화나지는 않았다.

지금 루디는 올스테드의 밑에서 일하고 있다.

매일 매우 바쁜 것은 안다. 아슬라 왕국 때도 그랬던 것처럼, 미리스에서도, 마대륙에서도, 그 이외에서도 힘든 일을 많이 겪었다.

인간에게는 한계가 있다. 나는 그것을 잘 알고 있다.

올스테드의 밑에서 일하면서 집안까지 완벽하게 돌볼 수는 없다.

그러니까 내가 하겠다고 결심했다.

루디가 자유롭게 움직일 수 있도록.

루디에게 도움을 청해서는 안 된다.

내가 어떻게는 해야 한다.

그러니까 루디는 도와주지 않는다.

하지만 어쩌면 좋을까, 뭘 하면 좋을까… 모르겠다.

"실피."

답이 나오지 않는 문답을 내 안에서 계속 이어나가고 있자, 누군가가 말했다.

내 의식은 갑자기 현실로 되돌아오고, 내 이름을 말한 인물을 곁눈질로 시야에 넣었다.

록시였다.

"저기… 아니라면 미안합니다만."

록시는 다소 고민스러운 듯이, 하지만 진지한 얼굴로 물었다.

"혹시 실피는 지크가 라플라스인가 하는 것보다도 녹색 머리라는 점을 걱정하는 건가요?"

어느 틈에 나는 록시를 보고 있었다.

눈도 크게 떠졌을 것이다.

"…왜?"

"리랴 씨에게서 실피는 예전에 녹색 머리라서 다른 아이들에게 괴롭힘당했다고 들었으니까요."

아하, 그렇구나.

왜 잊고 있었을까?

머리색이 변하고, 꽤 오랜 시간이 지나고, 루디와 재회하고, 결혼하고, 어느 틈에 예전의 나를 아는 사람은 루디밖에 없다고 생각하고 있었다.

하지만 생각해보면 리랴 씨는 알고 있었지.

그런 생각을 별로 한 적은 없었지만, 그 사람이 예전의 나를 모를 리가 없었다.

왜 의논하지 않았을까…. 아니, 리랴 씨는 내게 이야기를 꺼내 주었다.

내가 마음을 닫고 들으려 하지 않았다.

"실피는 기억하지 못하겠지만, 이렇게 말하는 저도 부에나 마을에 있을 적에 실피와 한 번 만난 적이 있지요. 실피의 양친께서 제게 의논해온 적도 있습니다."

"…어떤 것을?"

"실피의 머리색 때문이지요. 역시 고민했던 모양이라."

왠지 신기한 이야기였다.

철이 들었을 적부터 아빠도 엄마도 내 머리색에 대해 별 말이 없었다.

괴롭힘당하고 울며 돌아와서, 왜 내 머리색은 다른 사람과 다르냐고 물었을 때도 잘 설명할 수 없는 모양인지, 슬픈 듯이, 미안한 듯이, 복잡한 얼굴을 하면서 가만히 나를 안아주며 괜찮다고 말해주었지만 전혀 괜찮지 않았다….

"뭐라고 대답했어…?"

"스펠드 족이 아니라고 보증할 수 있으니, 다른 주민에게 잘 설명하면서 애정을 가지고 키우면 괜찮을 거라고."

아하, 그래서 그때 아빠와 엄마는 나를 껴안으면서 괜찮다고 말했나.

물론 말만이 아니라 부모님이 정말로 나를 사랑하며 열심히 길러주신 것은 안다.

예전에는 몰랐지만 지금이라면 안다.

"부에나 마을은 마족을 차별하는 분위기가 거의 없어서 괜찮다고 생각했지만, 아이들까지 그렇다고는 할 수 없으니까요…."

그러며 록시는 가슴을 두드렸다.

"그렇긴 해도 머리 색깔로 차별당하는 것에 대한 마음가짐이라면 맡겨주세요. 보다시피 저도 이런 외견인 데다가 마족인 탓에 나름 차별의 경험은 쌓았으니까!"

그렇게 말하는 록시는 평소의 몇 배나 든든하게 보였다.

분명 루디는 록시의 이런 점을 존경하는 거겠지….

하지만, 그래…. 그렇구나. 지금 나는 혼자가 아니다.

리랴 씨도 있고, 록시도 있다. 에리스는 육아 쪽으로는 믿음직스럽지 않지만, 소홀히하거나 남에게 맡기기만 하지 않고 열심히 하려고 한다.

"천대륙에는 다 같이 가지요. 집은 리랴 씨에게만 맡기기 불안하지만, 다행스럽게 믿음직한 사람은 많이 있으니까요."

록시는 그렇게 말하고 내 등을 가볍게 쓸어주었다.

꽤나 마음이 가벼워졌다.

★ 루데우스 시점 ★

올스테드와 대화를 마치고 돌아오자, 실피의 분위기가 조금 변해 있었다.

말수는 여전히 적었지만, 눈에 생기가 돌아왔다. 그리고 록시도 왠지 의욕 넘치는 눈을 하고 있는 걸 보면, 록시가 실피와 이야기한 거겠지.

록시는 정말로 든든하다.

나도 실피와 조금 이야기를 했다. 올스테드의 말로는 지크는 몸이 튼튼하니까 여행에도 견딜 수 있다는 것, 내가 전력을 다해 지키겠다는 것. 그리고 아이의 이름을 잊고 있었던 것에 대해 다시 한번 사과했다. 용서해달라고. 거기에 대한 대답은 좀 건성이었지만.

실피는 여행에 나서지 않고 집에서 쉬어도 된다고 말하려고 했지만, 그만두었다. 왠지 모르게 실피는 그 말을 들으면 더 쇼크를 받을 것만 같았다.

이번에는 같이 가자.

아이를 낳은 지 얼마 되지 않아 아직 몸도 다 회복되지 않았지만, 그편이 분명히 낫다.

나도 최대한 신경을 쓰자.

자, 록시도 실피도 천대륙에 간다. 에리스도 당연하다는 느낌으로 가겠지.

그렇다면 집에는 아이샤와 리랴와 제니스, 그리고 아이들만 남는다.

아르스와 라라도 아직 어린데 괜찮을까.

집에 돌아와서 그런 불안을 말했더니, 리랴에게서는 괜찮다는 든든한 말이, 아이샤에게서는 '여차하면 용병단원에게 도움을 받을 테니까 괜찮다'라는 현실적인 말이 나와서, 일단 어떻게든 될 것 같다며 안도했다.

그로부터 사흘 정도를 준비에 쏟았다.

첫날은 올스테드에게 경로와 일정을 확인, 그리고 천대륙의 특성 파악, 장비 등을 신청했다.

다행스럽게도 사무소에서 각지의 전이유적으로 통하는 마법
진은 다 설치되었다.

　첫날은 사무소에서 전이유적으로, 유적에서 천대륙 기슭으
로 가서 절벽을 올라간다.

　아르체란 것은 천족의 소도시 이름인 모양인데, 아르체 언덕
은 거기 근처에 있는 언덕을 의미했다.

　도시에서 하루 묵은 뒤에 도시 근처의 아르체 언덕을 올라가
서 세례를 받는다.

　그다음에는 전이마법진을 어딘가에 설치하고 돌아온다.

　최단으로는 3~4일. 여유롭게 생각해서 6일 정도일까.

　고지대를 올라가는 거니까 고도 적응이 필요할지도 모른다.
인간의 몸은 산소가 희박한 장소에 살기 적합하지 않다.

　그런 불안을 올스테드에게 말해 보았더니, 그는 쉽게 대처해
주었다.

　목걸이형 마도구를 사람 숫자만큼 준 것이다.

　이 마도구는 공기가 희박한 장소에서 일어나는 몸의 문제를
무효화해 준다는 모양이다.

　원래는 마대륙에 있는 독기의 골짜기를 오가는 종족이 소지
했던 것으로, 기본적으로 독기가 강한 장소에서 일어나는 문제
를 무효화해 주는 것인 모양이지만 천대륙을 오를 때에도 유효
하다고 한다.

　올스테드의 주머니에서는 뭐든지 나오는군. 어쩌면 22세기

에 만들어진 로봇일지도 모르겠다.

아니, 얼굴을 보기만 해도 아이가 울음을 터뜨리는 로봇은 안 팔리겠지….

출발 이틀 전, 루시가 어두운 얼굴을 하고 있었다.

무슨 일이냐고 물어보니까, 엄마들이 다 없어진다고 듣고 외로워하는 모양이었다.

최근 실피의 정신 상태를 생각하면, 별로 루시를 돌봐주지 못했던 모양이니 이럴 수도 있을까. 부모의 사정 때문에 아이에게 소홀해지는 것은 미안하지만, 부모도 인간이니까 우울해질 때도 있다.

나는 그날은 최대한 루시와 함께 있으면서, 갓 태어난 지크가 조금 힘들다는 이야기를 했다. 누나니까 참으라는 말을 하기는 어렵고, 그런 말은 되도록 하고 싶지도 않지만, 다른 아이들이 힘들 때에 루시도 협력해달라는 말을 했다. 물론 루시가 힘들 때는 아빠도 최선을 다해 루시를 도울 거라는 말도.

루시는 처음에는 토라진 기색이었지만, 마지막에는 꽤나 차분한 얼굴로 들어주었다.

이해한 거라고 생각하고 싶다.

그날 밤, 루시는 지크가 잠든 요람 옆에서 지크를 돌봐주었다.

처음에는 무표정하게 지크를 가만히 바라보았기에 조금 놀랐다.

이 녀석만 없으면…이라고 생각하는 거라고 여겼다.

하지만 지크가 울기 시작하자 리랴와 아이샤를 부르러 가고, 라라와 아르스가 칭얼대면 그쪽으로 달려가서 달래주었다. 아마도 내 말을 듣고 협력해주는 거구나 싶었다.

내가 루시 나이일 때… 물론 전생의 나이 말인데, 그 무렵에는 이런 식으로 움직일 수 없었다.

형이나 누나, 동생만 돌봐준다면서 부모를 곤란하게 했겠지.

루시는 아직 어린데도 장하다.

그리고 순식간에 출발일이 되었다.

나와 에리스, 록시, 실피, 그리고 지크가 간다.

넷이서 하는 여행. 지금까지 있었던 듯하면서 없었던 것 같다. 아니, 여행 자체는 있었지. 아리엘의 대관식 같은 행사에는 가족이 다 함께 갔으니까.

실피와 지크가 힘든 때에 이런 생각은 아닐지도 모르지만, 조금 두근거린다.

"그럼 다녀오겠습니다."

"예~"

"조심해."

"…다녀오세요."

리랴와 아이샤는 당연하게 끄덕이고, 아이샤와 손을 잡은 루시만은 조금 싫은 듯했지만, 그러면서도 필사적으로 그런 기색을 드러내지 않으려는 게 느껴졌다.

기스와의 문제가 끝나면 더 돌봐줘야겠다.

출발한 지 몇 시간 뒤, 우리는 천대륙 앞에 도착했다.

장소는 중앙대륙의 최북동단.

눈앞에는 고개를 뒤로 젖혀서 올려봐야 할 정도의 절벽. 좌우를 보면 저 멀리로 바다가 보였다.

이 절벽은 사실 단순히 바위만으로 이루어진 것이 아니다.

인근 주민 중에는 이 절벽에 신이 계시다고 믿는 사람이 있는지, 사다리나 손잡이 같은 것이 곳곳에 설치되어 있었다.

올스테드의 말로는 200미터 정도 올라간 곳에 그 신을 모시는 사당이 있다고 했다.

그보다 더 위에도 등반을 위한 쐐기가 박혀 있다.

과거에 이 절벽을 올라가려고 한 자가 설치한 것이다. 그들이 무사히 올라갔는지는 알 수 없다. 적어도 태반은 끝까지 오르지 못하고 추락한 모양이다.

참고로 오른쪽에는 길이 있다.

길이라고 할 레벨도 아니고, 간신히 걸을 수 있는 장소에 발자국이 남아 있는 정도지만… 뭐, 사람이 걸어간 장소가 길이

다.

이 길은 도중에 몇 번이나 끊어지면서도 마대륙까지 이어진
다.

이쪽도 힘든 길이지만, 올라가는 것만큼 힘들진 않은 모양인
지, 이 길을 통과하여 마대륙으로, 혹은 마대륙에서 중앙대륙
으로 넘어간 사람이 상당히 있다는 모양이다.

"…높잖아!"

에리스는 절벽을 올려다보며 꽤 흥분한 기색이었다.

팔짱을 끼고 '자, 지금부터 답파해주마!'라고 말하는 듯한 모
습.

어느 도시의 14세 소년 같지만, 여기는 세계의 끝이 아니다.

"……."

실피는 엄청 불안한 얼굴이었다. 지금 멘탈 상태 때문이기도
하겠지만, 그녀는 높은 곳을 싫어하는 모양이니까 당연한가.

"저기, 루디…. 이거, 어떻게 올라가는 겁니까?"

절벽을 올려다보던 록시가 불안한 목소리로 말했다.

물론 방법은 생각했겠지요? 라고 묻는 목소리였다.

물론 있고말고.

내가 아무 생각도 없이 젖먹이를 데리고 록클라이밍에 도전
할 것 같아?

"다들 이쪽으로."

나는 비교적 발판이 적을 듯한 곳으로 모두를 모았다.

뭐, 딱히 발판의 유무는 관계없지만, 나중에 여기를 오르는 사람에게 방해되면 미안하니까.

일단 흙 마술을 써서 어른 넷이 들어가도 여유 있을 사이즈의 상자를 만든다. 다소 무겁지만 튼튼한 놈으로. 입구, 그리고 바깥 상황을 알 수 있도록, 또한 빛이 들어오도록 창문도 단다.

"자, 들어오세요."

전원이 상자에 들어간 것을 확인하고 입구를 막았다.

"이게 뭐야?"

"음, 자세한 설명보다는 일단 지켜보시라."

에리스가 고개를 갸웃거리는 것을 곁눈질하면서 나는 바닥에 손을 댔다.

사용하는 마술은 스톤 필러. 네 개의 기둥을 상자에 딱 고정시키는 형태로 변형시키고, 그다음에 더욱 마력을 넣었다.

"!"

상자가 천천히 위쪽으로 움직이기 시작했다.

"오오…! 과연, 분명히 이렇게 하면 안심이네요."

록시의 목소리에 우쭐해졌다.

베가리트 대륙에서도 쓴 나의 오리지널 마술 '엘리베이터'다. 그때보다 안전성을 더욱 고려했다.

상자를 떠받치며 상승시키는 기둥도 꽤 마력을 넣어서 튼튼하게 만들었기 때문에 위험하진 않지만, 3천 미터 정도까지 견딜 만한 강도의 기둥이라면 막대한 마력이 필요하기 때문에 50미터마다 새 기둥을 만들어서 릴레이로 이어갔다.

괜찮을 거라 생각하지만, 혹시 중간에 지치거나 마력이 바닥나기라도 하면 절벽에 구멍을 뚫고 거기에 상자를 통째로 수납하면 안전하게 쉴 수 있을 거란 계산이다.

"……."

실피는 지크를 껴안고 창밖을 힐끗 보더니, 순식간에 창백한 얼굴로 내 곁에 다가와서 털썩 주저앉았다.

최근에 많은 일이 있었으니까 이럴 때에 내 곁에 와주는 건 알게 모르게 기쁘다.

"…재미없어."

에리스는 한동안 창밖을 구경했지만, 이윽고 그렇게 말하며 주저앉았다.

"이거면 돼. 갓난아기를 데리고 절벽을 등반할 수도 없잖아?"

"흥!"

에리스가 휙 고개를 돌렸다.

손이 나오지 않는 걸 보면 그 정도는 알고 있다는 소리겠지.

아무튼 이번 여행에서 나는 두 사람을 절대로 다치지 않게 하겠다고 맹세한다.

설령 그게 아무리 멋대가리 없는 모습이더라도.

그렇게 하는 것으로 내가 아이의 이름을 깜박했다는 것을 해소해야지.

★　　★　　★

몇 시간이 경과했다.

약 50미터마다 기둥을 교환하면서 순조롭게 위로 올라갔다.

실피는 계속 지크를 돌보고 있고, 록시는 그런 실피에게 이런저런 이야기를 했다.

실피도 평소처럼은 아니지만, 그래도 대답했다.

대화의 내용은 그냥 잡담이었다.

록시의 일에 대한 푸념, 학교에서 일어난 일, 루시가 치는 장난, 아르스와 라라의 행동.

나도 거기에 참가하고 싶지만, 기본적으로 기둥 생성에서 벗어날 수 없기 때문에 손가락만 빨며 지켜보았다.

에리스를 보자면 창문 앞에 진을 치고 바깥을 지켜보았다.

창밖의 풍경은 좋았다.

서서히 멀어져가는 육지, 구름 사이사이로 거대한 생물이 무리지어서 날아가는 게 보였다. 저건 청룡일까. 청룡은 가까이서 본 적이 없지….

기둥을 스무 번 교환했을 무렵, 대충 표고 1천 미터를 돌파했을 무렵부터 마물이 눈에 띄게 되었다.

크기는 3미터 정도. 날개를 펼치면 6미터 이상 될 듯한 거대한 새가 까아까아 소리를 내며 상자 주위를 날아다니기 시작했다. 주위를 선회하거나 위에 올라타서 쪼는 등 시끄러워졌다. 낯선 물체를 경계하는 거겠지.

영역에 들어온 정체불명의 물체를 파괴하려는 느낌이기도 하다.

물론 상자는 대단히 튼튼하다. 마물이 조금 쫀다고 망가질 것이 아니다.

다만 조금 흔들렸다.

흔들리면 실피의 얼굴에서 핏기가 싸악 가시고, 지크가 훌쩍대기 시작하고, 록시가 "괜찮습니다. 괜찮아요. 떨어지지 않습니다!"라며 근거도 없는 말을 했다.

물론 떨어지지 않습니다. 떨어질 것 같으면 일단 절벽에 상자를 고정하고 주위 마물을 제거할 예정이라서.

그렇긴 해도 지금으로선 그럴 조짐이 없기 때문에 무시하고 상승한다.

마물은 아무것도 할 수 없다.

때때로 창문으로 고개를 들이밀려고 했지만, 에리스가 베어 버렸다.

덕분에 상자 안에서 피 냄새가 좀 났다.

그렇긴 해도 우리는 그런 것에 익숙한 몸이다.

어느 정도의 피 냄새 정도는 별것도 아니라서 군소리하는 이는 없었다.

잠시 뒤에 상자를 절벽 안으로 이동시키고, 안을 물로 씻어낸 뒤 휴식을 취했다.

늦은 점심은 출발할 때 리랴와 아이샤가 준비해 준 도시락
이다.

안에 든 것은 샌드위치. 딱딱한 빵 사이에 고기와 야채를 넣
었다.

평소에 먹던 것과 그리 다르지 않은 소박한 맛이지만, 창밖
에 펼쳐진 절경을 감상하면서 먹는 식사는 제법 나쁘지 않았
다.

"가끔은 이렇게 느긋한 것도 좋네."

"…에리스, 버릇없어."

"나도 알아."

에리스가 창밖을 보면서 우적우적 샌드위치를 먹어대고, 그
걸 실피가 지적했다. 에리스는 모르면서 안다고 말한다. 평소
의 광경을 오랜만에 본 듯했다.

"지크~ 아빠예요~ 목욕할까요~"

실피가 식사하는 동안, 내가 지크를 돌봤다.

기저귀를 갈고, 흙 마술로 통을 만들어서 씻겼다.

거듭 보니 머리는 녹색이고 귀도 인간보다 조금 긴가. 얼굴
은 실피와 나를 합쳐서 반으로 나눈 느낌. 뭐, 당연한가. 내 성
분이 들어가지 않았으면 오히려 조금 불안해진다.

얼굴을 가까이 가져가서 이상한 표정을 지으면 웃고, 얼굴을
멀리 하면 멍한 표정을 한다.

안아주면 내 얼굴을 빤히 바라본다.

루시가 태어났을 때는 동작 하나하나에 의문을 품고 혹시나 전생자가 아닐까 불안했던 적도 있지만, 이미 넷째 아이라서 그런 의문은 품지 않게 되었다.

그렇긴 해도 몇 명을 낳아도 아이는 사랑스럽구나.

지크의 손에 검지를 가져가면 꼭 붙잡았다.

힘이 세다. 아기는 태어났을 때부터 제법 힘이 있구나.

그렇게 생각한 다음 순간,

"이…잇!"

빠각 하는 소리와 함께 격통이 찾아왔다.

반사적으로 손을 지크에게서 빼려다가 멈추고, 냉정하게 왼손을 써서 지크의 손을 떼어냈다.

격통이 나는 검지를 바라보니….

"이럴 수가…."

부러졌다.

아무리 그래도 힘이 너무 세지 않아?

"지크?!"

다음 순간 실피가 달려왔다.

그리고 내 손가락을 보고 눈을 치켜떴다.

"아니, 루디, 그 손가락…."

"부러졌어."

"……."

실피는 무슨 말을 해야 할지 모르겠다는 얼굴이었다.

하지만 조심조심 내게 손을 뻗더니 검지를 감싸주었다.

희미한 빛이 나고 고통이 사라졌다. 무영창으로 치유 마술. 훌륭하십니다.

"고마워, 실피."

"…응."

"힘이 세네, 이 아이."

"응. 나도, 이거 봐."

실피는 그렇게 말하며 자기 손목을 보여주었다.

거기에는 손 모양이 뚜렷한 멍자국이 있었다.

으음. 혹시 이 아이, 태어나자마자 독사를 목 졸라 죽였다든 가 한 건 아니겠지.

한 달 동안 아무도 눈을 뗀 적은 없을 테지만.

"어렸을 때부터 이렇게 힘이 세니까 검사가 되면 대성하겠어."

장래에 히드라를 쓰러뜨리러 갈 것 같다…. 아니, 그런 흐름 이면 내가 죽네. 파울로가 되겠어.

"글쎄…. 자노바를 보면 그런 느낌이 안 드는데…."

실피는 쓴웃음을 지으면서 그렇게 말했다.

자노바도 선천적으로 대단한 느낌이었다지만, 지금은 훌륭 한 인형 오타쿠니까 그렇게 말하는 거겠지.

실피는 모를지도 모르지만, 녀석은 전장에 서면 제법 능력 있는 남자다. 파워는 물론이고 용기와 지략을 갖추었다.

"검이라면 내가 가르칠게!"

샌드위치를 다 먹은 에리스가 목청을 높였다.

예전이라면 에리스가 검을 가르칠 수 있을 리 없다고 생각했겠지만, 적어도 노른이나 마법대학의 다른 학생들은 에리스에게 착실히 검술을 배우고 있다.

수업…이라고 할 레벨인지는 모르지만, 그 내용을 들은 느낌으로는 꽤 제대로 되어 있다.

쿠웅 이라든가 푸욱 같은 의성어로 가르치는 파울로나 '알았나?' 라는 말밖에 하지 않는 루이젤드보다는 단연코 낫다.

교육방식으로는 길레느에 가깝다. 말하는 내용이 합리적이다.

에리스는 아이들에게 검술을 가르치는 게 자기 일이라고 생각하는 모양인지, 아이용 목도 같은 것도 준비하곤 한다.

이미 루시는 에리스의 지도를 받아서 목도를 휘두르기 시작했다.

영재교육을 시작한 것이다.

"우리 애들은 다들 검과 마술을 모두 쓸 수 있게 되겠군요."

그렇게 말하는 록시는 물론 마술을 가르칠 생각인 모양이다.

루시도 조금씩 마술을 습득하기 시작했다.

마술을 쓰기 시작하는 시기는 어리면 어릴수록 좋으니까. 마력총량은 많아서 나쁠 게 없다.

아무튼 마술 쪽으로는 록시에게 맡기면 문제없다.

성인이 될 무렵에는 전원이 성급 마술사겠지.

"아이들의 성장이 기대돼."

실피에게 그렇게 말하자, 그녀는 미소를 지으며 고개를 끄덕였다.

오랜만에 실피의 미소를 본 것 같아서 조금 마음이 놓였다.

그 뒤로 또 한동안 상승을 계속했다.

표고 2천 미터를 넘었을 무렵에는 마물이 별로 보이지 않게 되었다.

대신 날개가 있는 염소 같은 마물이나 머리가 뱀처럼 긴 도마뱀 마물이 출현했다.

도마뱀은 절벽 틈새에 살고 있는 건지, 절벽 쪽의 창문으로 갑자기 머리를 들이대기에 놀랐다. 머리가 긴 탓에 상자 안에서도 꽤나 민첩하게 움직이며 우리를 노렸다.

뭐, 목의 위치가 고정되는 이상 5초도 못 버티지만….

분명 절벽의 틈새 안쪽에 숨은 사냥감을 끌어내기 위해서 머리가 저렇게 된 거겠지.

그 녀석을 제외하면 역시 위험한 일은 없었다.

저녁식사용으로 염소를 한 마리만 잡고, 그 이외는 무시하고 위로 올라갔다.

★　★　★

기둥의 교환 회수가 60번을 넘었다.

바깥은 짙은 안개로 뒤덮였다. 아마도 구름 안으로 들어간 거겠지.

시각은 이미 밤.

등불의 정령 덕분에 상자 안은 어둡지 않지만, 일단 눈을 좀 붙일지, 이대로 올라갈지 고민스럽다.

고도를 보면 슬슬 도착할 때가 됐는데….

그렇게 생각하는데 갑자기 안개가 걷혔다.

동시에 창밖의 시야가 트였다.

바깥쪽 창만이 아니라 절벽 쪽 창도.

기둥의 상승을 멈추었다.

창밖을 보니, 달빛을 받는 평원이 보였다.

천대륙이다.

제3화 천대륙의 도시 '아르체'

천대륙.

상자에서 내려온 우리의 눈앞에는 그저 넓은 평원이 펼쳐져 있었다.

추위 때문인지, 아니면 산소가 희박한 탓인지, 지면에는 나무도 없고 짧은 잡초와 이끼로 뒤덮여 있었다.

역시나 표고 3천 미터라고 할 만하군.

기온은 낮고, 입에서 나오는 숨결도 하얗다.

다행스럽게도 눈은 없고, 지형의 기복도 평탄한 편이었다. 이동은 그리 어렵지 않겠지.

예정대로 아르체에는 하루 만에 도착할 수 있을 것이다.

그렇긴 해도 하늘에는 달님. 하늘이 가까운 탓인지 별 하늘이 펼쳐져서, 우리를 환하게 비춰주었다.

밤중에는 마물도 많고 길을 잃기 쉽다.

여기서는 하루 야숙이다.

우리는 낮에 사냥한 염소를 먹기로 했다.

모닥불을 피우고, 흙 마술로 만든 냄비에 물을 끓이고 염소 뼈로 국물을 내었다.

국물이 우러나면 고기를 넣고, 가져온 향신료로 맛을 낸다. 염소 고기 수프다.

이렇게 마물 고기를 요리하는 방법은 예전에 기스에게 배웠다. 그런 기스와 싸우게 되었으니까 인생이란 모를 노릇이다.

아무튼 날씨가 추워서 상자를 대륙 위로 이동시키고, 그 안에서 몸을 바싹 붙이고 모여서 자기로 했다.

주위에 장작으로 쓸 만한 것은 없었지만, 혹시나 싶어서 하루 동안 쓸 장작은 가져왔기 때문에 실내로 모닥불을 이동, 상자에 굴뚝을 만들어서 실내를 데우면서 자기로 했다.

우리 어른은 여행에 익숙하고 다소 추워도 괜찮지만, 실피와 지크가 걱정이다. 지크는 뺨이 새빨갰지만, 딱히 열이 나는 것도 아니고 쌩쌩해 보였다.

올스테드의 말처럼 몸이 건강한 거겠지.

하지만 젖먹이는 몸이 상하기 쉽다. 방심은 금물이다.

상자가 튼튼하다고 해도 갑자기 평원 저쪽에서 멧돼지 같은 마물이 달려와서 상자를 절벽 밑으로 떨어뜨릴지도 모른다.

그런고로 교대로 불침번을 서고, 다른 세 명은 모여서 취침.

여성들과 붙어서 자면 내 거기가 반응하지만, 애써 참았다.

지크여. 네 동생은 한동안 태어나지 않을 거다.

다음 날, 이동을 개시했다.

아르체 시는 현재 위치보다 북동쪽에 있다.

현재 위치에서 아르체까지는 넓은 평원이 펼쳐졌을 뿐이지, 표식이 될 만한 것이 거의 없다…고 보이지만, 사실은 있었다.

과거에 이 땅에 와서, 그리고 천대륙을 횡단한 영웅이 있었다. 라플라스 전쟁 시절, 그는 마대륙 쪽에서 여기 천대륙에 올라와서, 거기에 숨겨진 비술을 손에 넣고 전쟁의 승리에 크게 공헌했다고 한다.

그는 자기가 뜻을 못다 이루고 죽을 때를 위해서, 자기가 손에 넣은 비술에 이르는 표식을 남겼다.

…그 영웅이 바로 페르기우스입니다만.

표식은 나무들이 적고 짧은 잡초만 있는 이 대륙에서 눈에 잘 띄었다. 아침이 되어 주위를 둘러보자 '아, 저기에 뭔가 있다' 싶은 정도로.

가까이 가서 보면 그게 기둥임을 알 수 있었다.

아마도 흙 마술로 만든 것으로, 높이는 1.5미터 정도. 굵기는 두 팔로 에워쌀 수 있을 정도. 위쪽은 풍화되었는지 많이 망가진 모습이었다.

그리고 이 기둥 말인데, 위에서 보면 원이 아니라 물방울 모양이다. 물방울 끝부분, 뾰족한 쪽이 도시가 있는 방향을 가리키는 것이다.

『페르기우스의 전설』에는 그렇게 적혀 있었다.

그 책을 읽은 자만이 아는 표식이라고 할 수 있겠지. 역시나 페르기우스가 내린 시련인 만큼 그의 책에서 힌트를 많이 얻을 수 있다. …아니, 그 책은 딱히 페르기우스 본인이 쓴 게 아니겠지만.

이런 기둥들은 도시 주위에 여러 개 있어서, 적당히 걷다 보면 눈에 띄게 되어 있었다. 이걸 따라가면 언젠가 도시에 도달할 수 있겠지.

이동을 시작하고 몇 시간이 지났다.

평원이지만, 가도가 아니어서 마물의 수는 제법 많았다.

종류로는 주로 세 종류.

2천 미터 정도 높이부터 나왔던 날개 달린 산양 '윙 고트'에 4미터 정도 길이의 족제비 같은 '헤븐즈 마스테라', 두 다리로 달리는 거대한 맹금류 '니드호그 오스트리치'.

1년 내내 추운 탓인지 양생류나 벌레 계열의 마물은 보이지 않았다.

마물의 강함은 중앙대륙 북부와 비슷한 정도일까.

아슬라 왕국이나 미리스 정도로 약하지 않고, 마대륙이나 베가리트 대륙 정도로 세지도 않다.

십여 마리의 무리를 만드는 것은 윙 고트 정도고, 헤븐즈 마스테라나 니드호그 오스트리치는 하나, 잘해야 두 마리.

랭크를 매기자면 윙 고트가 D급, 헤븐즈 마스테라와 니드호그 오스트리치가 C급일까.

다만 항상 하늘을 날고 있으니 중앙대륙에서 출현했다간 랭크는 한 단계 위로 매겨질지도 모른다. 사람은 하늘을 나는 존재에게 잠재적으로 껄끄러움을 느낀다.

그렇긴 해도 말할 것도 없는 일이지만, 우리가 그 정도 마물에게 고생할 일은 없었다.

윙 고트는 에리스가 전위에서 주의를 끌 때 록시가 상급 마술로 한꺼번에 쓸어버렸고, 나머지 둘은 에리스가 단숨에 끝내 버렸다.

지크나 실피는 물론이고, 나도 까딱할 일 없었다. 우리 집 바깥양반은 정말 든든하다.

물론 천대륙에 사는 마물이 이것뿐일 리가 없으니까, 방심은 금물이다.

이번 여행에서는 들어갈 일이 없겠지만, 숲이나 산, 혹은 미궁에는 더 강력한 마물이 있겠지.

특히나 천대륙의 미궁 '지옥'에는 세계에서 톱 클래스로 위험한 마물이 대량으로 살며, 또 그 최심부 부근에는 비타라는 이름의 흉악한 점족이 살고 있다는 모양이다. 점족이라면 도서 미궁에 있던 마왕이 떠오르는데, 올스테드의 말로는 그보다 위험한 녀석이라나 보다. 절대로 접근하지 말자.

참고로 에리스에게는 정보조차 주지 않았다. 알면 가고 싶어 할 테니까.

아니, 에리스도 이제 어른이다. 멋대로 굴던 예전과 달리 어른스럽고 이지적이 되었다.

가고 싶더라도, 가자는 말은 하지 않겠지.

"그러고 보면 천대륙에는 '지옥'이라는 미궁이 있지."

"예. 위험한 곳이라고 합니다. 세계 3대 미궁 중 하나지요."

"가보고 싶어."

"그렇군요. 이 멤버라면 답파할 수 있을 것 같네요. 하지만 루디는 미궁을 별로 좋아하지 않고, 파울로 씨가 돌아가신 곳도 미궁이니까….”

“…알고 있어.”

에리스와 록시가 그런 이야기를 하는데…. 지금 그건 잡담이니까 노 카운트.

록시도 넌지시 제지하고 있고.

“실피는.”

“응?”

고개를 돌려서, 내가 등에 업고 있는 지크를 뒤에서 달래는 실피에게 말을 건네 보았다.

“미궁에는 흥미 없어?”

“…으음. 별로 없어. 지금은 아이들이 중요하고.”

손을 뻗어서 지크의 머리를 쓰다듬으며 그녀는 그렇게 말했다.

어조는 가벼웠다. 역시 조금은 멘탈이 회복된 걸지도 모르겠다.

아니, 이런 생각은 좋지 않다.

안색을 살피기만 해선 안 된다. 나는 그녀의 신뢰를 되찾아야만 한다.

과거에 파울로가 바람을 피워서 리랴를 임신시켰을 때, 파울로는 제니스의 신뢰를 되찾기까지 시간이 꽤나 걸렸다. 예전에는 왜 제니스가 그렇게 오랫동안 화냈는지, 왜 용서해주지 않앉는지 알 수 없었다.

하지만 지금이라면 알겠다.

그것은 파울로가 제니스의 안색을 살피며 기분만 맞춰줄 생각만 했기 때문이다.

즉, 내가 해야 하는 일은 실피의 안색을 살피는 게 아니다. 신뢰를 되찾기 위해 최선을 다해야 한다. 하루 이틀로는 무리일 테니까, 시간을 들여서라도, 실피는 물론이고 아이들을 사랑한다는 것을 행동으로 보여주어야 한다.

구체적으로 뭘 하면 되냐고 묻는다면 답하기 어렵겠지만….

아무튼 깨달은 것을 하나씩, 적극적으로 해나가야만 한다.

그렇게 생각하면서 우리는 여행을 계속했다.

도시가 보인 것은 저녁 무렵의 일이었다.

"저게 아르체인가."

"뭐라고 할까, 소박한 곳이로군요."

록시의 말처럼 평원 너머로 보인 것은 돌과 흙과 뼈 같은 것으로 만들어진 집들이나 그걸 둘러싸는 야트막한 울타리였다.

이 세계의 도시치고는 드물게도 성벽이 존재하지 않았다. 마물이 하늘을 난다면 성벽 따윈 의미가 없으니까 이게 정답이겠지.

그렇긴 해도 도시를 지키는 수단이 없어도 되나.

그렇게 생각하며 울타리로 다가갔더니, 도시에 무슨 막이 쳐진 듯한 느낌을 받았다.

뭐라고 할까, 유리 너머로 도시를 보는 듯한 감각이다.

"결계로군요. 크네요…."

록시의 말에 도시의 방어수단을 이해할 수 있었다.

그렇군. 아무런 방어수단도 없는 건 아닌가.

"들여보내줄까?"

"글쎄. 올스테드 님은 아무 말도 없었지만…."

실피의 말에 그렇게 대답하면서 결계로 다가갔다.

적어도 내 지인 중에 천족에 대해 밝은 자는 많지 않다.

다른 대륙에서도 천족을 본 적이 없고, 그들이 어떤 성격인지도 모른다. 배타적일까, 아니면 다른 종족에게 우호적일까.

내가 본 적 있는 천족은 실바릴 정도지만, 바로 그 실바릴은 내게 별로 좋은 감정이 없는지, 굉장히 엄한 인상이었다. 그렇긴 해도 자노바처럼 페르기우스가 어여삐 여기는 이들에게는 부드럽게 대했으니까, 딱히 배타적인 것도 아니겠지.

천족의 특성이 아니라 실바릴 개인의 성격이다.

어찌 되었든 별말이 없었으니까 위험은 없겠지. 갑자기 공격해 오는 일은 없을 것이다.

그런고로 결계 끝부분, 울타리가 있는 장소까지 가 보았다.

이 세계의 결계라면 일정 구역을 장벽으로 뒤덮는 것을 가리키는 경우가 많다.

그렇긴 해도 천대륙의 결계는 전혀 다른 것일지도 모른다. 만진 순간 전기가 흘러서 숯더미가 되는 일도….

"꽤나 단단하네…. 벨 수 있으려나…."

에리스가 콩콩 두들기고 있었다.

"아니, 에리스! 갑자기 만지면 안 돼! 전기 같은 게 흐르면 어쩌려고?!"

"어?! 아, 알았어…."

에리스가 움찔 몸을 떨었다.

위험하잖아. 모르는 곳에 와서 모르는 것을 만지다니.

"그럼 어떻게 하게?"

"…어떻게 하지?"

결계 밖에서 소리를 지르면 안에 들릴까.

울타리 안쪽을 둘러보기로는 밭이 펼쳐져 있을 뿐이다.

…그렇긴 해도 천족은 밭 같은 걸 만드나. 아니, 만들겠지. 날개가 있어도 먹고 살아야 할 테니.

마대륙의 오지에 사는, 텔레파시로 대화하는 종족도 밭을 일구었다.

사람이 사는 데에 농업은 필요하다.

그건 그렇고, 어떻게 들어가야 할까.

보통은 울타리를 따라 이동하여 입구 같은 장소를 찾겠지만, 스윽 보기로는 울타리에 끊긴 곳이 없다. 길이라고 할 것도 없고, 입구가 어딘지 알 수가 없다.

애초에 날개가 있어서 날아다니는 종족에게 '울타리 중간을 터서 입구로 삼는다'라는 개념이 있을까? 지면을 걷지 않으면 길이 생길 리도 없다.

그렇다면 입구 같은 게 공중에 있을까…?

하늘을 나는 수단까지는 준비하지 않았는데… 으음, 역시 여기서는 결계를 파괴하는 편이 좋을지도 모르겠다.

물론 나중에 고칠 생각이다. 일단 안에 들어가고 봐야 하니까.

"좋아, 그럼 결계를 깨뜨릴까."

"내가 할래."

"아니, 여기선 내 스톤 캐논으로…."

"저기."

록시의 목소리에 고개를 들자, 그녀는 결계 쪽을 보고 있었다.

"누가 옵니다."

그 말에 살펴 보니, 도시 쪽에서 새 같은 것이 날아오고 있었다.

멀리서 봐도 꽤 큰 것임을 알 수 있었다.

사람과 비슷한 사이즈… 아니, 사람이다. 날개가 달린 사람이다. 천족이다.

"결계를 두드렸으니까 경계하는 걸까?"

실피의 말. 그럴지도 모른다.

결계 밖이라고 해도 도시 주변에 마물이 나오면 쫓아내는 게 일반적이다.

뭐, 아무튼 어디든지 첫 인상이 중요하다.

여기선 일로 단련된 나의 대응 스킬을 보여줄 때가 왔군.

"……."

천족이 말없이 우리 앞에 저벅 소리를 내며 내려왔다.

세 명. 새의 모피…라고 하기에는 조금 다를지도 모르지만, 그런 느낌의 옷을 입고 손에는 창을 들었다. 스펠드 족 외에 창을 든 자를 보는 건 신기하군.

그들은 우리를 보고 의아한 표정을 지었다.

인간이 절벽을 올라오는 일은 좀처럼 없으니까 당연하다.

반대로 이쪽은 웃는 얼굴. 루데우스 스마일로 반격이다.

"어흠. 실례합니다, 저는 루데우스 그레이랫이라고 합니다. 실은 페르기우스 님께서 아기의 세례를 받으라고 하셔서, 여기에 왔습니다. 페르기우스 님에 대해 아십니까?"

"—— ●●● ——"

인간어로 말을 걸었더니 모르는 말이 돌아왔다.

나는 내 아내들과 시선을 주고받았고, 그 또한 다른 두 명과 시선을 주고받았다.

"천신어로군요. 어떻게 할까요?"

그래, 천대륙의 통용언어는 천신어였나.

이런, 모르는 말이다….

라고 예전의 나는 허둥댔겠지.

하지만 지금의 나는 용신 올스테드의 부하. 이 정도라면 미리 예상했다.

"괜찮아. 준비했어."

인간어로 말을 건 것은 일종의 예의다.

의사소통은 할 수 없어도, 대화할 의사가 있다고 전할 수는 있다.

저쪽도 지금 한순간의 대화만으로도 이쪽에게 적의가 없다고 알아차렸을 것이다.

"어흠."

헛기침을 한 번.

예상했다고는 해도, 천신어를 습득할 시간은 없었다.

그러니까 이번에는 컨닝 페이퍼를 쓴다. 나는 품에 넣어두었던 종이다발을 꺼내어 한 페이지를 펼쳐 그들에게 보여주었다.

거기에는 방금 전에 내가 했던 말과 같은 내용이 천신어로 적혀 있었다.

이제 그들의 어학능력을 기대하면….

"……!!"

그것을 본 그들의 반응은 극적이었다.

곧바로 울타리 앞에 있던 말뚝을 뽑더니, 우리를 환영하듯이 두 팔과 날개를 펼치고 맞아주었다.

이렇게 우리는 천대륙의 도시 아르체에 도달했다.

아르체는 생각 이상으로 소박한 곳이었다.

뼈와 돌, 흙, 지푸라기 등으로 지은 가옥.

건물도 3층이나 4층 정도가 많았다. 특별히 다른 점을 지적하자면, 계단이 보이지 않았다. 하늘을 날 수 있으니까 필요하지 않은 거겠지.

천족 사람들은 새의 모피 같은 겉옷을 입고 농업에 종사했다.

다른 점이라면 사람들은 날개가 있어서 간단한 곳 정도는 하늘을 날아서 이동한다는 점일까.

실제로 도시에 들어가자 사람들이 멀찍이서 날아다니며 우리를 바라보았다.

그 이외에는 기본적으로 어디에나 있는 벽지 농촌 같았다.

부에나 마을에 가까울까.

조금 더 로마 같은 느낌이라고 표현해야 할까, 천사나 천국 같은 느낌을 상상했는데… 뭐, 천족은 날개가 있는 사람들일 뿐이고, 아르체도 천대륙 중에서는 구석진 곳에 있으니까 이정도겠지.

여관도 없고, 인간어를 할 수 있는 이도 없다.

그렇긴 해도 공통으로 이해할 수 있는 단어는 있다.

'페르기우스'다. 그들은 페르기우스에게 큰 은혜를 입었는지 우리를 환영해 주었다.

마을 회관 같은 곳으로 우리를 안내하더니, 요리가 줄줄이 나오고 시장 같은 사람이 싱글싱글 웃으면서 무슨 말을 건네고 술을 내 왔다.

조금 신기한 점이 있다면, 주민들이 지크의 발을 만지고 싶어 했다는 점일까.

처음에는 경계했지만, 환영해준 시장이 일단 지크를 만지고 그 이후에 차례로 주민들이 왔기 때문에 딱히 거절하는 일 없이 받아들였다.

페르기우스의 시련을 위해 찾아온 아기니까 무슨 은혜가 있다고 생각하는 걸지도 모른다.

보통은 좀 무섭게 여겼겠지만, 악의도 느껴지지 않았기 때문에 얌전히 환대를 받아들이고, 그날은 거기서 자기로 했다.

밤에 지크를 재운 뒤에 실피와 조금 이야기를 했다.

"그냥 보통이었네."

"그래. 천대륙이라니까 더 비경 같은 곳을 상상했는데, 사는 사람들은 평범했어. 하늘을 나는 것만 빼면."

"나는 중앙대륙에서 나간 적이 없지만, 다른 곳도 평범해?"

그 말에 떠오른 것은 마대륙의 비경.

비에고야 지방의 최북서단. 거기에 사는 이들은 집의 형태나 모습이나 대화 방법 같은 게 다른 곳과 달랐지만, 그 이외의 부분은 대개 같았다.

"뭐, 그렇지. 지역마다 상식이 조금씩 다르지만⋯."

"라노아랑 아슬라만 해도 상식은 다르니까⋯."

그러더니 실피는 말이 없어졌다.

뭔가 생각하듯이 복잡한 얼굴이었다. 그렇긴 해도 얼마 전처럼 침울해진 기색은 아니었다.

"왜 그래?"

"아무도 지크를 이상하게 보지 않았구나 싶어서."

"아, 그랬지."

천대륙의 천족.

그들은 라플라스 전쟁에 참가하지 않았다.

천대륙의 입지 때문에 라플라스의 침공을 피할 수 있었던 유일한 종족이다.

당연히 스펠드 족에 대한 공포도 없다. 그러니까 마을의 전사인 듯한 사람들은 창을 들고 있고, 지크나 록시의 머리를 봐도 딱히 반응이 없었다.

올스테드의 이야기로는 더 옛날⋯ 4천 년 이상 전의 제2차 인마대전 때에는 그들은 마족을 혐오했던 모양이다. 하지만 4천 년 이상의 세월이 지나면 아무리 장수하는 종족이라고 해도 세대교체가 계속되겠고, 그런 혐오감은 흐려지겠지.

…아니, 어쩌면 페르기우스라는 단어를 듣고 노골적으로 드러내지 않았을 가능성도 있지만.

"다들 이러면 좋겠는데…."

실피는 그렇게 말하고 조금 억지로 만든 듯한 미소를 지었다.

제4화   명명

다음 날 아침, 아르체를 떠나는 우리를 사람들은 흔쾌히 보내 주었다.

어째서인지 머릿수만큼의 도시락과 약초인 듯한 나뭇잎 묶음과 부적인 듯한 목각 인형까지 주었다. 인형이라고 해도 나무막대기에 천족의 것인 듯한 깃털을 꽂았을 뿐인 소박한 것이었다. 분명 이 땅에 전해지는 신의 모습이겠지. 천신이라든가.

예술성이라는 의미로는 부족하지만, 희소성이라는 의미로는 자노바가 콧물을 흘리며 기뻐하겠지.

"감사합니다."

감사의 말을 하자, 말은 통하지 않았지만 감사의 마음은 통했는지 그들은 날개를 접고 두 팔을 가슴 앞에서 교차시키는 자세로 답례 인사를 했다.

아르체 언덕은 조용한 곳이었다.

완만한 구릉, 불어오는 바람은 차갑지만 날씨는 쾌청하니 좋았고, 중턱에는 하얀 꽃밭도 있었다.

그 탓도 있는지 지크는 색색 잠들었고, 우리도 졸리기 시작했다.

"후아암⋯."

⋯물론 밤에 잘 자고 일어난 이들이 전원 수마에 사로잡힌다는 건 말도 안 되는 소리다.

그래서 나는 미리 준비했던 키카라 열매를 전원에게 건네고 단숨에 삼켰다.

중턱에 보이는 하얀 꽃밭.

거기에 핀 꽃의 꽃가루에는 강력한 최면작용이 있다.

그리고 잘 살펴보면, 꽃밭에 의태하듯이 동물 하나가 몸을 숨기고 있는 게 보였다.

헤븐즈 글라이더라고 불리는 마물이다.

최면작용이 있는 하얀 꽃밭에 숨어서, 근처에서 잠든 것을 덮친다.

크기는 마물 중에서도 비교적 작아서 2미터 정도밖에 안 된다.

그 모습을 단적으로 표현하자면 털이 난 도마뱀 정도일까. 앞다리에 박쥐 같은 날개가 있고, 꼬리에는 독가시가 있다.

신중한 축에 드는 마물이라서, 잠들지 않은 상대는 결코 건

드리지 않는 게 특징이다.

겁쟁이라고 바꿔 말해도 좋겠군.

지크는 새근새근 잠들었지만, 헤븐즈 글라이더가 공격해오는 일은 없어서 그대로 통과할 수 있었다.

하얀 꽃의 최면효과는 한 시간 정도.

올스테드의 말로는 꽃밭에서 쓰러지면 평생 눈을 뜨는 일은 없다는 모양이지만, 서둘러서 그 자리를 떠나면 딱히 후유증도 없어서 문제없는 모양이다.

그렇긴 해도 지크는 생후 한 달. 그 자리를 떠난 뒤에 공들여서 해독 마술을 걸었다.

키카라 열매는 강한 각성작용이 있어서 잠을 쫓는 약으로 사용되지만, 젖먹이에게 먹이기에는 위험할지도 모르니까.

"......!"

한동안 걷다가 에리스의 신호에 자세를 낮추었다.

살펴보니 언덕 위에 커다란 새가 있었다.

두 다리로 느릿느릿 걷는 그 모습은, 깃털로 뒤덮이지만 않았으면 공룡으로 잘못 보았을 것 같다.

크기는 10미터에 가까울까. 크군.

"크네요…."

"저 녀석은 분명히 기간틱 죠, 라고 했던가."

이 언덕에서 가장 강한 마물로, 랭크를 따지자면 A급.

천대륙의 주민은 이 마물과 만나는 것을 매우 두려워한다.

도시 근처에 출몰하면 총력을 동원하여 퇴치하고, 작은 마을 근처면 마을이 통째로 이주해 버릴 가능성도 있다는 모양이다. 여행자들에게는 이 녀석과 만나지 않게 해달라는 마음을 담은 호부를 준다든가….

아, 아까 부적이 그건가.

"아, 루디, 저기 봐."

실피의 말에 마물이 있는 장소 뒤쪽을 보니, 거기에는 석조 사당 같은 것이 보였다.

아마도 저기가 목적지겠지.

"어쩌지? 싸울래?"

으음, 어떻게 할까.

지금으로서는 들키지 않았다.

그러니 우회해도 좋겠지만… 이 근처가 녀석의 영역인지 떠나려는 기색이 없다.

A급 마물 정도 되면 내 스톤 캐논을 보고서 회피하는 녀석도 있으니까, 싸운다면 조금 위험하긴 한데….

힐끗 에리스를 바라보니 고개를 끄덕였다.

알았다는 눈치인데, 나는 아직 아무 말도 안 했다고.

뭐, 그래도 해치울까.

지금으로선 시련다운 게 하나도 없었고, 우회해서 사당에 가면 실격이라고 할 것 같다.

"에리스가 주의를 끌고 내가 발을 묶을게. 그와 동시에 실피와 록시가 공격. 일격으로 해치울 수 있을지 모르니까, 일단 날개를 노려줘. 그리고 결정타를 먹일 수 있을 것 같으면 에리스가 그대로 끝내 버려. 반대로 진흙탕에서 빠져나오면 에리스가 시간을 벌고 내가 마무리. 오케이?"

"알았어!"

그 말과 동시에 에리스가 뛰쳐나갔다.

계속 기다리라는 명령을 받았던 개처럼.

내가 나머지 두 사람에게 시선을 보내자, 록시와 실피도 에리스를 좌우에서 원호하는 위치로 달려갔다.

이렇게 보면 실피는 발이 빠르네. 산후라서 아직 몸이 성치 않을 텐데… 출산 후의 체력 저하는 치유 마술로 회복할 수 있나.

아, 마물이 에리스를 발견했다.

"하아아아아압!"

"쿠오오오오오오오오!!"

에리스의 포효에 마물도 포효로 답했다.

가까이서 듣기만 해도 고막이 찢어질 듯한 소리, 하지만 에리스는 겁먹지 않았다. 멈추지 않았다.

돌진해 오는 마물을 상대로 파고들었다가, 순간 멈춰서 사이드 스텝.

다음 순간, 에리스가 있던 장소에 마물의 부리가 박혔다. 날개를 펼치고, 지면을 박차며, 말도 안 되는 속도로 돌진한 것이다.

에리스는 회피할 때 일격을 날렸는지 마물의 입 근처에 선혈이 튀었다.

즉사에 이르지 않은 것은 자세가 충분하지 않은 탓도 있지만, 너무 커서 목의 위치가 높기 때문이겠지.

예정대로 공격하기 쉬운 위치까지 고개를 내리게 할 필요가 있다.

"진흙탕."

에리스 쪽을 돌아보려고 자세를 낮춘 마물의 발밑이 진흙늪으로 변했다.

순식간에 다리가 지면에 빠져서, 날개를 펄럭거리며 도망치려고 했다.

하지만.

"용감한 얼음의 검을 저자에게 내리쳐라! '아이시클 브레이크'!"

"소닉 블래스트."

펄럭대는 날개를 찢으려고 두 사람의 마술이 날아들었다.

진흙탕에서 빠져나갈 방법을 잃고, 그래도 포기하지 않고 버둥대는 마물.

그런 마물의 눈동자에 한 검사가 비쳤다.

검을 상단세로 든 빨강머리의 검사가.

"흠!"

짧은 숨소리와 동시에 그것이 날아갔다.

빛의 칼날. 검신류의 비기. 사람만이 아니라 모든 존재를 일격에 쓰러뜨리기 위해 만들어진, 말 그대로의 필살검.

소리는 없었다.

에리스의 검은 마물의 머리를 세로로 쪼갰다.

마물은 눈을 까뒤집고 몸을 부르르 떨었다.

하지만 움직임은 멎지 않았다. 경련을 일으키면서도, 물을 내뿜으며 날뛰는 호스처럼 고개를 이리저리 돌리면서 주위를 쪼려고 했다.

어지간해선 일격인데, 역시 너무 큰 게 문제인가….

"스톤 캐논."

마지막으로 나의 스톤 캐논이 마물의 두개골을 꿰뚫었다.

스톤 캐논은 에리스가 낸 상처를 통해 두개골 안으로 파고들어서 뇌를 완벽하게 파괴해 뒤통수까지 뚫고 나왔다. 뇌와 뼈가 마물의 뒤로 흩어지고 퍼엉 하는 소리가 울렸다.

마물은 실이 끊어진 것처럼 힘을 잃고, 소리를 내며 늪으로 고개를 처박았다.

"……."

에리스는 한동안 상황을 지켜보았지만, 확실히 절명한 것을 확인했는지 이쪽을 돌아보며 손을 흔들었다.

록시 또한 괜찮다는 느낌으로 지팡이를 쳐들었다.

실피는 이렇게 큰 마물을 처음 보는 건지 흥미로운 기색으로 마물을 바라보았다.

좋아, 잘 풀렸다.

아무도 다치지 않고, 일방적으로 공격하여 승리했다.

마대륙을 여행하던 때에는 이렇게 잘되지 않았다.

나도 에리스도 강해졌다.

"아우, 아아!"

그런데 지크가 잠에서 깨어났는지, 내 등에서 꾸물거리기 시작했다.

아, 미안, 배고파? 아니면 아빠 등이 싫은 거야? 추워?

그렇거든 미안해. 금방 집에 돌아갈 거니까~

"우우…!"

그때 나는 깨달았다.

내 안색이 변하는 게 느껴졌다.

그리고 내 쪽으로 다가오던 아내들도 내 변화를 알아차린 모양이다.

험악한 표정으로 방금 전에 쓰러진 마물 쪽을 보았다.

마물은 방금 전과 마찬가지로 진흙탕 안에서 숨이 끊어져 있었다.

꿈쩍도 하지 않았다.

"아."

실피가 알아차렸다.

그래, 내 발치다.

거기에는… 김이 오르는 웅덩이가 생겨 있었다. 그리고 내 등에서도 김이 오르고 있겠지.

등이 뜨뜻미지근하다.

"아, 당해 버렸군요."

록시의 말에 모두의 긴장이 풀렸다.

그래, 나는 지크 씨에게 당했다.

"훗, 설마, 내 자식에게 뒤에서 당하다…니…. 방심했…군…. 실피… 집에 돌아가면, 아이들에게… 사랑한다고… 전해줘… 너희 성장을, 기대한다고… 앞으로는 형제자매끼리 서로 도우며 살아…. 아빠는 저세상에서 할아버지랑 같이 툇마루에서 차를 마시며…."

"루디, 이상한 소리 하지 말고 지크를 내려놔, 로브도 마도 갑옷도 벗어! 안 씻으면 냄새나!"

"예~"

마무리는 좀 꼴사나웠지만, 아무튼 사당은 눈앞.

우리는 목적지에 도달하였다.

거기는 사당이라고 하기엔 좀 작아보였다.

높이는 1미터 조금 넘는 정도, 폭은 2미터 정도.

쌍바라지 돌문은 사람이 한 명 지날 수 있을 정도로, 앞쪽을 향해 살짝 열려 있었다.

문에는 기억에 있는 문장이 있었다. 최근 나도 곧잘 몸에 달고 다니게 된 그 문장은 멀리서 보면 드래곤처럼 보인다.

용족의 문장.

즉, 여기는 용족의 유적이다.

유적 옆에는 무슨 제단 같은 것이 보이는데, 이쪽은 이끼가 뒤덮이고 망가졌다.

어쩌면 무슨 마술장치였을지도 모른다. 유적의 모습을 숨긴다든가. 하지만 자주 본 전이유적과는 조금 취향이 다른 듯하다. 어쩌면 여기는 옛날에 현지 주민들이 정기적으로 제사 같은 걸 지내는 곳이었을지도 모른다.

그리고 제단만 다른 게 아니다. 사당 자체도 전이유적과의 차이가 엿보였다.

내가 아는 전이유적이라면 지하실이 있는 단층집이란 느낌인데, 살짝 열린 문에서 보이는 내부에는 계단이 있었다.

아래로 내려가는 계단이 어둠 속으로 이어지고 있다.

시험 삼아 입구를 팔토시로 두들겨 보았더니 소리가 깊은 곳까지 울렸다.

꽤나 깊게 내려가는 모양이다.

흐음, 여기서 세례를 받으라는 건데….

이런 곳에 사람이 살고 있을까.

밖에는 이 근처 사람들이 버거워하는 마물이 활보하는데 말이지.

"계십니까~"

소리 내어 불렀지만 대답이 없다.

뒤를 돌아보고 '사당이란 건 여기겠지?'라는 시선을 모두에게 보내어도,

"얼른 들어가."

돌아온 것은 에리스의 채근하는 말뿐.

뭐, 일단 들어가볼까. 아니라면 또 찾으면 된다.

"실례하겠습니다."

일단 그렇게 말한 뒤에 안으로 들어갔다.

마도갑옷의 소켓에 장비한 등불의 정령 스크롤을 꺼내서 계단을 비추었다.

기본적으로는 사용되지 않는 건지, 계단에는 희미하게 모래 먼지가 쌓여 있었다.

하지만 정기적으로 청소하는 것인지, 이끼 같은 것은 없었다. 생활감은 없지만, 사람의 손이 닿은 흔적은 곳곳에서 찾아볼 수 있었다.

한 걸음씩 확인하듯이 계단을 내려갔다.

내 바로 뒤에는 에리스, 록시, 실피가 차례로 따라왔다.

나는 지크를 업고 있으니, 에리스에게 선두를 맡기는 게 좋을지도 모른다.

그런 생각을 하는데 계단이 끝났다.

눈앞에는 역시 안쪽으로 반쯤 열린 문이 있었다.

이것 또한 사람이 한 명 지나갈 수 있을 정도였다.

하지만 그 틈새에서는 희미하게 빛이 새어나왔다. 사람이 있는 걸까, 아니면 발광으로 사냥감을 유인하는 마물이라도 있는 걸까….

아무래도 조금 무서운데…. 좋았어.

"정찰하고 올게."

나는 그렇게 선언하고 지크를 실피에게 맡겼다.

"나도 갈래."

에리스의 말에 고개를 끄덕이고 둘이서 문을 통과했다.

문 너머에는 넓은 공간이 펼쳐져 있었다.

굵은 기둥이 떠받치고 있는 광장이란 느낌일까.

왠지 신성한 분위기가 느껴졌다. 왠지 모르겠지만, 지금까지의 용족의 유적보다도 페르기우스의 공중성채와 비슷한 느낌도 있었다.

기둥의 굵기나 배치 등이 페르기우스의 공중성채에 있는 알현실과 비슷했다.

역시 페르기우스와 관련된 땅일까.

벽에는 촛대가 설치되어 있고, 희미한 빛을 내고 있었다.

하지만 새어나오던 빛은 그것만이 아니었다.

방 안쪽에는 샘 같은 게 있고, 그 샘에서 나오는 푸르스름한 빛이 방 전체를 밝히고 있었다.

그 샘에 다가가면 마물이 공격해 오는 걸까…. 아니면 저 샘을 조사하면 HP와 MP가 완전 회복되는 느낌일까….

아무튼 샘 옆에는 또 안쪽으로 이어지는 통로가 있었다.

이 방에는 위험이 없는 모양이고, 실피와 록시를 불러서 그쪽으로 들어갈까….

그렇게 생각하는데 뚜벅뚜벅 소리가 들려오기 시작했다.

발소리다. 그것도 여러 명의 소리.

발소리는 샘 옆에 있는, 안쪽으로 이어지는 통로에서 들려오는 듯하였다.

뒤쪽의 문을 지키듯이 위치를 잡자, 에리스가 한 발 앞으로 나서서 검을 들었다.

일단 대화가 통하면 좋겠는데….

위험한 상대 같으면 일단 도망치는 것도 좋다.

그렇게 생각하는데 발소리의 주인이 모습을 드러냈다.

한눈에 위험한 상대라는 것을 알았다. 동시에 대화가 안 통할 상대가 아니라는 것도 알았다.

그 인물은 가면을 쓴 세 명을 데리고 있었다.

실바릴과 아르만피, 그리고 나나호시.

"꽤나 일찍 도착했군, 루데우스 그레이랫."

나타난 것은… 페르기우스였다.

"기간틱 죠가 출몰한다고 들었는데… 역시 네게 이 정도는 시련 축에도 못 드나."

뭐야, 몰래 카메라인가.

시련이라고 해서 와봤더니, 그 시련을 내린 이가 나타나서 몰래 카메라 대성공! 이라는 느낌?

"…저기?"

"뭘 하는 거냐, 얼른 아기를 데리고 이쪽으로 와라."

당황하는 내게 페르기우스는 당연하다는 목소리로 그렇게 말했다.

샘 옆에서 기다린다는 느낌으로 서 있었다.

뭐가 어떻게 된 거지.

일단 싸울 생각은 아닌 모양이다.

정령의 일원처럼 나나호시도 있으니까. 싸울 생각이면 나나호시는 데려오지 않았겠지.

아니, 반대일까? 싸울 생각으로 나나호시를 데려왔나? 내가 공격할 수 없을 거라고 보고?

아니, 설마 아무리 그래도 위대한 페르기우스 님이 그렇게 비열하고 쪼잔한 수를 쓸 리는 없겠지?

일단 실피와 록시를 방 안으로 데려왔다.

록시가 들어온 순간, 페르기우스가 눈썹을 꿈틀거렸다.

"…페르기우스 님. 마족이."

실바릴이 험악한 목소리로 말했다.

하지만 용서해줘. 여기는 공중성채가 아니니까.

"뭐, 됐다."

역시나 관대. 줄여서 역관.

자, 눈앞에는 어른 한 명이 들어갈 수 있을 만한 샘이 있다.

샘이라고 할까, 가까이 가보니 타원형의 돌 욕조 같은 느낌이다.

욕조 바닥에는 마법진이 새겨져 있는 모양이고, 거기서 빛이 나오고 있었다. 물속에서 난반사해서 이 방 전체를 밝게 비추는 것이다.

나이트풀처럼 환상적이지만, 이게 무슨 마도구라는 건 확실하다.

그렇긴 해도 이 마도구는 완전하지 않은 모양이다. 욕조 안쪽에도 마법진이 새겨진 돌이 있는데, 그쪽은 빛이 나지 않았다.

욕조 주위에 뭔가를 꽂는 듯한 구멍이 있는데, 거기에는 아무것도 들어있지 않았다.

아마도 필요한 파츠가 부족한 거겠지.

"…이건."

"세례의 제단입니다."

그렇군, 세례의 제단. 즉, 여기서 세례를 한다는 건가.

그때 그렇게 대답한 실바릴이 움직였다.

실피의 앞으로.

"아기를."

실바릴이 그렇게 말하며 두 손을 내밀었다.

실피는 움찔 몸을 떨더니, 그 손과 내 쪽을 교대로 보았다.

"혹시 페르기우스 님께서 몸소 세례를?"

농담 섞어서 그렇게 물어보니,

"그렇다. 불만인가?"

그런 말이 돌아왔다.

"아뇨! 천만의 말씀."

즉, 페르기우스는 여기서 세례를 주기 위해 우리를 보냈고, 자기도 때를 보아서 여기로 왔다는 소린가…?

아무튼 여기에는 다른 정령도 없다. 지크를 어떻게 할 거면 공중성채에서 했을 테니까, 느닷없이 지크를 목 졸라 죽이거나 물에 빠뜨려 죽이지는 않겠지.

뭐, 공중성채에서 붙으면 이것저것 망가질 테니까, 옥상이 아니라 천대륙으로 불러냈을 가능성도 있지만….

아니, 페르기우스에게는 지금까지 많이 신세를 졌다.

여기서는 그를 믿자.

"실피."

그렇게 말하며 실피에게 눈짓을 보냈다.

실피는 순간 숨을 삼켰지만, 뭔가 결심한 것처럼 심호흡을 하고 지크를 실바릴에게 건넸다.

실바릴은 지크를 부드럽게 두 손과 날개로 감싸듯이 안고, 페르기우스의 앞까지 걸어가서 무릎을 꿇었다.

그리고 공손하게 지크를 페르기우스에게 내밀었다.

페르기우스를 보자면 제단에 걸터앉아서, 실바릴이 내민 아기를 찬찬히 보았다.

"흠…. 녹색 머리에 다소 뾰족한 귀. 섬광과 같은 눈, 하지만 부드러운 인상도 있는, 좋은 아이로군."

저도 그렇게 생각합니다만….

왠지 두근거린다. 이 세례의 결과에 따라서는 지크가 라플라스인지 판명되고, 그 자리에서 죽인다든가? 우우, 신용하지 않는 건 아니지만 무섭군…. 예견안이라도 뜨고 있을까.

예견안에 비친 것은 페르기우스가 한손으로 물을 뜨는 모습이었다.

그리고 그것은 1초 뒤에 현실이 되었다.

페르기우스는 한손으로 떠올린 물을 다른 손과 합치듯이 들어서 꾹 눌렀다.

두 손을 주먹 쥐더니 자기 어깨에 대고 누르는 듯한 포즈를 취했다.

몇 초 동안 그 자세로 정지했다가 천천히 손을 펼쳐서 지크의 뺨을 만졌다.

"나, 갑룡왕 페르기우스의 이름으로, 인간의 알인 아기에게 축복을 내리노라."

"내 손으로 세례를 주고, 내 이름으로 이름을 지어주노라."

"건강히 껍질을 깨고, 강하게, 현명하게, 그리고 자상하게 자랄 만한 이름, 이 아이의 이름은… '살라딘'."

페르기우스의 손이, 아니, 페르기우스의 손을 적신 물이 살짝 노란색으로 빛났다.

물은 잠시 동안 빛을 내었지만, 곧 그것도 사라졌다.

페르기우스는 그것을 확인한 뒤, 아기를 들어올려서 실바릴에게 건넸다.

실바릴은 아기를 공손히 받아서 부드럽게 안고 일어섰다.

그리고 천천히 실피에게 돌아와서 지크를 내밀었다.

실피는 다소 멍한 얼굴로 지크를 받았다.

엿보듯이 지크의 얼굴을 보았지만, 딱히 변화는 없는 모양이었다. 생후 한 달 된 아기의 멍한 얼굴로 나와 실피를 보았다. 머리도 여전히 녹색.

뭐가 어떻게 된 거지?

"…저기?"

"흥."

페르기우스는 콧방귀를 뀌더니 일어서서 천천히 이쪽으로 걸어왔다.

그리고 내 앞까지 와서 말했다. 충격적인 말을.

"네가 무슨 착각을 했는지는 모르지만, 그 아기가 라플라스가 아니라는 사실은 처음부터 알고 있었다."

5초 정도, 그 말의 의미를 이해할 수 없었다.

"……아, 그렇습니까?"

"아르만피는 내 눈. 내가 라플라스를 잘못 볼 리가 없지. 녹색 머리도 라플라스의 것과는 크게 다르다. 눈 색깔도 다르다. 마력도 대단할 것 없군. 그리고 그 끔찍한 저주도 없다…. 마음속 깊은 곳부터 떨려오는 그 저주가."

그렇다면 그 출산 장면 때부터 이미 라플라스가 아니라고 알고 있었어?

"네가 너무나도 근심하는 모양이기에 이 사당으로 보냈다. 이 물은 특정한 이와 닿으면 그 색깔이 변하게 되어 있다. 라플라스라면… 붉게 빛난다."

"…노랗게 변하긴 했습니다만."

"신의 아이라고까지는 하지 않겠지만… 라플라스의 인자를 강하게 가지고 있군. 몸이 튼튼하다든가 이상하게 힘이 세든가 하지는 않았나?"

"그랬습니다."

그렇구나, 어쩐지 힘이 세다 싶었는데… 그런 건가. 몸이 튼튼한 것도 그렇군.

아무튼 라플라스는 아닌가. 안심했어….

하지만 잠깐만? 그렇다면.

"즉, 전혀 관계없는데, 아르만피는 출산 자리에 난입했던 겁니까?"

"그 일은 사죄하지. 우연히 안 좋은 타이밍에 도착했던 모양이다. 혹시 네 아이가 라플라스였다면 최고의 타이밍이었을지도 모르지만."

아니, 그렇다면 그렇게 말을 해줘. 뭐냐고, 대체.

"그럼 뭘 위해 여기까지 오셨습니까…."

"세례를 위해서. 옛날 아슬라 왕국에서는 지위 있는 자가 작명을 부탁받으면 자기가 태어난 땅에서 아기에게 세례를 주며 이름을 지어주는 습관이 있었다. 그리고 부모는 갓 태어난 아기를 데리고 여행을 한다…. 이미 잊힌 풍습이긴 하지만."

"…작명?"

"뭘 그리 얼빠진 얼굴을 하느냐. 예전에 약속하지 않았나. 아이를 데려오면 이름을 붙여주겠다고. 앞으로 그 아기는 '살라딘'이라고 부르도록 해라."

그런 약속을 했던가?

아니, 하지만 했던 것 같기도 하네. 데려오라고 말할 때에 분명히 그런 말도 했던 것 같다. 아니, 농담이라고만 받아들였는데.

"하지만, 저기, 이 아이…."

"인사는 됐다. 내가 주는 약소한 선물이다."

페르기우스는 일방적으로 그렇게 말하고 일어났다.

아니, 일단 이 애한테는 지크하르트라는 멋진 이름이 있습니다만.

…어쩌지.

이미 거절할 수 없는 분위기다.

아니, 좋잖아. 지크하르트 살라딘 그레이랫.

어감은 그리 나쁘지 않고, 셀 것 같다. 페르기우스에게 받은 이름이라고 하면 무게감도 실린다.

응, 나쁘지 않아. 나쁘지 않다고 생각하니 나쁘지 않아. 그런 느낌이 들었다.

이렇게 지크는 새로운 이름을 얻고, 우리의 세례 여행도 끝을 맞았다.

하지만 이야기는 아직 끝나지 않았다.

전이마법진으로 공중성채에 돌아와서, 이제 집으로 가자는 마음에 가슴을 쓸어내리는데, 페르기우스에게서 다시 한번 알현실로 오라는 명령이 내려왔다.

마족인 록시는 체재가 허락되지 않으니까 귀가.

실피도 돌아가려고 했지만, 뭔가 생각하는 바가 있었는지 나와 동행했다.

참고로 에리스는 당연하다는 듯이 내 뒤에서 팔짱을 끼고 서 있다.

그리고 눈앞에는 열두 정령과 페르기우스.

"자, 그럼 꽤나 먼 길을 돌아오긴 했지만, 본론으로 들어갈까."

페르기우스는 공중성체의 옥좌에 듬직하게 앉더니 그렇게 말했다.

본론? 본론이란 게 뭘까.

아, 그런가. 페르기우스의 용건이 아이 문제만이 아니라면, 달리 용건이 있어서 나를 불러냈다는 소린가.

"루데우스 그레이랫."

방금 전과 다르게 엄한 시선으로 나를 내려다보았다.

뭐지. 내가 무슨 짓 했나.

"너, 아토페와 맹약을 맺었더군."

아, 그쪽인가….

페르기우스와 아토페는 사이가 안 좋았다.

아토페에게 말을 걸기 전에 페르기우스에게도 말해두는 편이 좋았을까….

"라플라스와의 싸움을 준비하고 있음에도 불구하고, 그런 여자에게 미리 말을 붙이다니…. 왜 내게는 말하지 않았지?"

"그건, 저기….."

"그러나 그건 됐다. 지난번에 네 신념을 듣고 속이 풀렸다. 넘어가 주지. 원래부터 나는 혼자서 라플라스와 싸울 생각이었으니까."

괜찮은 거냐.

"고로 용건은 하나뿐이다."

페르기우스가 턱짓을 하자, 한 소녀가 앞으로 나왔다.

하얀 가면을 쓴 16세 정도의 소녀다.

어느 틈에 나보다도, 실피보다도, 훨씬 어린 나이가 된 소녀.

나나호시 시즈카. 페르기우스의 열두 부하 사이에 슬쩍 섞여 있던 그녀는 앞으로 나서자 가면을 벗었다.

그리고 차분한 목소리로 말했다.

"귀환용 마법진이 완성되었습니다."

"그래, 드디어."

대답한 것은 어느 틈에 내 뒤에 나타난 올스테드였다.

나나호시는 올스테드를 보고 가슴 앞에서 주먹을 쥐었다.

"예, 올스테드. 드디어… 아직 완벽하지 않을지도 모르지만."

"해냈군."

올스테드의 말은 따뜻했다.

흔한 말이지만, 그렇기에 올스테드의 마음이 담긴 느낌이었다.

"예… 예!"

나나호시의 목소리는 상기되어 있었다.

눈물이 흐를 것 같은 얼굴을 찌푸리며, 살짝 고개를 들어서 눈물을 참고 있었다.

나도 따라서 울 것만 같았다.

귀환용 전이마법진.

나나호시가 갈망하던 것. 그녀가 이 세계에 온 지 십여 년, 그녀는 이것만을 위해 살아왔다. 격심한 향수병에 시달리면서 집에 돌아가는 것만을 목표로 하였다.

발상에서 가설, 그것을 기각하고 다시 한번 발상.

그리고 이론을 구축한 뒤에는 기술을 연마하면서 실험에 이은 실험을 거듭했다.

그녀가 페르기우스의 밑에서 수행을 시작한 지 이미 5년 가까이 지났다. 긴 시간이다.

그것이 드디어 완성되었나….

"루데우스. 바쁜 때에 불러내서 미안했어."

"아니, 나야말로, 며칠이나 기다리게 해서 미안하다고 할까, 뭐라고 해야 할까….."

나나호시가 부른 거였나.

그리고 나나호시는 그런 대망의 마법진을 완성시켰는데도 불평 한마디 없이 기다려주었나….

"괜찮아. 그보다, 저기, 아이, 축하해."

"고마워."

"왠지 놀랐어…. 많이 생각하고 있었네, 이것저것….."

많이 생각한다라….

과연 그럴까.

나로서는 생각이 미치지 못하는 곳이 많은 것만 같다.

"마지막 실험, 마력이 꽤 많이 필요해. 당신도 해야 할 일은 많겠지만, 힘을 빌려줘."

나나호시는 그렇게 말하며 고개를 숙였다.

그 눈동자에는 힘이 있었다.

마지막 한 걸음. 골인 지점이 보인 자의 얼굴이다.

"물론."

"어쩌면 한두 달은 걸릴 텐데, 괜찮아?"

"…괜찮아."

한 달인가.

거절할 이유는 있지만, 거절할 도리는 없다. 기스를 쓰러뜨릴 때까지 기다려달라고 하고 싶은 마음은 있지만, 그걸 말할 만큼 싫어하는 상대도 아니다. 나나호시에게는 이미 충분히 기다리게 했으니까.

"고마워."

나나호시는 그렇게 말하고 또 고개를 숙였다.

그리고 실피를 보았다.

아직 불안해 보이는 그녀.

나나호시는 그쪽으로 빠르게 달려가서 뭐라고 귓속말을 했다.

실피는 몸을 꿈틀 떤 뒤에 놀란 얼굴로 나나호시를 보았다.

나나호시는 고개를 끄덕이고, 실피는 내 쪽을 힐끗 본 뒤에 끄덕였다.

"그럼 지금부터 마법진이 있는 곳으로 이동하겠습니다."

뭐라고 말했는지는 모르겠지만, 나나호시는 그렇게 선언했다.

★ 실피에트 시점 ★

솔직히 주위가 잘 보이지 않았던 거라고 생각한다.

나 혼자서 고민하고, 나 혼자서 어떻게 해야 한다는 생각에 사로잡히고, 그렇다고 할 수 있을 것 같지는 않고….

하지만 잘 생각해보면 나는 혼자가 아니었다.

든든한 가족은 많이 있다. 루디도 농담 섞어가며 말하긴 했지만 '형제자매끼리 서로 도우며 살아라'라고 말했다. 내게는 형제자매가 없었지만, 지크에게는 있다. 루시도 최근에는 믿음직한 누나가 되려고 애쓰려 한다.

아직 믿음직하다고는 할 수 없지만, 루디의 아이니까 성장하면 분명히 신뢰할 수 있는 아이가 되겠지. 내 피가 절반 섞인 것이 조금 불안하지만….

아르스나 라라도 언젠가는 성장한다. 지크는 혼자가 아니다.

그리고 가족뿐만이 아니다.

나나호시가 말해주었다.

고민이 있다면 들어주겠다고.

나나호시가 그런 말을 할 줄은 생각도 않았기에 조금 놀랐다.

하지만 아마 아리엘 님이나 루크나 자노바나 크리프도 내가 말하면 진지하게 들어줄 것이다.

나는 머리색이 변했기에 켕기는 마음도 있지만, 아리엘 님이나 루크는 분명 내 머리가 녹색이었으면 그렇게 친한 관계가 되지 않았을 거라고 생각했지만, 하지만 분명 그럴 리는 없을 것이다. 루디가 그랬듯이 다들 나와 친하게 지냈을 거라고 지금은 생각한다.

처음에는 다들 당혹스러웠을지도 모른다. 녹색 머리다, 마족이다, 스펠드 족이다, 그렇게 떠들었을지도 모른다. 하지만 마지막에는 분명 지금 같은 관계가 되지 않았을까, 그렇게 생각하니까.

그러니까 분명 지크에게도 그런 친구가 생기지 않을까.

내가 루디에게 많은 것을 배우고 그런 친구를 사귀었던 것처럼.

머리색 같은 것으로 차별하지 않는, 좋은 친구를 사귈 거라 생각한다.

그러니까 나도 고민하거나 슬퍼하기만 하지 말고, 그런 것을 지크에게 가르쳐줘야 한다.

그렇게 생각했을 때, 눈앞을 걸어가는 루디의 뒷모습이 보였다.

"……."

왠지 모르게 그의 옷자락을 붙잡았다.

루디가 돌아보았다. 평소처럼 다정한, 하지만 조금 미안한 빛과 불안이 섞인 얼굴. 내가 그렇게 만들었다.

"루디."

이름을 부르자, 그는 말없이, 주위에게 먼저 가라는 듯이 눈짓을 하였다.

모두가 가고 단둘이 남은 뒤, 루디는 내 어깨에 손을 두르고 가만히 포옹해 주었다.

지크가 눌리지 않도록 가만히, 부드럽게. 루디의 가늘지만 탄탄한 몸에 안겼다. 갑옷을 입고 있으니까 조금 딱딱한 감촉이지만 마음이 놓였다.

"루디… 미안해. 조금 불안해졌던 것 같아. 녹색 머리를 보고, 예전 일이 떠올라서, 앞으로를 생각해서. 이 아이, 누구에게도 축복받지 못하는 게 아닐까 싶어서…."

"어쩔 수 없어. 누구든 불안해져. 나도 이름을 생각하는 걸 잊었고."

"응…. 그리고 최근 록시랑 에리스랑 계속 여행을 다녔잖아? 그러니까 아이를 나 혼자서 지켜야만 하는 걸까 하고…."

"그렇지 않아!"

강한 부정에 조금 놀랐지만, 응, 그래. 루디는 그렇게 말하는구나.

"응, 알아. 알고 있었지만, 잊어버렸어. 미안."

"아, 아니, 사과하지 않아도 되는데…."

"조금 약해졌던 거야."

지크의 머리를 쓰다듬었다. 방금 전부터 지크는 자고 있었다. 언제 잠들었던 걸까.

이번 여행에서, 뭐라고 할까, 지크가 생각만큼 약하지 않은 것처럼 여겨졌다.

힘이 세다든가, 몸이 튼튼하다든가, 그런 게 아니라, 뭐라고 할까, 강하구나 라는 생각이 들었다.

"하지만 이젠 괜찮아. 여행하는 루디를 보고 있으니 마음이 놓였어. 루디는 확실히 지켜줄 거라고."

루디는 쓴웃음을 지었다. '내 어디에 안심할 만한 요소가 있었을까?'라는 얼굴이었다.

하지만 루디는 내내 자연스러운 모습이었다. 지크의 머리가 녹색이라고 해서 놀라지 않았고, 페르기우스 님에게도 용기를 갖고 대하려고 하였다.

혹시 다른 아이가 비슷한 상황에 빠져도 그는 그러겠지.

"저기… 실피에트 씨."

루디는 때때로 이렇게 내 이름을 제대로 부른다. 이럴 때는 대개 두 패턴인데, 야한 부탁을 할 때나, 혹은 뭔가 사죄를 하고 싶을 때다.

"왜요, 루데우스 씨?"

"아이 이름을 생각하는 걸 잊어버렸다고, 화내도 되거든?"

"으음…. 하지만 별로 화나지 않았어…. 따지고 보면 실망과 불안이 앞섰다고 할까."

왠지 부끄러워져서 그렇게 말했다.

루디가 이름 생각을 잊었다는 말에, 이 아이는 루디에게도 사랑받지 못하겠구나 하는 생각에 빠졌을 뿐이다.

…그러자 루디의 얼굴이 새파래졌다.

생각보다도 내 말에 쇼크를 받은 모양이네…. 아, 하지만 그런가. 그렇구나. 화내는 게 아니라 그저 실망한다는 쪽이 더 괴로운가.

"…아, 그래, 그러니까 화내는 편이 좋을까. 그래, 앞으로는 화낼게. 나도 아이도 잊어버리면 안 되니까!"

"예."

루디는 차분하게 끄덕였다.

이럴 때의 루디는 귀엽네. 예전에 나를 남자라고 생각해서 옷을 벗기려 들 때도 이런 느낌이었던 것 같다. …우우, 왠지 떠올리니 부끄러워진다. 어렸을 때의 일이고, 이미 서로의 알몸도 많이 봤는데….

"그럼 갈까. 나나호시를 도와줘야지."

"그래…. 그러고 보면 마지막에 나나호시가 뭐라고 했어?"

대단한 건 아니다. 이야기를 들어준다. 그런 정말로 흔한 말이다.

"비밀이야."

하지만 나는 그렇게 말했다. 왠지 모르게 나나호시가 루디가 아니라 내게 귓속말을 해준 게 기뻐서.

내가 웃자, 루디도 미소로 답해 주었다.

"있잖아, 루디."

그게 또 기뻐서 나는 말했다.

"이번에는 내가 이래서 모두에게 걱정을 끼쳤지만, 다음에 아이들도 자라고 루디의 일도 안정되면…. 아니, 정말 먼 훗날 의 이야기가 되는데, 또 다 같이 여행이라도 가자."

그렇게 말하자,

"응."

루디는 힘주어서 고개를 끄덕였다.

우리는 한동안 서로를 바라보았다. 슬쩍 눈을 감자, 루디는 가만히 키스해주었다.

눈을 뜨자, 왠지 조금 부끄러워져서, 하지만 기뻐서 미소가 떠올랐다.

"갈까."

"응."

루디의 말에 고개를 끄덕이고, 모두의 뒤를 따라서 걸어갔 다.

루디와 나란히.

제5화　이세계 전이마법장치

　공중성채, 지하 15층.

　계단을 내려가서 바로 앞에 있는 넓은 홀에 마법진이 있었다.

　전이마법진.

　하지만 그 형태는 내 기억에 있던 것과 전혀 달랐다.

　게다가 무지막지하게 크다.

　직경을 보면 50미터, 높이 1미터에 달할까.

　사방 1미터, 높이 10센티미터 정도의 석판이 열 장씩 겹쳐졌고, 또 종횡으로 50장씩 나란히 놓인 듯했다.

　게다가 마법진 위에 거대한 아치가 있었다.

　그 아치 안쪽에도 빼곡하게 무늬가 새겨져 있는 것을 보면, 저것도 마법진의 일부겠지.

　정말로 입체적인 마법진… 아니, 마법장치라고 해야 할까.

　"…이거 크리프 님이 아쉬워하겠군요."

　마법진에 관련된 거라서 데려온 자노바가 그렇게 말했다.

　그 마법장치는 압도적으로 거대할 뿐만 아니라, 정교하고 치밀하게 그려진 것이었다.

　적어도 나나 자노바로서는 만들 수 없다.

　최근 마법진에 대해 이것저것 연구하는 록시라도 어렵겠지.

크리프라면 혹시나… 싶지만, 크리프도 이 정도의 마법진은 만든 경험이 없다.

"훌륭한 완성도겠지."

페르기우스가 마치 자기가 한 것처럼 가슴을 폈다.

하지만 그 마음도 이해한다. 자기 제자가 이 정도의 작품을 만들었으니까 전이 마술을 가르친 몸으로서 어깨가 으쓱해지는 것도 당연하다.

페르기우스 본인도 제작에 관여했겠고.

"어떤가, 올스테드?"

"이 정도라니… 놀랐다."

어느 틈에 온 건지 올스테드도 그 마법장치를 보고 감탄하고 있었다.

2만 5천 장의 석판을 이용한 입체적인 마법진.

아무리 올스테드라도 본 적 없나.

광룡왕인가가 남긴 자동인형도 그 파츠는 기껏해야 50개 정도고, 파츠 하나하나는 그렇게 크지 않았다.

나나호시는 얼마나 커지든 상관없다는 듯이 거대한 마법진을 만들었겠지.

"그렇겠지. 봐라, 저 아치를."

"저것도 일부인가? 연결된 것 같지는 않은데."

"아니, 그게 아니야. 저건 성공을 확인하기 위한 장치다. 전이마법진은 사용 후에 마력의 잔재가 남는 것을 알고 있겠지."

"음."

"그건 전이마법진의 종류에 따라 변한다. 그것을 측정하는 것으로 이세계 전이에 성공했는지를 판정하는 것이다."

"그런 게 가능한가?"

"후후후, 박식한 네게 뭔가 가르치는 날이 올 줄은 몰랐군."

"…아니, 그렇지 않아. 나는 네게 많은 것을 배워 왔다. …많은 것을."

"흥. 아부는 치워라. 처음 만났을 때부터 모든 것을 다 아는 것 같은 얼굴을 했던 주제에."

페르기우스와 올스테드가 친하게 이야기를 나누고 있다.

올스테드의 코를 납작하게 눌렀다는 느낌의 페르기우스와 달리, 올스테드의 목소리에서 그리움이 느껴졌다.

조금 괴로워하는 것도 같다.

"루데우스."

나나호시가 몸을 돌려 나에게 다가왔다.

"일단 간단한 것부터 보내보자. 그다음에 전이마법진 특유의 마력 잔재를 보고, 성공 판별 마법진을 이세계 전이용으로 조정하는 거야. 거기에 성공하면 다음은 생물을, 최종적으로 나를. 알겠지?"

"그건 좋지만, 전이사건은 사양입니다."

"괜찮아. 그 점은 괜찮아."

나나호시는 거듭해서 괜찮다고 말했다.

오히려 불안하다.

일단 자세한 설명서를 먼저 받았는데, 양이 너무 막대해서 다 훑어볼 수 없었다.

하지만 나나호시는 지금까지 전이사건을 일으키지 않기 위한 실험을 거듭해왔다.

나도 실피도 그것을 도왔다.

"자신은 있어?"

"있어."

그럼 믿어 주지. 자신이 있는 모양이고.

"그럼 할까."

"응, 그럼 일단 사과부터…."

나나호시는 미리 준비했던 거겠지.

구석에 놔두었던 바구니에서 사과를 꺼내 왔다.

그걸 들고 전이장치에 올라가더니 마법장치의 한가운데에 놓았다.

"페르기우스 님, 부탁드립니다."

"음."

페르기우스가 마법진 반대편으로 이동했다.

아니, 페르기우스만이 아니다. 부하들도 줄줄이 이동해서 같은 간격으로 마법진의 주위에 늘어섰다.

실바릴만이 아치 옆으로 이동했다.

"루데우스는 이쪽으로."

나는 나나호시의 지시에 따라 페르기우스와 딱 반대편에 섰다.

거기에는 여기에 두 손을 짚어 주세요, 라고 말하는 듯한 손 모양이 두 개 그려져 있었다.

"신호를 하면 여기에 마력을 있는 대로 넣어줘."

"알았어."

시키는 대로 손을 짚었다.

왠지 두근거리기 시작했다. 고개를 돌려 실피를 보니, 그녀는 신기하다는 느낌으로 마법진을 바라보며 자노바와 뭐라고 이야기를 나누고 있었다.

두 사람 다 마법진에 대해 조금은 배웠으니 흥미가 있는 거겠지.

에리스는 대화에 참가하지 않았다.

평소와 같은 포즈로 왠지 자랑스럽게 아치를 올려다보고 있었다. 단순히 커다란 것을 좋아하는 것뿐이겠지.

그 뒤에 조용히 선 올스테드는….

"페르기우스 님! 시작해주세요!"

"음."

이런, 집중하자.

집중한다고 해도 마력을 넣을 뿐이지만, 그래도 집중이다.

"…시작한다."

페르기우스와 부하들이 일제히 마법진을 만졌다.

다음 순간, 마법진 가장자리가 화악 빛을 내기 시작했다.

하지만 가장자리뿐이다. 외곽의 정교한 마법진이 강한 빛을 내지만, 중앙 부근은 여전히 어둡다.

실패인가?

"루데우스."

"예."

시키는 대로 두 손에서 마력을 넣었다.

그 순간. 오른손이 마법장치에 달라붙나 싶은 감각에 빠졌다.

엄청난 기세로 마력이 빨려나가는 게 느껴졌다. 어째서인지 오른손뿐이다. 왼손에서도 마력이 빨려나가지만 오른손에 비하면 약하다.

왼손도 세게 해야 하나?

그렇게 생각한 순간, 왼손에서 빨려나가는 마력의 양이 폭발적으로 늘었다.

대신 오른손에서 빨려나가는 양이 줄었다.

오른손, 왼손, 오른손, 왼손.

마력을 빨아들이는 힘이 교대로 변했다. 잘 느껴보니 손가락이나 손바닥에서 빨려나가는 마력량도 조금씩 달랐다.

하지만 기계적은 아니다. 인위적인 뭔가가 느껴졌다.

그걸 조작하는 건… 페르기우스인가. 얼굴은 보이지 않지만, 기동만 하는 건 아니라는 소리다.

그리고 그 보조로 부하들. 기동만 하고 전자동인 게 아니라

조작도 한다. 역시 마법장치인가.

마법진은 광채를 더하였다.

청색에서 녹색, 백색으로 색상이 변하면서 방 안을 압도적인 빛으로 채웠다.

이미 눈이 부셔서 아무것도 보이지 않을 정도다.

이게 마법진의 광량인가. 이 정도 빛나는 마법진은 본 적이 없다.

아니.

딱 한 번 본 적이 있다. 이건 전이사건의….

파앗.

소리가 났다. 빛이 사라졌다.

아니, 완전히 사라지지는 않았다.

아치다. 아치의 빛만이 희미하게 주위를 비추고 있었다.

그리고 그 아치의 바로 밑.

마법진의 중앙. 사과가 있던 장소.

방금 전에 사과가 있던 장소.

거기에는 푸르스름한 뭔가가 남아 있었다.

푸르스름한 입자 같은 것. 그것이 주위를 떠돌다가 천천히 사라졌다.

"실험, 성공입니다."

"……."

실바릴의 말에 아무도 대답하지 않았다.

그녀는 대답을 기다리지 않고, 근처에 있던 종이에 뭔가를 기록했다.

"지금부터 마력의 잔재를 분석하고, 이세계 전이의 확실성을 올리겠습니다. 다만 이 분석 쪽으로는 이미 데이터가 있으니 그리 오래 걸리지 않을 거라 생각합니다."

나나호시의 설명을 들으면서 나는 마법진에서 손을 떼었다.

"루데우스, 괜찮아?"

그 말에 나는 방금 전의 마력이 빨려나가는 감각을 떠올렸다.

단 한 번. 고작 1분이나 2분 정도의 기동에 그 정도 마력 소비. 몇 번만 하면 바로 고갈되겠지.

"괜찮긴 한데, 여러 번은 무리겠어."

"그래…. 수고했어. 기본적으로 하루 이틀에 한 번 페이스로 할까 해. 오늘은 편하게 쉬어."

나나호시는 그렇게 말하고 고개를 숙이더니 페르기우스에게 달려갔다.

연구팀과 이런저런 이야기를 하면서 기록했다. 이번 결과를 레포트로 정리하고 다음 실험에 살리려는 거겠지.

이세계로 전이하는 시스템 자체는 만들어졌다.

남은 건 저 아치를 완벽하게 만들어서 방금 전의 마력 잔재인 듯한 것을 분석하고, 전이한 물체를 보다 나나호시에 가까운 것으로 바꾸어간다.

앞으로 한 달 정도.

기스가 움직이는 가운데 그 정도의 시간을 빼앗기는 건 곤란하지만… 어쩔 수 없다.

여기서 페르기우스를 동료로 넣으려다가 실패했다 정도의 마음으로 애써 보자.

실험이 시작되고 2주가 지났다.

나는 집과 공중성채를 왕복하면서 실험을 계속하였다.

실험에는 상당한 마력을 사용했다.

그것은 하루 만에 다 회복될지 미묘할 정도였다. 실험을 위해서라도, 혹시 이 타이밍에 누가 습격해올 가능성에 대비하기 위해서라도, 가급적 평소에는 마력을 쓰지 않고 지내기로 하였다.

그렇게 정하니, 순식간에 할 일이 없어졌다.

아니, 할 일이 없는 건 아니다.

자노바와 인형 판매의 경영에 대한 이야기를 하고, 록시와 마도갑옷의 개량점에 대한 이야기를 하고, 석판을 써서 각지의 협력자와 정보를 교환하고, 올스테드와 결론이 나지 않은 앞날의 이야기를 하는 등, 한가한 날은 별로 없었다.

하지만 계속 돌아다녔던 최근 1년 반과 비교하면 편한 느낌이었다.

통신석판을 통해서 각지의 용병단이나 인형 판매의 상황에 대해 판단을 묻는 질문이 들어올 때도 있지만, 샤리아에는 의견을 물을 수 있는 이도 많아서 나 자신이 모든 것을 다 생각해야 할 필요도 없었다.

게다가 이동에 소비하는 시간이 적어서, 자기 전에는 아이들과 놀아줄 수도 있었다.

마음을 읽는다는 제니스에게 오늘 하루의 일을 이야기하거나, 놀러온 엘리나리제를 상대로 크리프에 대한 이야기를 하거나, 라라에게 말을 가르치는 것을 돕거나, 루시의 공부를 봐주거나, 아르스를 울리거나, 지크의 기저귀를 갈아주는 등등.

고민할 일이 적은 나날.

이것이 매일 쉬지 않고 일하던 샐러리맨이 오랜만에 장기휴가를 얻었을 때의 기분일까.

올스테드가 최근 샤리아에서 별로 움직이지 않는 이유도 왠지 모르게 알겠다.

이걸로 괜찮을까 싶을 때도 있지만 사람에게는 휴가가 필요하고, 나도 언젠가 찾아올 그때를 대비하여 조금 쉬어야 할지도 모른다.

여기에 심야 침대에서의 재미가 있으면 최고겠지만, 금욕의 루데우스는 목적을 다할 때까지 인내한다.

자, 그렇게 한 달, 실험은 순식간에 끝났다.

실험은 순조로웠다.

실험이 진행되면서 이세계로 보내는 것은 과일에서 생물로 변했다. 생물도 점점 커지고, 그때마다 마법진도 몇 번이나 조정했다.

최종적으로는 나나호시보다 세 배나 큰 말을 이세계로 보냈다.

아치로 측정해본 결과.

말은 '이세계의 해발 10미터에서 30미터 이내의 육지'로 전송되었음을 알았다.

해발 10~30미터의 육지.

그게 이쪽에서 설정할 수 있는 한계다.

그 마력의 잔재에서는 일본으로 갔는지 미국으로 갔는지 알 수 없다.

이쪽 세계를 오가는 전이마법진의 패턴에서 이세계에 적용할 수 있는 것은 '육지로 갔나, 바다로 갔나', '육지의 높이는 어느 정도인가'였다.

그렇긴 해도 그 설정이라면 전이한 순간 즉사할 확률은 쭈욱 내려가겠지.

이세계라고 해도 우리가 아는 세계인지는 알 수 없다.

물론 저쪽에서 페트병 같은 것을 소환했기 때문에 가능성은 크다.

하지만 그래도 확증은 없다. 우리가 아는 세계와 아주 비슷하면서도 다른 세계일 가능성도 있다.

가령 우리의 세계라고 해도 해발 10~30미터의 육지라는 모호한 설정이라면 머나먼 이국땅으로 날아갈 가능성이 크다.

또한 거기서 걸어서 이동하는 길. 대량의 식료품과 물, 방한구, 저쪽에서 돈으로 환전할 수 있을 만한 것을 가지고 전이하면 일본에 도달할 가능성이 충분하다고 해도… 힘든 길이다.

하지만 나나호시는 가려는 모양이다.

그녀는 이미 각오했다.

다음은 진짜다. 나나호시 본인을 보낸다.

내 마력을 생각해서 이것은 사흘 뒤에 실행하기로 하였다.

마지막 실험이 끝나고 이틀 뒤.

나나호시가 우리 집에 왔다.

"마지막으로 당신 집의 목욕탕을 빌리고 싶어."

그렇게 말했지만, 아마도 핑계겠지.

"뭣하면 작별 파티라도 할까?"

"아니, 그건 됐어."

나나호시는 그렇게 말하면서 우리집 목욕탕으로 들어갔다.

지금은 혼자 목욕을 하고 있겠지.

그녀의 본심이 뭔지는 모르겠다. 전이를 앞두고 마음을 정리하고 싶은 걸까, 아니면 단순히 작별인사를 하고 싶은 걸까.

이 세계의 추억으로 나와 하룻밤을 보내고 싶은 거라면 지금부터 목욕탕에 난입해서… 아니, 이건 아냐. 금욕의 루데우스의 남아도는 색욕에서 나온 망상이다. 실제로 그랬다간 실피가 토라질 테고. 물러나라, 악마야.

어제 샤리아에 체재하던 이들과 작별 인사를 한 모양이니까, 인사하러 온 거겠지.

이 세계에서 보내는 마지막 밤에 우리 가족에게 인사하는 일을 택해 주었다.

그럼 내가 할 수 있는 것은 아이샤와 리랴에게 넌지시, 평소보다 성대한 식사를 부탁하는 정도다.

주로 감자 쪽으로.

오늘은 노른도 돌아오는 모양이고, 약소하면서도 따뜻하게 보내주자.

"아, 기다려."

"싫어~"

그렇게 생각하면서 실피와 함께 지크를 돌보는데, 루시가 거실로 뛰어들었다.

알몸이었다. 그대로 내 무릎 위로 올라왔다.

"아빠, 도와줘!"

이건 어떻게 된 이벤트일까.

알몸의 여자가 도움을 청하다니. 언제부터 루시는 이런 마성의 여자가 되었나!

이걸 거절할 수 있는 녀석은 남자가 아니다. 맡겨다오, 용신이든 마왕이든 박살내주지.

"루데우스!"

나타난 것은 빨강머리의 마신이었다.

그녀도 위를 벗고 있었다. 이런, 금욕의 루데우스는 그런 쪽에 약하다. 급소를 당했다. 이건 못 이긴다.

"루데우스. 루시 좀 잡아줘. 목욕을 싫어해. 아까까지 검술 훈련 하느라 땀을 흘렸으니까 씻어야 한다고 했는데."

나는 루시를 붙잡았다.

미안, 루시. 하지만 운동을 했으면 씻어야지.

"싫어! 빨강엄마, 난폭해!"

"난폭? 에리스… 나는 몰라도 애들을 때리면 안 돼."

"무슨 소리야, 안 때려! 머리를 좀 감겨주는 게… 서툴 뿐이야."

그런가 싶어서 루시를 보았더니, 그녀는 뚱한 표정으로,

"응, 빨강엄마가 머리 감기면, 눈에 아픈 게 들어와."

라고 불평했다.

그래, 그런 이유인가.

미안, 에리스. 아무리 너라도 아이를 때리진 않겠지.

"그럼 루시, 슬슬 스스로 머리를 감아볼까."

"…아빠가…. 알았어."

루시는 뭐라고 하려 했지만, 도중에 입을 다물고 에리스를 따라서 목욕탕으로 돌아갔다.

"루디가 해주었으면 하는 거 아니었을까."

"…음, 그럴지도."

하지만 지금은 나나호시가 있으니까 내가 들어갈 수는 없어.

아.

그러고 보면 나나호시에게 말하지 않았구나. 도중에 누가 들어올지도 모른다고….

아니, 알고 있나. 우리 집 목욕탕에 여럿이 들어간다는 규칙은 처음에 집을 지을 때부터 있었다.

이제 와서 누가 도중에 들어온다고 뭐라고 하지 않겠지.

그리고 시간이 좀 지나자, 록시와 노른이 돌아와서 라라를 데리고 목욕하러 갔다.

그녀들과 엇갈리듯이 나나호시와 에리스, 그리고 루시가 김이 나는 모습으로 돌아왔다.

꽤나 오래 들어가 있던 탓인지 다들 새빨갰다.

"있잖아, 아빠. 나나호시 언니가 머리 감는 법 가르쳐줬어!"

"그래, 그래. 고마워, 나나호시."

"별말을."

나나호시는 루시를 돌봐준 모양이다.

안에서 에리스랑도 이야기를 했는지, 험악한 분위기는 흐르지 않았다.

역시 목욕은 위대하다.

알몸으로 교류하는 것은 평화에 이르는 길이다.

마지막으로 나와 실피가 아르스를 데리고 목욕을 하고 저녁 식사 시간이 되었다.

메뉴는 고기와 야채와 밥.

그리고 감자다. 포테이토칩에 감자튀김. 정크한 푸드다.

나나호시는 우리 집 식탁의 구석에 얌전히 있으면서도 사양하지 않고 감자를 먹어댔다.

집에 돌아가면 얼마든지 먹을 수 있을 텐데.

정말로 먹성도 왕성하군.

"밥, 맛있네."

그녀는 감자뿐만 아니라 밥도 맛있게 먹었다.

"공중성채에서도 밥은 나오잖아."

"하지만 여기 음식이 좋⋯을지도."

"그래."

우리 집의 쌀은 샤리아산 아이샤쌀이다.

브랜드 이름은 메이드 미인이라고 붙여 볼까.

20세 미만의 처녀 메이드(가 모은 불끈불끈 근육의 건장한 남자들)가 땀 흘려 만든 논에서 생산한, 내 취향의 걸작이다.

일본인의 입에 맞게 되어 있다.

"이쪽 요리도 먹어봐…. 잘 씹어서 먹어."

"왜 갑자기 엄마 같은 소리를 하는데."

그렇게 말한 뒤에 나나호시는 한동안 말없이 계속 먹었다.

"……."

어느 틈에 그녀의 시선은 내가 아니라 우리 가족을 보고 있었다.

루시가 최근 있었던 일을 신나게 말하고, 노른이 열심히 들어준다.

록시가 실피에게 마법진에 대해 이것저것 말한다.

에리스가 라라에게, 아이샤가 아르스에게, 각각 밥을 먹이고, 리랴와 제니스가 그것을 지켜본다.

예전에는 생각할 수 없었을 만큼, 시끌시끌한 광경이다.

그런 광경을 나나호시는 계속 바라보았다. 역시 집이 그리운 걸까.

그렇게 생각하는 동안에 식사는 끝났다.

식사가 끝난 뒤에 나나호시는 한동안 아이들을 상대해 주었다.

알몸으로 어울린 탓인지 루시는 나나호시를 잘 따르고, 아르스는 나나호시에게 안기면 활짝 웃으면서 가슴에 얼굴을 비벼댔다.

라라는 평소와 같지만….

"나나호시, 오늘은 자고 가."

최종적으로 실피의 그런 발언에 그녀는 우리 집에서 묵게 되었다.

당연한 흐름이다.

그렇긴 해도 객실은 아이들 방이 된 지 오래다.

손님이 묵을 장소가 없기에, 실피의 방을 빌리는 흐름이 되었다.

그날 밤, 나나호시와 이야기를 했다.

모두가 잠든 집. 거실에서 둘이서 마주 보고 앉아, 창문으로 들어오는 달빛과 난로의 불빛을 받으면서 조금씩 술을 마시며.

별것 아닌 이야기다.

페르기우스의 취미라든가, 실바릴이 얼마나 페르기우스에게 충실하다든가.

올스테드와 페르기우스는 사이가 안 좋지만, 서로를 인정하는 것으로 보인다든가.

정말로 별것 아닌, 우물가의 잡담 같은 이야기.

"루데우스는 이제 훌륭한 성인이야."

그런 이야기를 하는 가운데 나나호시가 문득 그렇게 말했다.

"그런가."

"처음에 봤을 때는 초등학생 정도의 애였고, 다음에 봤을 때는 중학생 정도고. 솔직히 나보다 연하라고 생각했던 시기도 있었는데…. 하지만 최근에는 어른이야. 결혼하고 애도 낳고."

"결혼해서 애를 낳는다고 어른인 것도 아니겠지."

어른이네 애네 하는 건 솔직히 나로서는 잘 모르겠다.

전생에서 덩치만 큰 애였던 것은 틀림없고.

"그래. 하지만 최근에는 나보다 훨씬 어른으로 보여."

"그런가."

"그래. 아이 문제나 가족 문제 같은 걸 생각하고…. 거기에 비하면 나는 전혀… 하나도 변하지 않았어."

"그런 건 아닐걸."

나나호시도 이전과 비교하면 많이 변했다.

이전에는 더 사람을 멀리하였다.

무적의 사일런트 세븐스타 님이었다.

"예전의 나나호시라면 우리 집 애랑 놀아주지 않았어."

"그런가…. 하지만 그건 당신에게 도움을 받았기 때문이기도 해. 지금까지 이 세계의 인간과 접하려는 생각은 안 했으니까."

"예전 세계였으면 애들을 돌봐주었을까?"

"…아마도…. 아니, 하지만 입시 같은 핑계로 꺼렸을지도. 분명히 시험도 가까웠고."

입시에 시험.

그리운 말이로군.

"저쪽에서는 몇 년이나 지났겠지."

"…안 좋은 소리 하지 마."

"음, 미안."

이쪽에 온 뒤로 약 15년.

저쪽에서도 15년 경과했다면 우라시마 타로다.

전이한 순간, 나나호시는 갑자기 15년의 나이를 먹을 가능성도 있나.

"하지만 왠지 모르게 그리 시간이 지나지 않았을 것 같아."

"왜?"

나는 취한 머리로 내 생각을 말했다.

"나와 나나호시가 트럭에 치인 건 같은 날이잖아. 하지만 이쪽에 온 건 내가 10년 빨랐어. 그럼 아마 저쪽과 이쪽은 흐르는 시간이 달라. 그러니까 괜찮아."

"응, 그래…."

나나호시는 문득 생각에 잠겼다.

"……잠깐만. 트럭에 치인 게 같은 날이라는 게 무슨 소리?"

아.

"그 자리에 있었단 소리?"

"어어, 저기."

"잠깐만, 어, 그럼…."

나나호시는 이마에 손가락을 대고 뭔가 떠올리듯이 눈을 감았다.

　퍼득 고개를 들었다.

　"그때의 돼지."

　아, 아아아… 이런….

　술 때문인가. 조심하고 있었는데, 아니, 실례잖아, 돼지란 말은. 분명히 살찌긴 했지만….

　"우와아, 그래, 그 사람이었구나. 그 사람이 루데우스였구나…! 우와, 이렇게 멋있어지다니, 오오…!"

　나나호시는 입가에 손을 대고 눈을 크게 떴다.

　꽤나 흥분하셨네. 기분 상할 거라고 생각했는데, 조금 기쁜 눈치다.

　"저기, 나나호시 씨…. 가능하면, 저기, 모두에게는 비밀로 해주시면, 고맙겠습니다만."

　"왜?"

　"…왠지 그걸 알면 날 버릴 것 같아서."

　"다들 루데우스의 얼굴때문에 고른 건 아니라고 생각하는데…."

　"그래도 비밀로 하고 싶은 게 있어."

　"…그래."

　나나호시는 다시 한번 소파에 몸을 묻었다.

　알아주는 걸까, 너무 끈질기게 굴면 내가 협력해주지 않을 거라 생각한 걸까.

"루데우스는 나랑 달리 '전생'이었어."

"응."

그래, 전생이다. 나는 원래 세계로 돌아갈 수 없다. 모든 것을 버린 건 아니지만, 그래도 적극적으로 보여줄 생각도 없다.

게다가 전생의 나는 조금 보여주기 창피하다.

그 한심한 내가 있었기에 지금의 내가 있다고도 생각하지만, 그래도 창피한 건 창피하다.

"알았어. 마음에 묻어둘게."

"…부탁합니다."

그렇게 지난 생 이야기를 하다 보니 떠올랐다.

"아, 그렇지. 잊어버릴 뻔했다."

"뭘?"

"내 정체를 알게 되기도 했으니… 꼭 그런 이유는 아니지만, 이걸 내가 살던 집에 전해줘."

그렇게 말하며 나는 봉투 하나를 테이블 위로 내밀었다.

다소 두꺼운 봉투에는 이전 생의 형제에게 보내는 마음이 담겨 있었다.

이쪽에 온 지 이십여 년.

나도 많은 일을 겪었다. 많은 일을 겪은 결과, 그 무렵과는 다르다고 가슴을 펴고 말할 수 있게 되었다.

다를 뿐이지, 훌륭해졌다고는 입이 찢어져도 말할 수 없지만….

아무튼 당시의 일에 대한 사죄라든가, 추억이라든가, 지금 상태라든가, 그런 점을 담았다.

혹시 나나호시가 일본으로 돌아가고, 게다가 전이한 뒤로 하루도 안 지났다면 '이 녀석은 무슨 소릴 하는 거지?'라고 여길지도 모르지만….

뭐, 그래도 좋다.

자기만족의 범주다.

"알았어."

나나호시는 그걸 소중히 품에 넣었다.

"반드시 전할게."

"부탁해."

꼭 일본으로 전이한다고만 할 순 없다. 전이한 뒤에 일본에 갈 수 있다고도 할 수 없다. 몇 년 걸릴지도 모른다. 어쩌면 내 형들은 이사했을지도 모른다. 분명 찾기 어렵겠지.

하지만 그래도 그녀는 승낙해주었다.

"그리고 이거."

나는 또 하나의 편지를 건넸다. 이쪽은 방금 전 것과 비교해서 얄팍했다.

"혹시 저쪽이 몇 년이나 경과해서 의탁할 연줄도, 돌아갈 장소도, 갈 곳도 없다면, 하지만… 내 전생의 형제에게 너를 잠시 동안이라도 좋으니까 돌봐달라고 써놨어."

"……!"

편지를 받는 나나호시의 손이 떨렸다.

"그건….."

"뭐, 난 저쪽에서는 짐더미였으니까, 어쩌면 받아주지 않을지도 모르지만… 하다못해."

"짐더미였어?"

"그래. 일도 안 하고 쌀만 축냈어."

어차피 저쪽에 돌아가서 형제를 만나면 들통날 일이다.

"좀 믿기지 않아…."

나나호시는 그렇게 말하고 내 얼굴을 뚫어져라 보았다.

그렇게 말해 주는 것은 내가 노력해온 증거겠지.

그렇다면 기쁘군.

"하지만 혹시 그렇게 되면 고맙게 쓰도록 할게."

나나호시는 그 봉투를 소중히 품에 넣고 고개를 숙였다.

"정말로 여러모로 다 고마워."

나나호시는 내일 돌아간다.

실험은 완벽하다. 그 마법진에는 한 치의 빈틈도 없다.

하지만 그렇다고 해도 내 마음에는 일말의 불안이 남아 있었다.

세심한 준비와 여러 차례의 실험을 거듭한 끝에 만든 마법진. 나나호시는 자신이 있는 모양이고, 아무도 실패할 거란 생각을 하지 않는다.

하지만 불안 요소는 있다.

하나 남아 있다.

이제 와서 일부러 그걸 말하여 불안을 부채질할 생각은 없다.

애초에 나나호시도 알고 있을 것이다.

그러니 말하지 않는다. 이미 대처를 해놓았을지도 모른다.

"…내일, 돌아가는구나."

그러니까 나는 그렇게만 말했다.

"응."

나나호시는 끄덕였다.

굳은 마음이 있으면 다소의 일을 돌파할 수 있을 거란 생각이 들었다.

제6화   나나호시의 끝

나나호시가 돌아가는 날이 다가왔다.

전이마법진이 있는 방에 나타난 것은 나와 페르기우스와 부하들뿐이었다.

배웅이 없는 것은 나나호시가 희망한 바였다. 인사를 끝마쳤다고 했으니까, 적어도 만날 수 있는 사람과는 만난 거겠지.

편성은 평소와 같다.

내가 마력 탱크가 되고, 페르기우스와 부하들은 제어한다.

나나호시는 마법진의 중심에 서 있다.

커다란 배낭을 멘 여행 차림으로, 내 쪽을 향해 서 있었다.

저 배낭 안에는 생각할 수 있는 모든 사태를 상정하여 여러 물건이 들어 있다.

그렇긴 해도 나도 나나호시도 저쪽 세계에서 해외여행 같은 건 한 적이 없다.

그러니 어디서든 환전할 수 있을 만한 물건이나 나나호시 본인의 신분증, 저쪽에서 쓸 수 있을지는 모르지만 마력결정＋스크롤 같은 것까지.

여행할 때 필요하다고 생각되는 것은 대충 챙겼다.

이제 지혜와 용기로 어떻게든 헤쳐나갈 수밖에 없겠지.

"……."

나나호시는 나를 보고, 나는 나나호시를 보았다.

말은 없었다. 말은 어젯밤에 충분히 나누었다. 이제 필요 없다.

"루데우스! 준비는 됐나!"

페르기우스의 말에 나는 전이장치에 손을 댔다.

방법은 평소와 같다. 지금까지 몇 번이나 실험이라는 이름의 연습을 해왔다.

모든 것이 성공했다고는 할 수 없지만, 실패하면 원인을 찾고 두 번 다시 같은 실패를 하지 않도록 조정했다.

나도 페르기우스도 충분히 베테랑이다.

뭐, 내 경우는 베테랑이라기보다, 결국은 마력을 보내는 역할이지만.

"이쪽은 준비됐습니다."

"나나호시, 다 됐나!"

나나호시가 페르기우스를 향해 고개를 끄덕였다.

"예, 페르기우스 님. 지금까지 신세 많았습니다!"

"그 말은 필요 없다. 나도 재미있는 술식을 배웠다."

페르기우스와 나나호시의 작별인사는 그것뿐이었다.

두 사람 다 시선을 돌렸다.

나나호시는 나를 보고, 페르기우스도 부하를 향해 눈짓을 하였다.

"그럼 시작한다."

페르기우스의 말에 전이장치가 기동됐다.

순서는 평소와 같다. 페르기우스와 그 부하들이 일제히 마법진에 손을 댄다. 마법진 가장자리가 화악 빛을 내는 것을 확인하고 나는 타이밍 좋게 마력을 공급한다. 엄청난 기세로 마력이 빨려나가지만 익숙하다.

그리고 나에게서 마력이 공급되는 것에 호응하듯이 마법진이 빛을 더한다.

청색에서 녹색으로, 백색으로 색깔을 바꾸면서 마법진이 빛을 낸다.

엄청난 광량 속에서, 나는 그저 마력 공급에 문제가 없도록 신경 썼다.

실험을 거듭한 결과, 어떤 타이밍에 마력을 공급할지 이해하게 되었다.

고르게, 낭비 없이, 하지만 결코 부족함 없도록, 확실히 마력을 부었다.

마법진은 평소처럼 검은 빛을 띠고….

어라?

지금까지 검은 빛이 있었던가? 왠지 안 좋은 예감이 들었다.

"루데우스!"

페르기우스의 외침이 들렸다. 검은 빛이 기세를 더했다. 계속해야 할까, 중지해야 할까.

제어를 맡지 않은 나로서는 판별할 수 없다.

"페르기우스 님! 지시를!"

"더 마력을 보내라!"

나는 지시에 따라서 마법진에 마력을 더 넣었다.

다리부터 힘이 빠지고 시야가 어두워질 정도로 막대한 마력을 부었다.

마법진의 검은색은 변함없었다. 하지만 뭔가가 넘쳐나는 듯한 감각이 내 팔에 전해져 왔다.

이런 일은 처음이다.

위험한 거 아닌가? 어쩐다. 내 독단으로 마력 공급을 끊어야 할까?

하지만 페르기우스는 더 마력을 보내라고 했다. 그를 믿고….

파직…!

뭔가가 튀었다.

그리고 브레이커가 작동한 것처럼 마법진이 빛을 잃었다.

한순간이다. 보통은 빛이 어느 정도 남고서 천천히 사라지는데, 지금은 한순간이었다.

마치 뭔가가 마력을 빨아들인 것처럼 갑자기 사라졌다.

"……."

모든 것이 사라진 것은 아니다.

방의 네 귀퉁이에 있는 촛대는 빛을 내었다.

하지만 방 안은 갑자기 컴퓨터의 전원이 내려간 것처럼 정적이 가득했다.

그리고 물론.

말할 것도 없이.

나나호시는 그 자리에 남아 있었다. 마법진 한가운데에 정처없이.

모두가 아연해졌다. 나는 물론이고, 부하들도 표정은 알 수 없지만 곤혹스러운 기색이 감돌았다.

"…대체 왜!"

페르기우스가 외쳤다.

"대체 왜냐, 루데우스 그레이랫!"

"예?"

나?

"왜 도중에 마력공급을 끊었지!"

끊었어? 무슨 소리야?

"저는 확실히 마력을 공급했습니다."

"그럼, 왜…."

마력공급이 사라졌다는 말이야?

하지만 나는 마력을 끊지 않았다. 오히려 늘렸다. 어떻게 된 거지. 내 손에서 갑자기 마력이 방출되지 않게 되기라도 한 걸까?

하지만 그렇다고 하기에는 막대한 마력을 소모했을 때의 피로감이 몸에 남아 있다.

"마력이 끊어졌다면 마법진은 빛을 잃을 터."

"그래…. 분명히 마력은 있었다…. 하지만 내 쪽으로 흘러오지 않았다…. 마치 누군가가 마법진을 차지한 것처럼…."

마법진을 보면 일부가 깨진 것처럼 보였다. 장치의 어딘가에 벌레라도 들어와서 문제를 일으켰나? 그럴 리가. 그렇게 엉성하게 만들지 않았을 거다.

"으음…."

페르기우스가 생각에 잠긴 표정으로 턱에 손을 대었을 때, 나나호시가 마법진에서 내려왔다.

"……."

나나호시는 말이 없었다.

말없이 배낭을 내려놓고, 몽유병 환자처럼 마법진의 방에서 나갔다.

페르기우스를 보니, 그는 여전히 생각에 잠겨 있었다. 기분 탓인지 부하들도 어쩔 줄 모르는 것으로 보였다.

어쩐다.

실패의 원인은 알고 싶지만… 아니, 여기는 페르기우스에게 맡기자.

나는 나나호시를 쫓아갔다.

나나호시는 자기 방 침대에 앉아 있었다.

어깨와 고개를 축 늘어뜨리고 있었다. 고개를 숙였기에 표정은 알 수 없었다. 자세 전체에서 피로와 체념이 나오는 것으로도 보였다.

반대로 나는 실패의 쇼크가 적었다.

"……."

솔직히 말해서 실패할지도 모른다고는 생각했다.

미래에서 온 나.

노인이 된 나는 '마지막의 마지막에 실패한다'고 말했다.

그 마지막이란 것이 지금일까, 아니면 더 이후의 일일까. 언제 어디서 뭘 어떻게 실패할까.

그 점은 모른다. 이번 것이 그것일까, 아니면 아닐까. 지금에 와선 물어보는 게 좋았겠다고 생각하지만, 분하게 생각해도 어쩔 수 없다.

게다가 미래의 나는 그 이후에 나나호시를 제대로 돌보지 못했다고도 말했다.

실패해서 나나호시가 어떻게 되었는가. 그 점은 말을 흐렸지만, 슬프기 짝이 없는 결말로 끝난 건 틀림없겠지.

즉, 지금이다.

지금 여기서 내가, 침울해진 나나호시를 잘 위로해줘야만 한다.

하지만 어떻게 하면 될까. 실패는 누구에게든 있다, 끙끙대지 말고 다음을 기대하자, 같은 말… 너무 진부하다. 미래의 나도 그런 말 정도는 했겠지.

아니, 미래의 나는 꽤나 거칠어져 있었으니까 안 했을지도 모른다.

반대로 더 심한 소리를 해서 나나호시를 몰아붙였을지도 모른다.

꽤나 못된 녀석이었던 것 같으니까 '어차피 못 돌아갈 테니까 내 여자가 되어라' 같은 소리를 하며 덮쳤을지도 모른다.

…실패 사례를 알고 싶다.

아니, 내가 생각해야지.

오답의 사례가 있다면 그걸 꼭 알고 싶지만, 본래 그런 건 없다. 내가 나의 말로 나나호시를 위로해야 한다.

어어… 평소에는 어떻게 했더라.

실피 때는 곁에 앉아서, 이렇게 어깨에 손을 두르고.

"그렇게 세 명을 꼬신 거야?"

나나호시가 고개를 들고 젖은 눈으로 나를 바라보고 있었다.

…분명히 이건 그런 모습이로군.

"실례."

나나호시의 어깨 근처에서 뱅뱅 돌고 있던 손을 치워서 무릎 위에 두었다.

"저기, 나나호시 씨. 시간 좀 내주실 수 있습니까?"

"왜? 바쁜데."

"아니, 그런 말씀 마시고…. 혼자가 되었을 때는 누군가에게 마음의 고름을 토해내는 것으로 조금 편해져야 해. 문제는 아무것도 해결되지 않지만, 그다음 문제에 부딪쳤을 때에 마음이 병들었는가 아닌가로 효율도…."

그러면서 나나호시를 보니, 그녀의 무릎 위에 노트 하나가 펼쳐져 있는 게 눈에 들어왔다.

페이지에 적혀 있는 것은 일본어다.

'최종단계에서 실패했을 때의 가설'이라고 적혀 있었다.

"미리 당신에게 실패하는 경우에 대해 들어서 다행이야."

나나호시는 그렇게 말하면서 노트의 글자를 손가락으로 더듬었다.

"혹시 아무것도 모른 채 실패했으면 마법진의 문제에 대해서만 고민했을 거야."

나나호시는 고개를 들었다.

그 얼굴에는 침울해진 기색이 보이지 않았다. 방금 전에 본 피로와 체념은 착각이었던 모양이다.

역시 나나호시도 실패의 가능성을 고려했던 모양이다.

그럼 위로할 필요는 없었을까. 아니, 침울해지지 않았다고 할 수는 없지만….

그렇게 생각하는데, 나나호시가 또 고개를 숙이고 노트를 보았다.

"있잖아, 전에 이 이야기를 했을 때의 나의 가설, 기억해?"

가설, 가설이라.

뭐였더라, 들은 적은 있다. 왠지 황당무계한 것이었다. 잘 기억은 못 한다.

"미안. 뭐였더라."

"……."

나나호시 씨의 눈이 또 젖었다. 미안해.

"그럼 아주 대략적인 이야기인데…."

나나호시의 설명이 시작되었다.

그렇기는 해도 노트에 적은 것을 읽을 뿐이다.

"일단 피트아령의 전이사건은 본래 일어날 리가 없었어."

"왜 본래 일어날 리가 없는 일이 일어났는가. 나는 당신이 미래에서 왔다고 듣고, 미래의 누군가가 나를 과거로 보냈다… 아니, 나를 '과거에 놔두었다'고 생각했어."

"있을 리 없는 인간을 과거에 놔두는 것으로, 역사가 변했어. 세계의 총마력량이 맞지 않게 되고, 영토가 하나 소멸할 정도의 '조정'이 일어났어."

아하, 그런 이야기, 들은 적이 있군.

하지만 당시에는 다른 문제로 정신없어서 별로 기억하지 않았다.

황당무계한 이야기지만… 그런 걸 기운차게 말하기 시작한 것을 보면 정말로 쇼크를 받지 않은 걸까.

아니, 그럴 리는 없다. 조금 혼란스러운 걸지도 모른다. 일단 들어보자.

"여기까지는 이해했어?"

"응."

나나호시가 노트를 뒤적였다.

그러자 거기에는 '누가 뭘 위해'라고 적혀 있었다.

"여기부터가 본론. 나는 미래의 누군가가 역사 개혁을 했다고 가정했어. 왜 '미래'일까. 그것은 당연히 올스테드의 존재가 있으니까. 그가 '과거'에서 보내져서 '현재'에서 루프하고 있어. 현재 올스테드는 누구의 개입도 받지 않고 승리할 때까지 루프하는 최강의 존재야."

올스테드는 그의 부모, 초대 용신이 보냈다고 했나.

그리고 그 초대 용신은 올스테드에게 일정 기간을 루프하는 비술을 걸었다. 올스테드의 예상으로는 이 루프를 벗어나려면 인신을 쓰러뜨릴 수밖에 없다고 한다. 지금으로선 아직 쓰러뜨릴 수 없는 모양이지만, 언젠가는 쓰러뜨린다. 확실히 최강이다.

"나는 우리가 보내진 것은 이 용신과 인신의 싸움에 관계가 있다고 생각해."

"그게 무슨 소리야?"

"내가 전이한 직후에, 처음으로 만난 게 올스테드였으니까. 그 뒤에 나는 당신과 만났고, 당신은 올스테드의 운명을 크게 바꾸었어. 우리는 올스테드의 루프에 개입한 거야."

올스테드는 인신을 쓰러뜨리기 위해 루프하고 있다.

어느 쪽이 이길지는 모르지만, 혹시 패배하는 쪽이 어떤 수를 써서 과거를 바꿨다면. 이기기 위한 포석으로 나와 나나호시를 놔두었다면….

패배하는 건 어느 쪽이지?

올스테드다. 그는 이길 수 없으니까 루프하고 있다.

즉, 미래의 올스테드가 우리를 불러냈을 가능성.

"하지만 올스테드가 아냐. 그는 그럴 수 없어."

그래. 왜냐면 올스테드는 과거를 바꾸지 않고 이길 생각이었다.

가령 할 수 있다고 해도 올스테드가 바꾼다면 자신이 루프하고 있는 시간 사이가 아니라 그보다 과거에 놔둘 것이다.

예를 들어서 제2차 인마대전에서 라플라스를 분열시키지 않도록 한다든가. 아니면 더 루프 횟수가 많은 올스테드가 과거 루프의 자신에게 개입했을 가능성도 있지만… 그럴 이유를 모르겠다.

"인신도 할 수 없어. 인신은 이 루프에서도 승리할 터였다… 라고 올스테드도 말했고."

올스테드는 기스의 존재를 알아차리지 못했다.

고로 조금만 더 있으면 이긴다고 생각하고 있었다. 자기가 작은 조약돌에 채일 거라곤 생각도 하지 않았을 것이다. 이 루프, 우리가 없었으면 인신은 승리했겠지. 그럼 인신이 과거를 바꿀 필요는 없다.

"그럼 누가, 뭘 위해?"

"그게 본론. 이건 어디까지나 가설에 불과하지만…."

나나호시는 노트에 적힌 이름을 손가락으로 짚었다.

거기에는 '시노하라 아키토'라고 적혀 있었다.

그리고 그 바로 밑에는 '쿠로키 세이지'라고도 적혀 있었지만, 거기에는 커다랗게 X표가 되어 있고, 그 옆에 '루데우스 그레이랫'이라고 적혀 있었다.

"어제 당신의 정체를 알고 떠올렸어. 그때 나는 아키… 시노하라 아키토에게 안겨 있었지만, 쿠로키 세이지는 당신이 구해서 트럭의 진로 밖에 있었어. 즉, 전이한 게 아니지 않을까 하고."

"그 자리에서 트럭에 치인 세 명. 그중 둘은 이 자리에 모였군. 하지만 나머지 한 명은 이 세계에는 없다."

"그리고 당신은 내가 전이한 것보다 10년 전에 전이했다…. 즉, 그 자리에서 동시에 전이한 세 명은 각각 다른 시간으로 전이한 게 아닐까 해."

나는 전생한 거지만… 뭐, 그리 큰 차이는 없나.

"당신이 나보다 먼저라면, 나보다 뒤에 전이하는 것도 이상하지 않아. 그래, 시노하라 아키토는 지금보다 훨씬 미래로 전이했어. 그리고 시노하라 아키토는 올스테드와 만났어. 이 루프에서 처음으로 올스테드에게 변화가 일어난 거야. 그리고 시노하라 아키토를 동료로 삼은 올스테드는 인신에게 못 이긴다는 것을 알고… 승리하기 위해 움직였어."

미래의 인물이 과거를 바꾸었다.

"…그게 피트아령 소멸로 이어졌다? 시노하라 아키토란 인물은 과거의 개혁이 가능한 초능력자야?"

"아니야. 하지만 우리가 이 시대에서 많은 사람과 만난 것처럼, 그도 많은 사람과 만났을 거야. 그야말로 역사의 개변이 가능할 정도의 힘을 가진 누군가와…."

신의 아이.

그런 단어가 머리를 스쳤다. 자노바의 괴력은 별로 눈에 확 띄는 느낌이 아니었지만, 미리스의 무녀는 상대의 눈을 보기만 해도 기억을 읽었다. 어쩌면 역사를 개변할 수 있는 힘을 가진 신의 아이가 있어도 이상하지 않다.

나도 미래에서 온 나이 든 나와 만나지 않았으면, 그 일기와 같은 인생을 보냈겠지.

즉, 이미 이 역사도 바뀌었다고 할 수 있다.

실감은 별로 없지만… 어찌 되었든 전생이나 전이가 방법으로서 존재하는 세계다. 역사 개변이 가능하다고 해도 이상하지 않다.

"올스테드는 그 누군가를 알 것 같다고 말했어?"

"말했어. '물체의 시간을 되돌리는 신의 아이'가 있다고."

물체의 시간을 되돌린다…라.

조금 상정했던 바와 다르다. 다르긴 하지만, 시간에 관계한 신의 아이임을 틀림없다.

"다만 그 신의 아이는 누구보다도 운명이 약해서, 아무것도 할 수 없는 채로 죽는다…."

"그걸 시노하라 아키토가 구했다…."

뭔가가 딱 들어맞는 듯한 감각.

그 시노하라 아키토란 자가 그 신의 아이와 만났다.

또한 올스테드와 만나서, 신의 아이의 능력을 증폭시키는 마도구를 개발했다고 가정하면 어떨까.

나나호시는 페르기우스와 협력하여 보다 강력한 전이장치를 만들었다.

나는 크리프나 자노바와 만나서 마도갑옷을 만들었다.

그와 같은 식으로 말이다.

그리고 그 능력을 써서 과거를 바꾸었다….

"…하지만 그거랑 이번 실패는 어떻게 이어지지?"

"그거 말인데."

나나호시는 또 페이지를 뒤적였다. 거기에는 '혹시 돌아갈 수 없었을 경우의 나의 미래'라고 적혀 있었다.

"나는 생각했어. 내가 아키토를 찾듯이, 그도 나를 찾은 게 아닌가 하고."

"…호오."

"뭐, 가설에 불과하지만…. 나는 '미래에 시노하라 아키토와 돌아가기로 되어 있으니까, 지금은 아직 돌아갈 수 없다'. 혹은 '뭔가를 만들 때까지는 돌아갈 수 없다'. 어쩌면 그 양쪽 다가 아닐까 생각해."

어디 보자, 정리해보자.

미래.

어떠한 이유로 시노하라 아키토란 인물이 소환되었다.

시노하라는 여러 일을 겪으며 올스테드와 협력관계가 되지만, 지금 상태로는 인신에게 못 이긴다고 알았다.

찾아보니 원인은 과거에 있었다. 그렇기 때문에 신의 아이의 힘을 증폭시켜서 과거를 바꾸었다.

…아마도 거기서 소환된 게 나다.

그 타이밍에 인신은 내 자손에게 죽는 미래를 보았다.

그리고 시노하라 아키토는 올스테드, 그리고 내 자손과 함께 인신을 쓰러뜨린 것이다

하지만 거기서 문제가 발생했다.

원래 세계로 돌아갈 방법이 없는 것이다. 그래서 시노하라 아키토는 다시 한번 신의 아이의 힘을 사용했다. 소환된 것은 집에 돌아가고 싶은 마음으로 가득한 나나호시다.

그녀는 집에 돌아가고 싶다는 정열로 전이마법진을 만들었다.

다만 그때 뭔가 무리를 했던 걸지도 모른다.

그러니까 피트아령이 소멸했다….

그렇게 생각하면 시노하라 아키토에게 짜증이 나는군. 이 가설이 옳다면 피트아령이 소멸한 것은 시노하라 아키토의 개인적인 이유 때문이다.

어디까지나 가설에 불과하지만.

아니…. 그렇다고 해도 그를 탓할 수는 없다.

어쩌면 시노하라 아키토는 극한까지 몰려서, 과거를 바꾸지 않으면 어떻게 할 수 없었던 걸지도 모른다. 어쩌면 피트아령이 소멸할 줄 몰랐을지도 모른다. 어쩌면 패색이 농후한 상황에서 소중한 뭔가를 지키기 위해 결사의 각오로 과거를 바꾼

걸지도 모른다.

나는 이 세계에 와서 소중한 것이 늘었다.

아내에, 자식에, 여동생에.

이들을 지키기 위해서 올스테드의 부하가 되었다.

올스테드는 의외로 좋은 녀석이었지만, 혹시 진짜 뿌리부터 악당이었으면.

내게 명하는 일들이 못된 일들뿐이었다면. 나는 그래도 분명 가족을 지키기 위해 그 명령에 따랐겠지.

그것과 같다.

제일 소중한 것이란 사람에 따라 다르니까.

"과연⋯. 그럼 나나호시, 그 가설이 옳다면 너는 어떻게 할 거야?"

"그래⋯. 혹시 '뭔가를 만들 때까지는 돌아갈 수 없다' 쪽이 라면, 그 역할은 다했다고 생각해. 그 전이장치의 완성으로. 이 이상 뭘 만들 생각은 없고."

역할⋯이라.

나나호시의 역할이 전이장치의 완성이라면, 내 역할은 뭘까.

올스테드를 승리로 이끄는 것인가?

아니면 기스를 죽이는 것, 그것으로 집약되어 있을지도 모른 다⋯고 생각하는 것은 지금은 기스 일로 고민하기 때문일까.

어쩌면 기스 이외에도 숨은 인신 신자가 있을지도 모르고.

"하지만 나는 돌아갈 수 없었어. 그렇다면 '아직 할 일이 있다'는 뜻이라고 생각해."

"응."

"이건 내 바람이라고도 볼 수 있지만, 그 할 일이란 것은 '미래에서 시노하라 아키토를 원래 세계로 돌려보내는 것'이 아닐까 싶어."

"응?"

"아니, 그렇잖아? 장치는 만들었어. 하지만 사용법을 모르면 그도 돌아갈 수 없어."

뭐…. 응, 가령 나 같은 마력 탱크가 있다고 해도 마법장치만으로는 어렵겠지.

페르기우스도 그때 살아 있을 가능성은 별로겠고.

하지만 그런 생각은 너무 편의주의가 아닐까.

매뉴얼을 만들면 될 일이다.

"어쩌면 '이미 미래에는 내가 있다'일지도 몰라."

아하, 그쪽이 자연스럽네.

타임 패러독스가 일어나니까 돌아갈 수 없나.

여기서 돌아가면 미래의 나나호시는 존재할 수 없다.

미래가 과거를 바꾸었다면, 미래 쪽이 우선되겠고. 그러니까 마법장치는 의미불명의 동작을 하고 정지한다.

"하지만 나는 이대로는 80년이나 살 수 없어. 병도 있고."

나나호시는 그렇게 말하고 방구석에 있던 찻잔으로 시선을 주었다.

곧잘 잊곤 하지만, 나나호시는 드라인병에 걸렸다.

이세계의 에이즈. 현재 소카스 풀로 만든 차를 평소 마시는 것으로 그 증상을 억누르고 있다.

하지만 언제 어떤 병에 걸릴지 모른다.

하물며 80년이나 되면 살아남을 가능성은 낮아진다.

"어떻게 할 거야?"

"그러니까."

나나호시는 말했다. 그 해결방법을.

"페르기우스 님에게 부탁해서 시간을 멈추도록 할 거야."

페르기우스의 부하. 시간의 스케어코트.

만진 상대의 시간을 멈출 수 있는 능력을 가진, 페르기우스의 정령.

그 힘을 사용하면 나나호시는 살아 있을 수 있다.

계속이라고 할 수는 없겠지. 언젠가 라플라스가 부활하여 본격적으로 싸움이 시작되면 페르기우스도 스케어코트를 가만히 놀려둘 수 없어진다. 예정대로라면 80년 뒤, 최소 50년 뒤에는….

그리고 올스테드는 라플라스를 쓰러뜨리지 않으면 인신에게 도달할 수 없고, 시노하라가 그걸 돕게 된다면….

나나호시는 정확한 타이밍에 눈 뜨게 된다.

"그래서 루데우스. 당신에게 부탁이 있어."

"…부탁?"

뭘까.

"내 존재를 시노하라 아키토가 놓치지 않도록 무슨 수를 써 줘. 책에 남기든지, 비석을 세우든지, 뭐든지 좋으니까. 그리고 전이마법진은 세상에서 금기시되어 있지만, 가능하면 세상에 공표하고 연구를 진행해줘."

"…그럴 필요가 있을까?"

"가설이 꼭 다 맞는다고는 할 수 없잖아? 아니, 다 맞는 게 오히려 이상해. 8할은 망상이라고 생각하고 보험을 들어두는 거야. 가설이 틀렸을 경우, 80년 뒤에 내가 제대로 돌아갈 수 있도록."

이번 가설, 나로서는 꽤나 신뢰성이 높게 느껴졌다.

모두 다 맞다고는 안 하겠지만, 뭔가 딱 들어맞는다는 감각은 있었다.

하지만 그렇군. 꼭 맞다고는 할 수 없다. 시노하라가 전이해 온다고만 할 수 없다.

나나호시가 돌아갈 수 없는 이유는 사실 마법진의 문제일지도 모른다.

현재는 완벽하다고 생각하지만, 뭔가 진보가 없으면 해결할 수 없는 문제가 남아 있는 걸지도 모른다.

"물론 나도 매년 몇 번씩은 일어나서 상황을 볼 생각이고, 그때 또 상황이 변해서 다른 일을 해야 할지도 모르지만…."

상황은 변하는 법.

지금 가설이 옳다고만 할 수는 없다.

그리고 나는 나나호시가 돌아갈 수 있도록 최대한 힘을 빌려줄 생각이다.

내가 살아 있는 동안에.

편지도 맡겼으니까.

"알았어."

나는 승낙했다.

그 뒤에 다시 한번 시도해 보았다.

꼼꼼하게 마법장치를 검사한 뒤, 나나호시를 보내 보았다.

마법진에 문제는 없음. 딱히 손상이 있는 것도 아니고, 검사한 뒤에도 정상이었다.

하지만 역시나 불가능했다.

마치 누군가가 방해하기라도 한 것처럼, 마력이 차단되는 모양이다.

내 쪽은 문제없으니까 페르기우스가 거짓말을 하는 게 아니라면 정말로 미래가 방해하는 걸지도 모른다.

…인신의 짓도 아니겠지.

그렇게 해서 나나호시의 귀환은 실패로 끝났다.

아니, 끝난 건 아니라고 해야 할까.

실패 후에 나나호시는 잠들겠다고 페르기우스에게 말했다.

페르기우스는 반대할 줄 알았는데, 순순히 승낙하였다.

시간의 스케어코트를 빌려서 한동안 잠들겠다는 나나호시에게, 순간 안타깝다는 표정을 보인 뒤에 '그런가'라고 중얼거렸을 뿐이었다.

어쩌면 이미 이야기가 되어 있던 걸지도 모른다.

실패하면 어떻게 할 것인가 하는 이야기를.

"그럼 루데우스, 페르기우스 님. 뒷일은 부탁드립니다."

나나호시는 마지막에 그런 말을 하고 자기 방으로 사라졌다.

앞으로는 스케어코트의 마력이 끊어질 때마다 일어나게 된다.

한 달에 한 번 정도.

최근 몇 년 동안 나나호시와의 거리를 생각하면 그리 쓸쓸하다는 느낌은 들지 않았다.

조금 먼 곳으로 이사 갔다는 정도의 감각이 될까.

쓸쓸한 느낌은 들지 않지만, 가슴에는 뭔가 다른 감정이 몰아쳤다.

이건 뭘까. 왠지 석연치 않았다.

"루데우스 그레이랫."

그런 답답한 마음을 품은 채로, 페르기우스에게 인사를 하고 공중성채를 떠나려던 때에 그가 나를 불러 세웠다.

"나는 운명이라는 말을 싫어한다."

갑작스러운 그 말.

"…저도 싫습니다."

왜 지금 그런 말을 하는지 알 수 없었지만, 나도 수긍했다.

지금까지 해온 일이 누군가의 손바닥 위에서 춤추는 것이었
다고는 생각하기 싫다.

"미래 때문에 과거가 정해진다니 웃기는 소리. 그런 일이 있
어선 안 되지."

페르기우스는 짜증내듯이, 나나호시가 사라진 문을 보았다.

"그런 생각은 과거를 비웃고 현재를 비하하는 말이다. 나는
인정 못 한다."

"그렇게 말씀하시는 것치고 의외로 선선히 나나호시에게 부
하를 빌려주셨습니다만."

"흥."

페르기우스는 콧방귀를 뀌더니, 엄한 표정으로 나를 바라보
았다.

"나는 어디까지나 마법진에 문제가 있었다고 생각한다."

"……."

"나나호시는 이미 포기한 모양이지만, 나는 포기하지 않는
다. 녀석이 잠든 동안, 내가 그 마법진을 완성시키지. 갑룡왕
의 이름을 걸고."

페르기우스 님은 의욕 넘치는 모양이다.

그 눈이 다소 어둡지만 번쩍대는 것처럼 보였다.

"하지만 아쉽게도 마력총량에서는 네게 아득히 못 미친다. 루데우스 그레이랫. 힘을 빌려다오."

"…알겠습니다. 하지만 왜 페르기우스 님은 그렇게 나나호시를 두둔하십니까?"

그렇게 묻자, 페르기우스는 갑자기 정신이 든 것 같은 얼굴을 하였다.

대체 뭘까. 스스로도 잘 모르는 걸까. 시선을 다른 곳으로 돌렸다.

그리고 뭔가 짚이는 게 있었는지 미간을 찌푸렸다.

"과거에서 보자면, 지금이 미래다. 과거의 내가 지금을 만들었다. 그리고 지금이 미래를 만든다. 나는 제자의 어리석은 생각이 잘못이라고 지적하고 바로잡고 싶을 뿐이다. 라플라스 부활까지의 심심풀이로 말이다."

어리석은 생각인가.

어쩌면 페르기우스에게는 나나호시의 행동이 토라진 것으로 보일지도 모른다.

지금은 안 되더라도, 장래에 세상이 변하면 어떻게 될지도 모른다.

하지만 그런 건 얕은 생각이라고.

"…알겠습니다. 협력하겠습니다."

"감사는 않겠다."

"괜찮습니다."

그런 대화가 기분 좋아서 나는 살짝 웃었다.

아마 내가 살아 있는 동안에 나나호시는 돌아갈 수 없겠지.

하지만 혹시, 설령 돌아갈 수 없다고 해도 그녀를 돌봐주는 사람은 있다.

그 사실이 왠지 모르게 기뻤다.

그리고 나나호시는 잠이 들었다.

미래로 간 것이다.

후련한 듯한, 답답한 듯한, 묘한 감각이 남아 있었다.

어쩌면 내가 있든 없든 나나호시는 미래로 가지 않았을까.

돌이켜보면 나는 나나호시의 결말에 대해 듣지 않았다. 미래의 나도 슬픈 얼굴로 말을 흐렸다. 거기서 추측해보자면, 미래의 나는 나나호시에게 가설을 듣지 않았고, 후에 페르기우스에게 자살했다는 식으로 들었을 뿐이지, 나나호시는 이번과 마찬가지로 미래로 갔을지도.

뭐, 어찌 되었든 한 가지 일은 끝났다.

페르기우스는 아직 연구를 계속할 모양이고, 나나호시도 미래에서 뭔가 할 모양이겠지만….

끝은 끝이다. 마음을 정리하고 다른 일을 해야 한다.

나나호시는 스스로 생각하고 스스로 길을 택했다. 나도 내가 할 일을 해야만 한다.

좋았어.

다음은 검신 갈 파리온에게 가자.

에리스와 둘이서 가자.

심플 이즈 베스트다.

백업이 없는 건 다소 불안하지만, 검의 성지에는 그리 머리 좋은 녀석이 없다고 들었다.

그럼 주먹으로 대화할 수 있는 녀석만으로 가는 게 좋겠지.

하지만 그 전에 올스테드에게도 보고해야 한다.

나나호시가 어떤 선택을 했는지.

그녀의 가설에 대해서는 이미 들은 모양이지만… 그래도 결과는 보고해야만 한다.

그렇게 생각하면서 나는 올스테드의 사무소로 발을 옮겼다.

"아, 루데우스 회장님! 수고 많으십니다!"

로비에 들어가자, 접수원이 고개를 숙였다. 이 아이는 씩씩하군.

"사장님은 안에서 기다리십니다."

"응."

대답을 하면서 사장실로 들어갔다.

안에 들어가서 문을 닫고 다리를 어깨 넓이로 벌리고 손을 뒤로. 평소처럼 책상 앞에 앉은 올스테드를 향해 고개를 숙였다.

"보고 사항이 있습니다."

"…듣지."

"나나호시의 귀환은 실패. 그녀는 미래에 원인이 있다고 생각하고, 페르기우스의 부하 '시간'의 스케어코트의 능력으로 잠들었습니다."

"그런가."

올스테드는 천천히 헬멧을 벗었다.

그리고 관자놀이에 손을 대고 깊이 한숨을 내쉬었다.

"페르기우스는 뭐라고 했지?"

"어디까지나 마법진이 문제가 있다고 생각하고 있어서, 마법진을 개량하여 나나호시를 돌려보낸다…고."

"그것뿐인가?"

"미래가 과거를 결정한다는 것은 말도 안 된다고."

"그렇겠지. 페르기우스라면 그렇게 말하겠지."

그렇게 말하는 올스테드의 목소리는 기분 탓인지 평소보다 감정이 섞인 것으로 들렸다.

아니, 평소처럼 무뚝뚝한 얼굴로 평탄한 목소리지만.

"나나호시 문제는 이해했다. 너는 어떻게 할 거지?"

"일단 나나호시 문제는 천천히 생각하기로 하고, 나는 검신 갈 파리온에게 갈까 합니다. 평소처럼 자세한 설명을 부탁드립니다."

"그런가…. 갈 파리온에 대해서는 정리해 두었다."

올스테드는 선반에서 종이다발을 꺼냈다.

이번에도 준비성이 좋다. 고마운 이야기지만, 오히려 입장이 반대인 것도 같군. 이런 자료를 만드는 것은 내 역할이 아닐까. 아니, 이제 와서 이런 이야기를 해봤자지만.

"고맙게 쓰도록 하겠습니다."

"자료에도 적어 두었지만, 갈 파리온과의 싸움은 피해라."

"예."

이렇게 나나호시는 잠이 들었다.

조금 특이한 휴가가 끝나고, 나는 기스와의 싸움으로 돌아갔다.

제7화 광견, 둥지로 돌아가다

검의 성지.

거기 도착했을 때, 먼 곳까지 왔다고 생각했다.

만년설로 뒤덮인 극한의 세계. 넓은 북방대지에서도 여기는 이질적인 곳이다.

처음 본 자는 이렇게 생각하겠지.

평범한 곳이라고.

석조 가옥에서는 밥 짓기 위한 굴뚝이 있고, 따뜻한 옷차림을 한 사람들이 추운 기색으로 몸을 떨면서 오가는, 북방대지

어디에나 있을 만한 모습.

그런 길을 통과한 곳에 있는 것이 도장이다. 아슬라 왕국에서도 찾아보기 어려울 정도로 크고 넓은 도장.

거기에서는 끊임없이 목도 부딪치는 소리가 들려온다.

검신류의 제자들이 모이는 그곳이야말로 검의 성지다.

전 세계의 검사는 여기를 목표로 여행한다.

그리고 도달했을 때, 분명 이렇게 생각한다.

드디어 여기까지 왔다고.

그리고 긴 수행을 마치고 여기서 나갈 때, 지금 내가 돌아보면 볼 수 있는 광경을 보고 이렇게 생각한다.

여기서부터 여행이 시작된다고.

모험가 블러디칸트 저 『세계를 걷다』에서 발췌.

에리스와 루데우스는 검의 성지를 방문하였다.

"검의 성지는 『세계를 걷다』의 마지막 장에 있었던 것을 기억해. 즉, 블러디칸트가 여행의 마지막에 들른 장소지. 다른 곳과는 다소 느낌이 다른 식으로 기록되어 있었던 게 인상에 남았어."

루데우스는 조금 빠른 어조로 그렇게 말하면서 대수롭지 않다는 얼굴로 걷고 있었다.

다만 에리스는 알았다. 그가 평소보다 경계하고 있다는 것을.

"에리스는 여기서 수행할 때, 이 근처도 자주 오갔어?"

그 질문에 에리스는 주위를 둘러보았다.

생각해 보면 검의 성지에서 수행을 하던 무렵에는 시내에 별로 나가지 않았다. 몇 차례 검신의 심부름으로 나온 적은 있지만, 산책 나온 적은 없었다.

"그럴 여유가 없었어."

다시 한번 주위를 관찰하니, 북방대지라면 어디에나 있을 법한 모습이었다. 규모로는 그냥 마을이라고 해도 좋을지 모른다.

로아에 살던 무렵에는 여기저기 다니면서 눈에 띄는 것을 모두 신선하게 여겼고, 샤리아로 이주한 뒤에도 레오와 둘이서 곧잘 산책 나간 에리스지만, 여기서는 그런 기분이 들지 않았다.

에리스에게 여기는 그런 장소가 아니었기 때문이다.

"대장장이랑 무기상인은 이상하게 많네…."

"그래."

이 장소에 있는 것은 대부분이 검사다.

남녀노소, 대부분이 검을 차고 있다. 모두 검신류의 문하생인 것은 아니지만, 그래도 여기에는 검을 차고 다니는 게 상식이라는 모습이다.

"어디를 보고 걷는 거야!"

"뭐어…? 너 따위는 안중에도 없어."

"이 자식이!"

그때 길 한복판에서 싸움이 시작되었다. 검을 뽑은 두 사람이 눈을 부릅뜨고 상대를 노려보더니, 다음 순간 칼부림이 시작되었다.

주위 사람들은 흘깃 시선만 주었을 뿐이지, '아, 또 시작인가'라는 느낌으로 그냥 지나쳤다. 구경하는 사람도 없다. 여기는 이 정도는 일상다반사다.

싸우는 이들은 에리스가 보기에 양쪽 다 대단하지 않았다.

검신류로 보자면 간신히 중급이 될까 말까 한 정도겠지.

한심하게 흐트러진 자세로 정신없이 검을 부딪치고 있다.

목숨까지 걸고 싸우는 게 아니라는 건 척 보고 알았다.

"어어…."

하지만 루데우스는 눈을 크게 뜨고 겁먹은 기색이었다.

기분 탓인지 에리스의 뒤쪽에서 걸었다. 마치 숨듯이. 여기가 무슨 요ㅇ네스부르크냐고 하듯이.

"더 당당히 걸어."

저 두 사람과, 아니, 이 길에 있는 대부분의 상대와 싸워도 루데우스는 이기겠지.

에리스는 알고 있다. 검사의 거리, 검의 사정거리에서 싸워도, 어지간한 검사보다 루데우스의 마술이 빠르다는 것을.

루데우스는 검술 쪽으로는 중급이지만… 아니, 그렇기 때문이라고 해야 할까, 방심하지 않는다. 이럴 때면 어중간한 검사는 흠도 내기 어려운 갑옷을 입고 있고, 검의 사정거리 안이라면 처음에는 회피를 택한다. 속도 승부의 도박에 나서지 않는다.

"아니, 얽혀도 문제야. 이럴 때의 자잘한 싸움이 나중에 있는 교섭에 안 좋은 영향을 미치기도 해. 나는 이럴 때에 싸움에 휘말리기 쉬운 타입이니까. 가급적 싸움은 피해야지."

"루데우스라면 괜찮아."

"그래?"

"이 근처 녀석들은 약하니까 이길 수 있어."

"그런 게 아니라."

그런데 그때 에리스가 살기를 느끼고 그쪽을 돌아보았다.

루데우스도 그쪽을 보고 '큰일이다' 싶어서 시선을 피했다.

"아, 아니, 에리스가 그런 소리를 하니까…."

그쪽을 보니 이마에 핏대를 세운 남자가 에리스 쪽을 노려보고 있었다.

"어이어이, 거기 여자, 말이 제법이잖아…."

남자는 그렇게 말하면서 다가오려다가 에리스가 노려보는 바람에 멈춰섰다.

"웃…!"

얼굴을 창백해져서 시선을 돌리더니 몸을 벽 쪽으로 돌렸다.

"흥!"

에리스의 콧방귀 소리는 남자에게도 들렸겠지. 그리고 그걸 들으면서 운 좋았다고 가슴을 쓸어내린 거겠지.

딱 한 걸음만 더 앞으로 나갔다간 자기 목이 날아갔을 거라고 이해했으니까.

"봐."

"아니, 지금 그건 에리스가 겁준 거잖아."

루데우스는 눈을 번쩍거리면서 감동하고 있었다. 역시 우리 집 바깥양반이라는 얼굴이다.

예전의 에리스라면 기분 좋게 콧노래라도 불렀겠지만, 지금은 저 정도 상대를 겁준 정도는 자랑거리도 안 된다는 걸 알고 있었다.

애초에 지금 그 상대 정도라면 루데우스도 어떻게든 할 터였다.

"…어이, 저기 봐."

"저 빨강머리… 광검왕이잖아."

"돌아왔나…."

"절대로 눈 마주치지 마…."

"입도 뻥끗하지 마…. 소리도 최대한 내지 마. 자극하면 안 돼…."

"녀석에게 이유 따윈 필요 없으니까…."

주위에서 그런 소리가 들려서 루데우스가 작은 목소리로 에리스에게 말했다.

"에리스, 뭐 했어?"

"아무것도 안 했어."

실제로 에리스는 그들에게 아무것도 하지 않았다.

그녀가 기억하지 못하는 것인데, 실제로 이 거리에는 검의 성지의 도장에 들어가지 못한, 어중간한 실력인 이들이 많다.

도장의 제자들이 시내에 일을 보러 나올 때도 있으니까 전부 그렇다는 건 아니지만… 아무튼 도장 밖에 별로 나오지 않았던 에리스가 그들에게 무슨 짓을 했을 리도 없다.

"그렇군."

하지만 루데우스는 어째서인지 납득하였다. 그리고 에리스의 뒤에 딱 달라붙듯이 서서 이동했다.

"그러니까 왜 숨는데?"

"아니, 숨는 게 아냐. 에리스의 뒷모습이 멋지다고 생각할 뿐이야. 딱히 에리스가 여기 주민 하나하나를 한 대씩 패서 원한을 샀다고 생각하는 것도 아냐. 응."

"…정말로 아무것도 안 했어!"

에리스는 알고 있었다. 루데우스는 이렇게 숨으면서도 여차하면 앞으로 나와서 자기를 도와줄 거라는 것을.

다만 위압적으로 싸움을 걸어오는 상대가 거북할 뿐이라고.

"됐으니까 가자."

에리스가 걸어가면 모세가 바다를 가르듯이 길이 생겼다.

그런 사람의 바다를 에리스는 당당히 걸어갔다.

★ 루데우스 시점 ★

검신류의 도장은 컸다.

"오오…. 크네."

석재와 목재로 지었다는 느낌으로, 어딘가 모르게 일본의 무도관을 방불케 했다. 겉모습을 보자면 시내의 건물보다 이쪽이 건축물로서는 더 오래되었을까. 입구에서는 그 전체 모습을 알기 어렵지만, 그냥 집 한 채로 끝이 아니라는 건 알았다. 증축과 개축을 거듭하면서 이렇게 거대해졌겠지.

"오."

처음으로 사람을 발견.

문 앞에서 간소한 도복을 입은 청년 하나가 삽을 한 손에 들고 눈을 치우고 있었다.

문하생일까.

추워 보이는데, 겉옷을 입으면 안 되는 걸까.

"추워 보이네."

"그래? 보통 아냐?"

에리스의 대답을 보면 겉옷을 입으면 안 되는 거겠지. 분명 여기는 이 세계의 육체파들의 총본산이다. 추운 건 근성이 부족하기 때문이라고 할 것 같다.

"저기."

"뭐지?"

내가 말을 걸자 그는 이쪽을 보고, 이어서 에리스의 모습을 시야에 넣었다.

"!!!!"

그 순간 그는 삽을 떨어뜨리고 그대로 도장 안으로 달려갔다.

"정말로 무슨 짓 한 거 아냐?"

"녀석하고는 대련 몇 번 했어."

윽…. 불쌍하게도. 분명히 트라우마가 되었겠지.

성채도시 로아에 살던 무렵에는 나도 매일처럼 에리스와 대련을 하고 두들겨 맞았으니까 안다.

당시에도 인정사정없었는데, 진짜로 싸우기로 마음먹은 에리스를 상대했으니까 꽤 대단했겠지.

뼈가 몇 번 부러졌을까. 어금니는 제대로 남아 있기는 할까…. 대련에서 일어난 일을 내가 사과하는 것도 그렇지만, 그가 걱정되었다.

그렇게 생각하는데, 에리스가 도장 안으로 들어가기 시작했다.

"저기, 에리스."

"왜?"

"멋대로 들어가도 돼…?"

"괜찮아."

에리스는 다소 기막힌 눈치로 그렇게 말하더니, 성큼성큼 안으로 들어갔다.

나는 그 자리에 멍하니 서 있을 수도 없어서 그녀를 따라가기로 했다.

아니, 에리스도 일단 검신의 제자 같은 포지션인 모양이니까 분명히 얼굴만 보이면 통과할 수 있는 거겠지만. 하지만 역시 입구에서 안내를 받아 응접실 같은 곳에서 안달하며 기다렸다가 영업 스마일로 토크를 시작하고 싶었다. 이래선 완전히 도장 파괴범이잖아.

그런데 복도 저편이 왠지 시끌시끌하다 싶더니만, 도복 차림의 남자가 여럿 나타났다. 게다가 손에 든 것이 목도가 아니라 진검이었다.

우, 우와와와와.

역시 도장 파괴범으로 보였나?!

"…에리스?!"

그중 한 명이 놀란 얼굴로 그렇게 말했다.

아, 아니, 그 사람은 남자가 아니었다.

거친 분위기를 띠고 있기에 순간 잘못 보긴 했지만, 여성이었다.

다소 가무잡잡한 피부에 빨강머리, 날카로운 눈빛. 검사라는 건 틀림없겠지. 거동은 날카롭고 전혀 빈틈이 보이지 않았다. 아무리 나라도 알겠다. 이 사람은 길가의 불한당과는 비교도 안 되게 강하다.

아니, 만난 적 있었다. 분명히 아슬라 왕국에서, 아리엘의 대관식 때 한 번 봤나.

이름이 뭐더라, 아, 니나다. 에리스와 정면에서 맞붙을 수 있도록 센 사람이다.

그때는 분명히 내 힘이 되어 주겠다고 약속했었다.

뭐, 구두약속이긴 하지만.

"니나, 오랜만."

"그래, 오랜만…. 뭐 하러 왔어?"

"루데우스가 그 녀석하고 할 말이 있다나 봐."

그러면서 내 쪽으로 신호하길래 나는 영업 스마일.

"안녕하십니까, 루데우스 그레이랫입니다. 이번에는….“

"그 녀석이란 게 누구야?"

하지만 니나는 내 얼굴 따윈 보지도 않았다. 내 영업 스마일은 통용되지 않는 모양이다.

"검신."

그렇게 말하자, 니나는 험악한 표정을 하였다. 살기를 띠었다고 해도 좋겠지.

에리스는 그 살기를 받으면서 당당히 서 있었다.

내 다리는 떨리고 있지만, 공포보다도 곤혹스러움이 컸다.

아니, 만나러 왔을 뿐이니까. 살기를 띨 이유는 없을 텐데요.

"갈 파리온. 없어?"

하지만 이 말에 니나가 의아한 표정으로 변하더니 갑자기 쭈욱 힘을 뺐다.

"하다못해 스승님이라고 해."

"싫어. 그런 거. 내 스승은 길레느뿐이니까."

"아아, 뭐, 됐어….."

니나는 크게 한숨을 내쉬었다.

분명히 계속 에리스의 이런 행동을 보아온 것이리라.

"당신들, 에리스한테는 내가 설명할 테니까 먼저 가."

"하지만 니나 님, 지금은 그럴 때가….."

"이 여자는 광검왕 에리스야."

남자들은 그 말에 놀란 얼굴로 에리스를 보았다. 에리스가 여기서 뭘 했는지는 모르지만, 아무래도 그녀의 이름에는 상당한 설득력이 있는 모양이다.

"알겠습니다."

그들은 고개를 숙이더니, 바로 도장 안쪽으로 달려갔다.

뛰는데도 발소리가 거의 나지 않고, 움직임에 흔들림이 없었다.

분명히 조연들이라고 할까, '기타 다수'라는 느낌이지만, 아마도 랭크를 보자면 검성 이상이겠지. 무섭다, 무서워….. 절대로 싸움을 걸지 않도록 하자.

"그럼 이쪽으로."

니나가 턱짓하고, 에리스가 따라갔다.

그리고 나도 그 뒤를 따랐다.

안내받은 곳은 도장이었다.

단련장이라고 하는 모양이다.

바닥에 판자를 깔았고 벽에 목도들이 걸려 있는 것을 보면, 전생 세계의 검도장이 떠올랐다.

다만 바닥에 전체적으로 얼룩무늬가 있군. 아무래도 무슨 얼룩이라도 밴 느낌이라서 뭐라도 흘린 것 같은데, 잘 보니… 하핫, 피네요, 이거.

니나는 단련장 한가운데로 가더니 털썩 주저앉았다.

에리스도 따라서 앉았다.

둘 다 가부좌를 틀고 앉은 채로 오른쪽 무릎을 세웠다.

여자가 하기에는 안 좋은 포즈지만, 이건 나도 길레느에게 배웠다. 앉은 자세에서 재빨리 일어나면서 발도하기 위한 자세다.

즉, 니나가 그럴 마음만 먹으면 내 목은 날아간다.

왜냐면 니나는 지금 허리에 진검을 차고 있으니까.

"니나, 루데우스는 그 칼 사정거리에 못 들어가."

"그래? 겁 많네, 당신 남편."

"…마술사니까 당연하지."

공기가 찌릿찌릿 떨린다.

아니, 저기. 여기선 내가 용기를 내어 그녀의 거리 안으로 들어갈까. 애초에 검신을 만나러 온 거라서 나름 각오는 했으니까.

"실례. 분위기에 좀 압도되어서."

예견안을 뜨면서 에리스의 곁에 앉자, 간신히 니나가 나를 보았다.

"그래서, 뭐 하러 왔어?"

"예. 실은 어떤 인물과 싸우게 되어서 검신님의 힘을 빌리러 왔습니다."

"……? 수십 년 뒤의 이야기 아니었어?"

"아, 아슬라 왕국에서 한 이야기, 기억해주시는 거군요. 감사합니다!"

"그 정도야 기억해. 에리스도 아니니까."

검신류의 검사와 이야기할 때는 최대한 직설적이고 알기 쉬운 말을 쓰는 게 철칙이다.

아토페 정도로 이치를 모르는 사람들은 아니지만, 열받으면 바로 칼을 뽑는다고 생각하면 되겠지. 이런 미인이라도 말이다.

"물론 그 이야기도 있습니다만, 이번에는 그것과 별개로 기스라는 녀석과 싸우게 되어서….”

“흐응….”

“바쁘시리라 생각합니다만, 꼭 검신님을 한편으로 들이고 싶
습니다.”

니나의 표정이 안 좋아졌다.

역시 나 같은 어디의 말뼈다귀인지 모를 녀석과 만나게 할
생각이 없나.

“일단 검신님은 이런 것을 좋아하신다고 듣고 선물도 준비해
왔습니다만.”

하지만 내게는 이 녀석이 있다.

가져온 것은 한 자루 검이다.

이른바 마검이라고 할 순 없지만, 100년 전의 명공 쿠엘킨이
만든 마이너한 검이다.

올스테드 왈, 검신은 검 수집이 취미라서 검을 몇 자루나 모
으고 있다.

그중에서도 이 한 자루는 검신에게 특별하다.

그가 젊었을 적에 어떻게든 손에 넣고 싶었지만, 결국 입수
하지 못했던 것이다.

이 검은 십여 년 동안 주인이 변한 끝에 결국 아슬라 왕국의
중급귀족의 손에 들어갔다.

그 중급귀족은 검 같은 것을 쓰지 않는 인생을 보내는 인물
이다. 딱히 별일 없으면 검은 귀족의 저택 응접실을 계속 장식

한다.

나는 아리엘의 이름을 이용해서 그 귀족에게 접근, 응접실에서 그 검을 보고 훌륭하다, 저런 것을 장식하다니 대단한 감성을 가졌다, 그런 식으로 칭찬한 끝에 몇몇 은혜와 맞바꾸어 검을 양도받았다.

이제 이걸 검신에게 내놓으면 교섭도 잘 풀릴 터이다.

"다시 한번 묻겠는데, 만나고 싶은 건 갈 파리온 쪽이지?"

"…예? 예, 그렇습니다만."

갈 파리온이 아닌 쪽의 검신이 있나?

"그럼 여기에는 없어."

"아, 그렇습니까…. 지금은 어디에? 언제 돌아오십니까?"

"글쎄? 아마 안 돌아올걸."

"으음?"

뭔가 위화감이 들어서 에리스 쪽을 보았다.

그러자 그녀도 의아한 얼굴을 하고 있었다.

"무슨 소리야?"

에리스의 말에 니나는 진지한 얼굴로 에리스를 바라보았다.

입을 열려다가 미간을 찌푸리면서 다시 입을 다물었다. 아무래도 말하기 힘든 사정이 있는 모양이다. 치질 수술로 아슬라 왕국에라도 갔나…?

"검신 갈 파리온은… 졌어."

"…누구한데?"

"지노 블리츠."

에리스가 눈을 치켜떴다.

지노 블리츠는 분명히 에리스와 니나보다 훨씬 약한 검성이었던가.

올스테드 왈, 재능은 있는 모양인데 그게 꽃필지는 상황에 따라 다르다고 했다.

…잠깐만, 그 지노 블리츠가 검성 갈 파리온에게 이겼다는 소리는,

"즉, 지금의 검신은 지노 블리츠 씨?"

"그래. 아버지… 아니, 이전의 검성 갈 파리온은 패배한 그날, 여기를 나갔어."

그리고 어디에 있는지 모른다고 그녀는 말했다.

"……."

이거 말하기 껄끄러운 이야기를 하게 했군.

자기가 존경하는 아버지가, 자기보다 연하의 검사에게 졌다. 그것은 정권교체를 의미하는 것만이 아니다. 아랫사람이 자기를 추월했다는 뜻이기도 하다.

"창피해서 도망쳤네."

에리스가 갑자기 심한 말을 던졌다.

나조차도 등골이 오싹해질 정도의 말이었다.

1초 뒤, 에리스와 니나가 맞붙는 장면이 눈에 떠올랐다…만 환상이었다. 예견안으로는 계속 평온하게 앉아 있는 니나가 있

을 뿐이었다.

"그래. 아마 그렇겠지. 지노는 계속 미숙했으니까."

"…지금은 달라?"

"그래, 지금은 달라. 지금의 지노는 누구보다도 강해. 나는 그렇게 생각해."

그렇게 말하는 니나의 얼굴에서는 약간의 두려움과 동경 같은 것이 보였다.

그만큼 지금의 지노는 강하다는 소리겠지.

하지만 그렇다면 예상이 빗나갔군.

조금 실례지만, 갈 파리온은 포기하고 지노 블리츠에게 접촉하는 게 좋을까.

하지만 지노 블리츠에 대한 자세한 데이터는 올스테드에게 듣지 못했다.

선물도 준비하지 않았다. 이 검이라도 좋다면 내놓겠지만, 이 검 자체는 추억이 담겨 있지 않다면 그리 대단한 것이 아니라서 줘봤자 그리 기뻐할 것 같지 않다.

으음, 어떻게 하지. 검신이 될 정도니까 성품이 거친 사람이겠고, 실패의 가능성을 생각하면 여기서는 일단 물러나는 편이 유리할까….

아니, 모처럼 여기에 왔잖아.

한 번 정도 만나서 이야기를 해보는 편이 좋겠지. 마음에 들지는 모르겠지만 선물도 있고, 선물을 받고 불쾌하게 여기진 않을 것이다.

"에리스는 지노랑 싸울 생각이 있어?"

"…무슨 말이야?"

"지금 지노를 쓰러뜨리면 검신이 될 수 있어."

"그런 건 아무래도 좋아."

에리스의 평소와 같은 대답에 니나는 가만히 숨을 내뱉었다.

"그래…. 그렇지. 그럴 거라고 생각했어. 안심했어."

그러고 보면 전에 올스테드에게 들은 적이 있다.

검신이 된 자 중에는 이름도 남지 않은 이가 많이 존재한다고.

검신은 세습제가 아니다.

검신류 안에서 가장 강한 자를 가리킨다. 그러니까 검신은 한 번 지면 검신으로서의 지위를 잃는다. 대개의 경우 패배=죽음이니까 지위만이 아니라 목숨까지 잃지만….

아무튼 검신과 싸워서 이기면 검신이 된다.

혹은 검신이 검신류 이외에게 패배했을 경우, 문하생 중 가장 강한 자가 검신이 된다.

어느 경우든지 검제라고 불리는 자가 많겠지.

그리고 대부분의 경우, 검제는 여러 명 있다. 검제에게 뒤지지 않는 실력을 가진 검왕도 있겠지.

그렇다면 그다음은 뻔한 이야기.

검신의 세대교체는 검의 성지의 내란을 의미한다.

갈 파리온 때도 그랬다.

검제나 검왕처럼 제법 숫자가 되는 이들이 새로운 검신에게 승부를 청하여 그 지위를 빼앗으려고 한다.

그중에서 딱 하루만 검신이었던 인물도 존재한다.

어쩌면 지노 블리츠도 그렇게 될 가능성이 있다.

"니나는 검신 안 될 거야?"

"나는… 지금은 그럴 생각 없어."

그녀는 한손으로 배를 어루만지면서 그렇게 말했다.

왠지 말이 확실치 않군. 어쩌면 생리가 아닐까…. 아니, 여자가 배를 만진다고 꼭 생리라고는 할 수 없지. 섣부른 판단은 금물이다. 변비일지도 모르고.

힐끗 에리스 쪽을 보니 놀란 얼굴을 하고 있었다.

무슨 예상 밖의 말이었나.

"그래…."

에리스는 조금 아쉽다는 듯이, 쓸쓸한 듯이 말했다.

나로서는 두 사람의 관계를 잘 모른다.

에리스와 동년대이며, 에리스와 같은 눈높이로 사이좋게 지낸 친구는 그리 많지 않다.

니나와의 관계는 리니아나 프루세나와의 관계와 크게 다르게 보였다.

그러니까 에리스가 니나를 어떻게 생각했는지는 잘 모른다.

내가 아는 것은 니나가 지노 블리츠 편일 거라는 점이다.

그녀 자신은 지노보다 먼저 검왕이 되었고, 지노보다도 연상이지만… 그래도 그를 검신으로 인정하는 거겠지.

그리고 지금 대답을 들어보자면, 에리스도 지노에게 승부를 청하러 온 검신류의 제자 중 하나라고 생각했던 거겠지.

혹시 정말로 그렇다면 일단 자기가 싸우려고 했을지도 모른다.

왜냐면 니나는 지금 오른쪽 무릎을 세운 자세를 풀고 정좌를 하였기 때문이다.

"새로운 검신님에게 인사를 좀 드려도?"

"지금은 안 돼. 선약이 있으니까."

"그렇습니까."

지금 이 검의 성지에는 전 세계에서 검사들이 찾아오고 있을 터이다.

검제나 검왕이 몇 명인지는 모르지만, 분파 같은 이들도 이길 것 같으면 도전하겠고.

그리고 웬만한 상대라면 지노를 검신으로 인정한 사람들… 니나 같은 검사가 쫓아내는 거겠지.

에리스도 쫓아내야 할 레벨인가 싶지만, 아마 그렇지 않겠지.

어디까지나 설명할 생각인 모양이었고.

뭐, 에리스를 잘 아는 사람이라면 에리스를 방치했다간 그대로 안으로 들어가서 지노에게 싸움을 걸어도 이상하지 않다고 생각할 테니까.

하지만 니나 씨. 에리스는 이전보다 훨씬 어른이 되었습니다.

"지노랑 할 말이 있다면… 그래, 조금 있으면 정리될 테니까 그때 또 와."

"알겠습니다…. 아, 물어볼 게 있는데, 여기에 기스라는 남자는 안 왔나요? 원숭이 얼굴의 마족입니다만."

"마족? 아마 안 왔을 거야."

"꿈속에서 신을 참칭하는 인물이 나와서 계시를 내린 적은?"

"…없는데?"

무슨 소리야? 라는 느낌으로 니나가 에리스 쪽을 보았다.

에리스도 '왜?'라는 느낌으로 니나를 보았다.

미안, 이상한 질문을 해서.

"없다면 됐습니다. 그 두 사람은 아주 못된 사기꾼이니까, 혹시 나타나면 주의를."

"알았어."

검의 성지는 허탕인가.

갈 파리온의 행방에 대해서는 나중에 조사하기로 하고, 일단 여기서는 시간을 좀 보내자.

"자, 내 일은 끝났는데… 에리스는 어쩔래? 조금 더 보고 다닐래? 옛날 생각도 날 테고."

"됐어."

어머나, 쌀쌀맞아라.

하지만 니나는 안도한 표정이었다.

지금 이 도장은 꽤나 살벌한 모양이고, 그런 가운데를 에리스가 활보하면 칼부림도 나겠지.

에리스는 어른이 되었지만, 누가 싸움을 걸어오면 받아주지 않을 정도는 아니다.

"그럼 또 올게, 니나."

"응, 에리스. 다음에는 좀 진정이 되었을 때에."

두 사람은 온화하게 그렇게 말하더니 짧게 작별인사를 했다.

도장을 나섰다.

돌아갈 때도 안쪽에서 뭔가 시끄러운 소리가 들렸다. 지노가 다른 문하생과 싸우는 걸까, 아니면 지노의 부하들이 쫓아내고 있는 걸까….

에리스는 그 소리를 들었는지, 문득 발을 멈추고 돌아보았다.

팔짱을 끼고 다리를 떡 벌리고 선 포즈로, 울컥한 표정을 하였다.

뭐지? 뭔가 거슬리는 일이라도 했나? 싶었지만, 나를 보는 게 아니라 도장 쪽을 보고 있었다.

"왜 그래?"

"왠지 내가 모르는 장소 같았어."

그런 에리스의 표정에서는 뭐라고 할 수 없는 애수가 떠올랐다.

에리스가 이런 얼굴을 할 때는 거의 없다. 소멸한 피트아령을 보았을 때도 의연한 표정을 했는데….

아니, 그때는 에리스도 반쯤 각오하고 있었다.

이번에는 그립고 변함없는 둥지로 돌아왔는데, 변할 리 없는 장소가 변한 느낌인가.

학교를 졸업하고 몇 년 뒤에 예전 동아리에 얼굴을 내밀었더니, 멤버도 고문도 분위기도 기억하던 것과 싹 달라져서, 내가 있을 곳은 이제 없어졌다고 실감하는 느낌… 아니, 나는 무슨 동아리에서 활동한 것도 아니고 만화로 얻은 지식이지만.

"?"

그때 한 남자가 목도를 두 자루 들고 도장에서 나오는 참이었다.

도전하러 왔다가 져서 도망치는 걸까…. 아니, 도복 차림이니까 문하생일까. 아, 잘 보니 아까 입구에서 눈을 치우던 사람이다.

"에리스 씨!"

그는 목도를 에리스 쪽으로 던졌다. 엄청난 속도로 날아온 목도를 에리스는 좌악 하는 멋진 소리를 내며 잡았다.

아무래도 에리스에게 인사를 하러 온 모양이다.

역시 뭔가 한 거잖아.

"한 판, 대련을 부탁드려도 되겠습니까!"

그런 줄 알았는데 그는 그렇게 말했다.

"좋아. 덤벼봐."

에리스도 에리스대로 즉답이었다.

왠지 모르게 나는 몇 걸음 떨어진 장소에서 지켜보기로 하였다.

아니, 검신류의 대화는 말이 너무 짧은데다가 전개가 너무 빨라서 따라갈 수가 없어.

"……."

에리스와 문하생은 서로 목도를 들었다. 에리스는 상단세, 문하생은 중단세다.

나로서는 에리스가 너무 큰일을 내지 않기를 빌 뿐이다….

그렇게 생각한 순간.

"시이이잇!"

날카롭게 숨을 내뱉는 소리와 함께 문하생의 모습이 흔들렸다. 거의 동시에 에리스도 흔들렸다.

카앙 하는 기분 좋은 소리가 나고, 다음 순간에는 문하생이 무릎을 꿇고 그의 목도가 하늘을 날고 있었다. 방금 전까지 문하생이 있던 위치에 있던 하얀 숨결이 사라지고, 목도가 푸욱 소리를 내며 눈에 꽂혔다.

예견안을 뜨고 있었던 덕분에 어떻게든 움직임을 눈으로 좇을 수 있었다.

문하생이 빛의 칼날을 쓰고, 에리스가 그것을 받아쳤다. 한 순간의 공방이다.

…아니, 입구에서 눈 치우던 젊은 형씨가 갑자기 빛의 칼날을 날리다니, 진짜 무서운 동네다.

괜찮아? 내 목, 아직 붙어 있지? 사실은 복도를 걸을 때에 목이 날아갔고, 마지막 순간에 꿈이라도 꾸는 거 아니지?

"휘두를 때 왼손의 악력이 약해."

"예?!"

"그러니까 검을 놓치는 거야."

"…예! 감사합니다!"

문하생은 그렇게 말하더니 한쪽 무릎을 꿇고 에리스에게 고개를 숙였다.

"흥."

에리스는 목도를 내던지더니 나를 향해 걸어왔다.

"…뭐야?"

얼굴을 뚫어져라 바라보았더니, 입을 삐죽거리면서 나를 노려보았다.

"아니, 아무것도."

에리스는 방금 전과 비교해서 후련한 얼굴을 하고 있었다.

그래, 여기는 이런 장소였다, 라고 말하는 듯한 얼굴이었다.

"지금은 조금 바쁜 모양이지만, 분명 이 소동이 끝날 즈음이면 또 원래대로 돌아와."

"그런 건 아무래도 좋아."

에리스는 그렇게 말했지만, 조금은 후련한 얼굴을 한 것을 나는 놓치지 않았다.

또 오자. 기스와의 싸움에서 살아남으면 또.

이렇게 검의 성지 방문은 끝났다.

솔직히 말해서 허탕이었지만… 뭐, 이럴 때도 있는 거지.

갈 파리온은 검신이 아니게 되었다고 해도 전력으로 부족함 없으니까 용병단의 힘을 이용하여 찾기로 하고, 나 자신은 다른 인물을 찾자.

다음은 북신 칼맨 3세다.

제8화 북신과 모험가와

북신 칼맨.

라플라스 전쟁에서 마신 라플라스를 타도한, 마신을 죽인 세 영웅 중 하나.

하지만 북신 칼맨 1세는 갑룡왕 페르기우스나 용신 올펜과 비교하면 아무래도 묻히는 느낌이라서 그리 유명하지 않다.

학교 역사 시험에서 '마신을 죽인 세 영웅의 이름을 쓰시오'라는 문제가 있다면, 잘 떠오르지 않는 답이 바로 이 칼맨이라는 남자다.

하지만 이 북신 칼맨이라는 이름을 유명하게 만든 남자가 있다.

그것이 바로 북신 칼맨 2세. 이름은 알렉스 라이백이라고 한다.

그는 세계를 여행하며 여러 영웅담을 만들어냈다. 그것은 음유시인이나 소설가의 손에 이야기로 만들어지고, 세계 각지에 전해지게 되었다.

흔히 헷갈리기 쉬운데, 이른바 북신영웅담이라는 것은 대개 2세의 활약을 그린 것이다.

1세의 활약은 『페르기우스의 전설』에 나오지만, 잘 보면 아무래도 조연의 이미지가 강하다.

페르기우스의 전설에 나오는 북신 칼맨은 엄청난 검술을 가진 검사로 등장한다.

얼마나 실력이 있냐면, 저 마왕 아토페라토페를 혼자서 압도했다고 하면 그 대단함을 알 수 있겠지.

그 검술로 페르기우스를 몇 번이나 돕고, 일곱 명이서 위험한 여행을 하면서 라플라스와의 최종결전에서 살아남았다…라는 느낌이다.

충분히 대단하지만, 페르기우스처럼 공중성채를 조종하며 열두 명의 부하와 함께 라플라스의 진지에 쳐들어간다, 용신 울펜처럼 라플라스와 단기 결전을 벌인다, 식으로 확 눈에 띄는 에피소드가 있는 것도 아니다.

페르기우스와 울펜을 몇 번이나 뒤에서 조용히 도와온 것이 북신 칼맨 1세다.

다만 그의 이야기는 더 이어진다.

라플라스 전쟁 이후, 라플라스군의 잔당이 각지에서 저항을 계속하던 시대.

북신 칼맨은 그중 하나, 마왕 아토페에게 단신으로 쳐들어 갔다.

오랜 싸움 끝에 칼맨은 아토페를 타도. 그 뒤에 무슨 일이 있었는지는 모르지만, 아토페와 결혼하고 그녀를 전쟁에서 물러 나게 했다.

무투파인 아토페가 용사에게 쓰러지면서 잔당은 급속하게 힘을 잃고 세계는 평화로워졌다.

진정한 의미로 전쟁을 끝낸 것이 칼맨이라는 남자다.

뭐, 하지만 참 크레이지한 일이로군.

저 아토페를 일대일 대결로 쓰러뜨리고 그대로 결혼했으니까.

페르기우스의 전설에서는 온건하게 기록되었지만, 사실은 상당히 위험천만한 사람이 아니었을까.

그렇긴 해도 그 실력은 확실하다.

저 페르기우스가 인정하는 것도 납득이 된다.

하지만 이 북신 칼맨 말인데, 이미 고인이다.

왜냐면 북신 칼맨은 인간. 인간의 수명은 짧다.

하지만 결혼한 아토페는 다들 알겠지만 불사마족이다. 나보다 록시나 실피 쪽이 장수하고, 그 피를 이은 아이들도 장수하는 것과 마찬가지로, 칼맨의 아이도 또한 장수한다.

수많은 전설을 남긴 칼맨 2세는 아직 살아 있다.

지금도 세계를 방랑하면서 북신류를 퍼뜨리고 있다.

하지만 사실 북신 칼맨은 또 한 명 존재한다.

그것이 북신 칼맨 3세. 알렉산더 라이백.

2세의 아들로, 최근 들어서 북신 칼맨의 이름을 대기 시작한 젊은 검사다.

북신은 검신과 달리 단 한 명만이 그 이름을 쓸 수 있는 것도 아닌 모양인지, 두 사람 다 현역인 눈치다.

일단 지금 시대에서는 2세가 반쯤 은퇴하여 검만이 아니라 다양한 무기를 사용한 전투를 연구한다든가, 칠대열강으로 꼽히는 건 3세 쪽이라는 등의 여러 정보도 있지만….

역시 특필해야 할 것은 북신 칼맨 3세는 인신의 사도가 될 가능성이 있다는 점이겠지.

올스테드 왈, 확률은 꽤나 높다는 모양이다.

고로 찾을 것은 북신 칼맨 3세.

가능하면 인신보다 먼저 동료로 넣고, 이미 인신의 손에 떨어졌을 경우에는 쓰러뜨리는 것이 나의 일이다.

올스테드의 말에 따르면, 그가 있는 곳은 중앙대륙의 분쟁지대.

세상을 떠돌면서 용병 같은 일을 한다나 보다.

확실히 나보다 강한 실력자다. 적대하는 상태인지를 신중하게 확인하고, 싸우게 된다면 확실히 이길 방법을 찾고 싶다.

평소보다 마음 단단히 먹고 가자.

그런고로 이번에도 에리스를 데리고 중앙대륙 남부에 있는 분쟁지대를 찾아갔다.

분쟁지대.

참 무시무시한 호칭이다.

이 지역에서는 많은 소국, 혹은 나라라고 하기도 어려울 정도의 마을, 부족이 끊임없이 다투고 있다. 말하자면 이 세계의 전국시대라고 해야 할까.

그 역사를 더듬어보면 400년 전, 라플라스 전쟁이 끝날 무렵까지 올라간다.

중앙대륙에서 가장 비옥한 곳인 서부는 유일하게 멸망을 피한 아슬라 왕국이 그대로 지배했지만, 그 이외의 장소, 서부정도는 아니지만 비옥한 토지인 중앙부와 남부는 애초에 누구의 땅도 아니었다.

그런 비옥한 토지를 찾아서 살아남은 사람들이 유입되고, 거기서 멋대로 나라를 세우기 시작했다.

그래도 한동안은 싸움이 없었지만, 각각의 나라가 힘을 기르고 국경선이 접촉하기 시작하면 이야기가 달라진다. 처음에는 자잘한 다툼으로 시작된 전쟁은 모든 나라를 끌어들이며 분쟁시대의 막을 열었다.

그런 시대에서 제일 먼저 빠져나온 것이 왕룡 왕국.

왕룡 왕국의 수도는 중앙대륙 남부에서도 그리 좋은 장소가 아니었다.

토지로서의 가치는 둘째 치고, 왕룡의 영역과 겹치기 때문이다.

하지만 왕룡 왕국은 토벌대를 조직하여 왕룡을 쫓아내고 그들의 영역이었던 산을 손에 넣었다.

그들은 대량의 광물자원을 손에 넣고 단숨에 중앙대륙 남부 최강의 나라가 되었다.

중앙대륙 남부의 오다 노부나가다.

그리고 왕룡 왕국은 그 기세를 타고 남부 전체를 손에 넣으려고 침략의 손길을 뻗쳤다.

지금은 이름도 남아 있지 않은 연안부의 나라들을 줄줄이 흡수하고, 사나키아, 키카를 공략하여 속국으로 삼고, 실론 왕국까지 손에 넣을 수 있었다.

그대로 실론 왕국을 발판 삼아서 분쟁지대를 공격하여 단숨에 제압. 왕룡 왕국은 세계 최강의 나라가 된다…라는 흐름이었지만, 그걸 제지한 나라가 있었다. 그것도 두 곳이나.

그래, 아슬라 왕국과 미리스 신성국이다. 그들은 왕룡 왕국에게 '네가 그대로 침공하면 우리도 가만히 안 있는다?'라는 압력을 가하고 서로 분쟁지대에 손을 대지 않는다는 협정을 맺었다.

그렇긴 해도 어느 나라든지 중앙대륙의 중앙부라는 땅은 탐난다.

그런고로 그들은 생각했다. 분쟁지대의 패권자를 뒤에서 조종하면 된다고.

분쟁지대의 승자를 그대로 속국으로 만들면 된다고.

그 뒤로는 진흙탕 같은 전쟁.

분쟁지대에서는 각국의 스파이가 암약하고, 어느 나라가 힘을 길러서 중부 통일의 움직임을 보일라 치면 서로가 방해하고 내란을 부추겨서 나라를 와해시킨다.

와해된 나라는 분열되든가, 다른 나라의 공격으로 멸망하여 통일의 꿈은 물거품으로 변한다.

그렇긴 해도 세 나라로서는 그래도 문제가 없었다. 분쟁지대는 군사수출산업의 일환이기도 하기 때문에, 통일하여 통치할 수 없더라도 큰 손해는 없다. 장래 유망한 다른 곳에 스파이를 보낼 뿐이다.

즉, 분쟁지대의 뒤에서 벌어지는 것은 대국의 냉전이란 소리다.

전이사건으로 이곳에 온 필립과 힐다가 스파이라고 오해를 사서 고문 끝에 죽은 것도 이런 뒷사정과 관련이 있다.

물론 나도 조심해야 한다.

일단 사전에 미리스의 무녀와 이야기를 해서, 미리스의 교도기사단이 발부하는 통행증을 준비해달라고 했다.

이걸 쓰면 각국의 국경을 통과하는 정도는 문제없을 것이다.

미리스의 해외 출장 전투부대인 미리스 교도기사단에게 싸움을 거는 얼간이는 그리 없을 테니까.

하지만 방심은 금물이다.

현장의 사람이 '이런 건 가짜다'라고 말하면, 그 자리에서 그게 진실이 되는 일도 있겠지. 현지 사람들로서는 조종당한다는 건 사양일 테니까, 수상한 녀석을 보면 바로 처리하려 들겠지.

즉, 분쟁지대에서 아슬라나 미리스가 우리 뒤에 있다는 언동을 하는 것은 역효과가 되는 패턴이 많다는 소리다.

그러니 이번에 나는 모험가라는 설정으로 움직이기로 했다.

에리스와 둘이서, 검사와 마술사 콤비. A랭크의 모험가 콤비가 미궁을 찾으러 여기까지 왔다는 느낌이다.

북신 칼맨 3세도 모험가라고 하니, 접촉을 시도하기에는 딱 좋겠지.

그런고로 우리는 분쟁지대에 있는 가르데니아 왕국의 도시 키데에 왔다.

중앙대륙답게 비옥한 토지의 은혜를 받는, 멋진 곳이다.

그렇긴 해도 역시 분쟁지대의 소국.

건축물은 아슬라 왕국이나 왕룡 왕국보다 두세 랭크 낡은 것으로 보이고, 하수도가 제대로 없어서 길을 걷다 보면 분뇨 냄새가 나고, 길을 오가는 사람들의 눈은 죽어 있고, 갑옷 차림의 집단이 눈을 번쩍대며 걷고… 솔직히 별로 오래 있고 싶지 않은 느낌이었다.

올스테드 왈, 북신 칼맨 3세는 지금 시기에 이 근처를 거점으로 움직이는 경우가 많다는 모양이다.

왜 이런 위험한 곳에? 라고 생각되지만, 아무래도 그는 영웅이 되고 싶은 건지 이렇게 '뭔가 일어날 듯한 장소'에 즐겨 체재하려고 한다.

그렇긴 해도 그는 모험가 사이에서 아는 이는 다 아는 유명인이다.

애초에 세계에서 손꼽힐 정도밖에 없는 모험가 랭크 SS. 모험가 길드에서 인정받은 모험가의 최고봉. 본인도 눈에 띄고 싶어 하는 성격에 자랑을 좋아해서, 무슨 일이든 일단 끼고 보는 주인공 타입.

즉, 모험가 길드에 가서 물어보면 자연스럽게 정보가 들어오는 인물이다.

키데의 모험가 길드는 왠지 후줄근해 보였다.

건물 자체가 비교적 오래된 탓도 있지만, 곳곳에 수선의 흔적이 있고 전체적으로 더러웠다.

사선을 넘나드는 역전의 얼굴을 했다고도 할 수 있지만, 나로서는 완전히 지쳐 버린 모습으로 보였다.

"그러니까 나는 이틈에 움직여야 한다고 생각해!"

덜걱대는 문을 열고 안에 들어가자, 갑자기 그런 목소리가 들려왔다.

여자 목소리였다.

그리운, 들어본 적 있는 목소리. 이제 완전히 잊어버렸다고 생각했는데, 들어보면 아, 그런 목소리였지, 라고 바로 기억해냈다.

하지만 옛날과 달리 어딘가 차분하고, 큰 목소리면서도 이성적으로 느껴졌다.

"무리야. 전선이 가까워. 분명히 휘말릴 거야."

"하지만 당신도 알고 있잖아."

살펴보니 그리운 얼굴들이 있었다.

어깨까지 기른 금발은 여전하지만 키가 조금 더 자란 걸까, 아니, 변하지 않은 걸지도 모르겠다. 얼굴은 이전보다 더 어른스러운 느낌이라서 완전히 성인 여성이라는 느낌.

복장은 전보다 더 비싸고 성능 좋은 것을 입게 된 모양이지만, 갑옷은 생채기투성이, 모험가로서는 보기 드문 그 등의 활도 멀리서 보면 옛날과 같지만, 잘 보니 제법 으리으리한 복합 궁으로 바뀌어 있었다.

처음에 만났을 때는 아직 신출내기였고, 주위에게 얕보이지 않으려고 세게 나가려는 느낌이었다.

다음에 만난 곳은 마법도시 샤리아. 아리엘의 호위 의뢰에서 우연히 재회했다.

그때는 중견이라는 인상이었다.

"지금 이 타이밍에 움직여도 국경에서 분명히 군대에게 걸려. 그게 가르데니아군일지 네클리나군일지는 모르지만, 그렇게 되면 우리가 어떻게 될지는 말 안 해도 알지?"

"하지만 안 움직이면 네클리나군이 여기를 공격할지도 몰라!"

"그렇게 안 될지도 모르지."

"지금부터 이동하면 안 들킬지도 모르잖아!"

오랜만에 본 그녀는 베테랑의 풍격을 띠고 있었다.

파티 리더인 듯한 여성과 대등하게 의견을 주고받고 있었다.

싸움하는 걸로도 보이지만, 그 목소리는 아주 차분하게 들렸다. 살펴보니 다른 멤버도 이전에 본 것처럼 어정쩡한 분위기가 아니었다. 그렇다고 해서 절망에 빠져 새파란 얼굴을 한 것도 아니다. 하물며 리더가 결론을 내놓는 것을 그저 기다리는 것도 아니다.

전원이 차분하게 두 사람의 의견을 듣고 있었다. 생각하고 있었다. 자신들이 처한 상황과 그걸 타파하는 행동을.

이런 분위기의 파티는 이전에도 본 적이 있다.

그래, 그건 분명히 미궁에 들어가기 전의 S랭크의 파티였나….

아, '검은 늑대의 이빨'도 그랬을지도 모른다. 파울로는 이렇게 차분하지 않았지만….

아무튼 역시 S랭크에 도달할 만한 파티는 어중이떠중이가 아니라 일치단결했다는 느낌이 있네.

"아."

그렇게 생각하는데, 멤버 중 한 명, 손가락으로 머리를 만지작거리던 애가 이쪽을 보았다.

머리를 트윈테일로 묶은 마술사.

기억에 있다. 분명히 아리사였던가. 록시를 따르던 아이다.

록시를 칭찬하는 자의 존재를 나는 잊지 않는다. 당시에는 분명히 15세 정도였는데, 주위의 다른 멤버를 언니, 언니 하면서 따르던 것을 기억한다.

지금은 애라는 느낌이 없었다. 고참이라는 느낌을 내며 듬직하게 앉아 있었다. 복장도 이전처럼 괜히 화려한 것이 아니라 실력 있는 마술사라는 느낌. 나와 그녀를 나란히 세워놓으면 분명 그녀 쪽이 든든하다고 여기는 이도 많겠지.

그로부터 5년이나 지났으니까 당연한가.

"사라의 옛날 남자다."

그녀가 그렇게 중얼거리자, 전원이 일제히 이쪽을 보았다.

여성의 시선도 최근에는 익숙해졌다.

왜일까. 매일처럼 마누라의 눈총을 받아서 그러는 걸까. 특히나 내 뒤에 떡하니 버티고 서 있는데.

그리고 에리스, 너무 무서운 시선으로 나를 노려보지 말아 줘. 옛날 남자가 아니니까. 거기까지는 안 갔으니까. 당시에는 오히려 에리스 쪽이 옛날 여자라는 느낌이었으니까.

"루데우스?!"

사라.

과거에 내가 아직 풋내기였을 무렵… 구체적으로 말하자면 에리스와 헤어져서 ED가 되었을 때, 신세 졌던 파티에 있던 활잡이 여자.

"오랜만."

과거에 나와 연인이 될 뻔했던 사람이 거기에 있었다.

그녀들 '아마조네스 에이스'는 어떤 의뢰를 받아서 여기까지 왔다는 모양이다.

의뢰 내용은 편지를 전달한다는, 아주 간단한 것.

편지 배달 의뢰는 모험가 길드에 흔한 것으로, 기본적으로는 거리나 전달 장소에 따라 난이도가 변하지만, 기본적으로 보수는 싸다.

이들이 받은 편지의 배달 의뢰는 배달치고 보수가 좋았고,

착수금도 있었다는 모양이다.

배달 장소가 분쟁지대라서 꽤 고민했지만, 마침 자금난이었던 그녀들은 그 의뢰를 받기로 했다.

실제로 간단한 의뢰였다.

일행은 5일 정도 걸려서 여기까지 왔고 편지의 전달에 성공했다. 딱히 문제도 없어서 타이밍 좋게 휴가라도 받은 듯한, 그런 의뢰였다.

하지만 예상 밖이었던 것은 그 직후.

일행이 여기에 도착한 바로 그 타이밍에 가르데니아 왕국와 네클리나 왕국 사이의 전쟁이 격화되었다.

국경은 봉쇄되고, 일행은 이 나라에 발이 묶이게 되었다.

전쟁 중인 나라는 모험가에게 그리 좋은 환경이 아니다.

치안도 나쁘고, 의뢰도 줄고, 길드에서는 용병 비슷한 강제 의뢰가 나오는 경우도 있다. 그런 강제 의뢰는 보수 자체야 좋지만 치사율이 대단히 높아서, 평소부터 용병 활동을 하던 모험가 말고는 받기 싫어했다.

'아마조네스 에이스'는 베테랑이지만, 살인을 즐기는 파티가 아니다.

최대한 신속히 여기서 벗어나고 싶다는 게 솔직한 마음이었다.

그렇긴 해도 억지로 국경을 빠져나가려고 하면 군대에게 들킨다.

각지를 여행하는 모험가는 정보더미다. 가르데니아군은 자국의 정보를 흘리기 싫어하고, 네클리나군은 미치도록 그 정보가 탐난다.

어느 쪽 군대에게 들켜도 붙잡히겠고, '아마조네스 에이스'는 여자로만 구성된 파티다. 붙잡히면 어떻게 될지는 상상하기 어렵지 않다.

"그래서 이러지도 저러지도 못하는 상황이야."

사라가 그렇게 말하며 어깨를 으쓱였다.

그녀는 지금 '아마조네스 에이스'의 서브 리더를 맡고 있는 모양이다.

당시 리더격이었던 여성 중 하나가 죽어서, 그때 제일 베테랑이던 사라가 서브 리더를 맡게 되었다나.

가슴 아픈 이야기지만, 모험가란 항상 죽음과 함께 있다. 어쩔 수 없다.

자, 아무튼 이들은 지금 곤경에 처한 모양이다.

물론 나로서는 돕고 싶다. 지금 일이 바쁘다고 해서 옛날 지인을 무시했다가 나중에 그녀들이 고생 끝에 죽었다는 소리라도 들으면 내 위장에 블랙홀급의 구멍이 난다.

"그런 거라면 도와줄게. 큰 소리로 할 만한 이야기는 아니지만, 미리스의 통행증이 있으니까. 국경을 넘는 정도라면 어떻게든 될 거야."

그렇게 말하자 그녀들의 안색이 화악 밝아졌다.

"괜찮아? 우리는 돈이 없어서 사례도 제대로 할 수 없는데."

"돈은 됐어. 대신 다른 걸 받을까."

조금 심술궂게 말하며 웃었더니 '아마조네스 에이스' 사람들의 얼굴이 굳었다.

사라도 조금 무서운 얼굴을 했다.

하지만 사라는 곧 표정을 풀고 쓴웃음을 지었다.

"알았어. 하지만 여기는 남자를 싫어하는 애도 많으니까… 나로 참아줄래? 물론 내가 널 만족시킬지는 의문이지만."

"아니, 그게 아냐! 내가 원하는 건 정보야! 왜 그래, 다들!"

그런 저속한 얼굴로 보였을까.

쇼크다…. 최근에는 꽤 잘 웃을 수 있게 되었다고 생각했는데.

"나한테는 사랑하는 아내가 세 명이나 있으니까, 여성은 됐습니다!"

"그래? 아쉽네. 그날 일을 만회할 수 있을 줄 알았는데."

사라만큼은 내 얼굴이 농담이라고 알아준 모양이다.

아니, 얼굴로 농담을 할 생각은 없는데.

"아내 앞에서 그런 농담은 삼가줘…. 저기, 에리스."

그렇게 말하면서 뒤에서 평소 포즈로 서 있는 에리스를 돌아보았다.

에리스는 흥 하고 콧방귀를 한 번.

"루데우스는 내 가슴도 안 만지려고 해. 그런 소리 할 리가 없어!"

후후, 이게 평소의 행실에서 나온 신뢰라는 것이다.

그래. 나는 여자 쪽으로 부족함이 없다. 여차하면 에리스의 가슴을 주무르면 상쾌하게 아침 해를 맞을 수 있으니까. 어라? 하지만 그건 에리스의 신뢰를 잃는 것…?

그리고 에리스가 그렇게 말했기에 '아마조네스 에이스'의 멤버들도 '뭐야, 그런 거야?'라는 얼굴을 하였다.

한 건 해결.

…이라고 생각했는데 사라만큼은 무서운 얼굴을 하였다.

"에리스?"

"…뭐야?"

"루데우스를 버렸다는 그 에리스?"

아….

"버린 거 아냐."

"그래? 루데우스는 당신이 자기를 버렸다고 말했는데, 다시 화해하고 결혼까지 했네?"

에리스도 그 적의를 느꼈다.

너 뭐야? 라는 얼굴이다. 이건 좋지 않다. 정말 좋지 않다.

안 돼, 사라. 저건 싸움을 걸면 안 되는 상대야. 농담으로 안 끝나.

"사라, 그만둬. 싸워봤자 옛날 남자는 안 돌아와."

"아냐, 그런 게 아냐!"

아리사의 말에 살짝 웃음꽃이 피었다. 분위기가 누그러져서 다소 마음을 놓았다.

"저기, 사라. 거기에 대해서는 깊은 사정이 있어서…. 서로 오해했다고 할까, 단적으로 말해 내가 착각해서….“

"알고 있어. 그게 아니라면 그 무서운 얼굴로 호위하던 안 사람이 가만히 안 있겠지.“

무서운 얼굴로 호위… 실피 말인가.

뭐, 그렇지. 그럴지도. 실피는 내가 중혼하는 걸 허락해 주었지만, 그 상대에 대한 기준이 엄격하기도 했고. 록시와 에리스는 괜찮지만, 나나호시는 안 된다는 엄격한 룰이 있는 모양이고…. 나는 반성과 감사를 할 따름이지만.

"뭐, 나중에 자세히 들어보겠는데…. 그래서 무슨 정보?“

이야기가 본론으로 돌아왔다.

위장에 안 좋은 시간은 끝났다. 두 번 다시 오지 말아줘.

"음, 실은 북신 칼맨을 찾고 있어. 이 근처를 거점으로 활동한다고 들었는데….“

"북신 칼맨?“

그렇게 소리치며 일어선 것은… 모르는 아이다.

나이는 18세 정도. 밤색 머리의 활발해 보이는 아이다. 허리에 검이 있는 걸 보면, 검사나 전사. 전위로군. 지난번에는 없었던 아이다. 새 멤버일까.

"네네, 내가 알아요! 완전 팬입니다!"

"오오!"

팬도 있나.

그도 그런가. SS랭크의 모험가니까.

"이 근처에 있던 건 3년 정도 전까지고, 해머폴카 쪽으로 이동했다는 소문을 들은 적 있습니다!"

3년 전인가. 팬치고 정보가 낡았지만… 뭐, 그런가.

이 세계에서는 인터넷으로 유명인의 이벤트를 쫓아다닐 수도 없으니까.

"해머폴카는 마르키엔 용병국! 여기서 남쪽이니까, 어라?! 네클리나 왕국과 정반대쪽이네요! 우리도 국경을 빠져나가서 안전한 나라로 가고 싶다! 즉 이건 서로의 이해가 딱 일치했네요?! 안 그래요, 서브 리더의 옛날 남자?!"

왠지 넉살 좋게도 말을 꺼내는군.

뭐, 싫지는 않아. 이런 애도. 아이샤 같아서.

하지만 혹시나 얘는 이 말을 하고 싶을 뿐이지, 북신 칼맨의 팬이 아닐지도 모르겠군….

뭐, 정보는 다른 곳에서도 모아 보겠지만.

"설령 정반대방향이더라도 너희를 보내주기는 할 생각인데…."

"정말인가요! 역시나 서브 리더의 옛날 남자! 통이 커! 서브리더의 살찐 배랑 교환하고 싶어!"

그 말에 반사적으로 사라의 배를 보았다.

사라는 바로 숨겼다.

"살 안 쪘어."

오늘 중 최고로 무서운 목소리였다. 에리스의 뒤에 숨을 뻔했다.

뭐, 얼마나 살쪘을지는 모르지만, 전생의 나 정도는 아니겠지.

"아무튼 해머폴카로 갈까."

이렇게 나와 에리스는 '아마조네스 에이스'를 데리고 국경을 빠져나가기로 했다.

결론부터 말하자면, 국경은 간단히 빠져나갈 수 있었다.

모험가가 교도기사단의 통행허가증을 가지고 있다고 트집 잡을까 싶어서 변명도 준비했는데, 그들은 통행증을 보더니 얼굴을 찌푸리고 순순히 통과시켜 주었다.

뿐만 아니라 '아마조네스 에이스'의 멤버들도 얼굴을 찌푸렸다.

"그거 훔친 거 아니지? 괜찮은 거지?"

"괜찮아. 문제없어."

그런 말이 나올 정도로 이 통행증은 무서운 것인 모양이다.

이 중앙대륙에서 미리스 교도기사단을 속이면… 즉, 미리스 교단을 적으로 돌리면 어떤 결과를 부를지 다들 알고 있다는 소리다.

나도 미래의 일기에서 미리스 교단에게 자노바나 아이샤를 잃었다는 내용을 읽었으니까 대충 안다.

하지만 이 허가증은 확실한 거겠지.

무녀를 경유해서 입수한 것이니까.

정말로 훔친 게 아니니까….

"거기 모험가, 정지!"

그렇게 생각하면서 가도를 걷는데, 그런 목소리가 들려왔다.

돌아보니 국경 쪽에서 말 세 마리가 달려오는 게 보였다. 물론 말이 소리친 게 아니다. 노코파라도 아니니까. 말한 것은 말을 탄 기사다.

그들은 우리를 따라잡더니, 말 위에서 내려다보았다.

미리스 신성국의 국기가 각인된 은색 갑옷.

미리스 교도기사단이다.

그걸 본 순간 '아마조네스 에이스' 멤버들의 얼굴이 창백해졌다. "어쩌지? 어쩌지?!"라는 말을 주고받고, 사라가 허리의 단검으로 손을 뻗었다.

돌아보니 에리스도 전투 태세였다.

일단 그걸 손으로 제지하면서 앞으로 나섰다.

"무슨 일이신지?"

"우리 미리스의 통행증을 가진 이가 있다는 연락이 있었다.

그대들이 틀림없나?"

"예. 그렇습니다."

"우리는 제군 같은 자가 있다는 연락을 받지 못했다. 확인해봐야겠다!"

어이 어이, 국경에서 통행허가증을 쓴 지 한 시간 됐거든?

너무 빠르잖아.

교도기사단은 어디에나 있다는 건가? 무섭네….

"물론 문제없습니다. 보시죠."

그렇게 말하며 통행허가증을 그들에게 보여주었다.

기사 한 명이 빼앗듯이 그걸 가져가더니 뚫어져라 살펴보았다.

그는 놀란 듯이 고개를 들어 내 얼굴과 통행허가증을 교대로 본 뒤에, 옆의 기사와 뭐라고 이야기를 나눴다.

옆의 기사는 품에서 마술 초심자용 지팡이 같은 것을 꺼내더니 허가증에 그것을 대었다. 그러자 지팡이 끝에 붙은 보석이 푸르스름한 빛을 내었다.

그들은 서로의 얼굴을 보고 고개를 끄덕이더니 말에서 내렸다.

그대로 무릎을 꿇고 통행증을 공손하게 내게 내밀었다.

"무녀님이 보내신 분인 줄 모르고 무례를 저질렀습니다!"

다행이다. 의혹은 풀린 모양이다.

"아뇨, 아뇨, 일 하는 데 수고 많으십니다."

통행증을 받았다. 미리스의 문장이나 도장 같은 게 몇 개 있을 뿐으로 보였는데, 그들은 이게 무녀의 것이라고 안 모양이다. 지팡이를 쓴 건 진짜인지 확인하기 위해서일까.

그렇긴 해도 높은 지위인 듯한 기사들이 무릎을 꿇고 고개를 조아리다니, 무슨 암행어사의 마패 같군.

"하지만 무녀님의 사람께서 무슨 용건으로 이런 곳에?"

"…어떤 인물을 찾고 있습니다."

"여쭤 봐도 되겠습니까?"

"북신 칼맨. 혹시 모르십니까?"

"북신은 지금 이 근처에 없습니다. 오래전에 해머폴카 쪽으로 이동했다는 소문은 들었습니다만, 최근에는 그쪽에서도 이동한 모양이라… 현재는 소식이 끊겼습니다."

어라, 진짜로?

이동한 게 3년 전이랬으니까, 뭐, 다음 장소로 이동했어도 이상하지 않지.

"그리고 기스라는 원숭이 얼굴의 마족도 찾고 있습니다만."

"마족을? 무슨 일로?"

눈동자 안쪽이 반짝 빛나는 듯했다. 무섭군.

"뭐… 적이라서 해치우기 위해."

"그렇군요! 이름까지는 모릅니다만, 원숭이 얼굴의 마족은 현재 해머폴카에서 목격되었습니다."

유익한 정보다.

물론 기스가 이렇게 쉽사리 발견될 거라곤 생각되지 않으니 다른 사람일 가능성이 크지만… 아무튼 우연히 이런 곳에서 마주칠 수도 있겠지.

녀석은 녀석대로 움직이고 있을 테니까.

"필요하다면 당장 빠른 말을 보내서 붙잡을까요?"

어쩔까. 정말로 기스였을 경우, 나한테 뒤를 밟혔다고 알면 도망치지 않을까.

으음.

"기사단은 몇 명 정도 있습니까?"

"해머폴카에는 열 명 정도."

"그럼 부탁하겠습니다."

"예!"

기사가 옆의 기사에게 턱짓으로 신호.

옆의 기사는 곧바로 말에 올라타더니, 그대로 우리가 향하던 방향으로 달려갔다.

왠지 미안하네. 실제로는 미리스 교단의 일도 아닌데.

"그럼 저희는 임무에 돌아가겠습니다."

"아, 예. 고마웠습니다."

"예! …하지만 실례를 무릅쓰고 말씀드리자면, 당신도 미리스 교도라면 그렇게 여성을 줄줄이 데리고 행동하는 것은 삼가시는 편이."

"그렇군요…."

옆에서 보자면, 내가 하렘 상태인 걸로 보이는 건가.

이 중에 내가 건드려도 되는 여성은 한 명뿐이고, 그 여성도 건드리면 펀치가 날아오는데….

그렇긴 해도 여기서 미리스 교도가 아니라고 말하면 일이 꼬인다.

"호위로 고용했을 뿐입니다."

"물론 그렇겠지만…."

"쌍방에게 그럴 마음이 없으면 남자도 여자도 관계없겠지요? 반대로 그럴 마음이 있다고 해도 여자든 남자든 관계없다…. 아닙니까?"

"음! 그렇습니다! 이거 실례했습니다!"

아슬라 왕국에서는 남색도 많이 존재한다.

미남이 소년들로 이루어진 하렘을 만드는 짓도 할 테니까 관계없겠지.

다행스럽게도 미리스에서는 남색을 금지하는 계율은 없으니까. 하렘이 안 되는 것뿐이다.

남자가 남자를 많이 데리고 있는 것도, 여자가 남자를 많이 두는 것도 안 된다.

남녀평등이다.

"그럼 이만 실례하겠습니다!"

기사들은 좋은 이야기를 들었다는 얼굴을 하며 떠났다.

아무튼 위기는 피한 모양이라 다행이다. 나중에 미리스 교도가 아니라고 알려지더라도, 거짓말을 한 건 아니니까 괜찮겠지.

"…뭐야?"

"아니, 그거 진짜였구나."

"내가 가짜를 써서 누군가를 위험에 빠뜨릴 것 같았어?"

"아니, 보통은 입수할 수 없는 거니까."

"뭐, 그런 일을 하고 있으니까."

올스테드 코포레이션은 미래를 내다보는 회사입니다.

그러니 여러분의 미래를 지키는 대기업에게는 연줄이 준비되어 있다.

"흐응…. 웬지 모르는 사이에 대단해졌네…."

딱히 대단해진 건 아니라고 생각하지만.

그날 밤, 가도 옆에서 야숙을 했다.

화톳불을 두 개 피우고 각각의 화톳불을 지키듯이 두 명씩 불침번을 섰다.

딱히 누가 제안한 것도 아닌데, '아마조네스 에이스' 멤버들이 자연스럽게 그렇게 움직였다.

남자를 싫어하는 사람도 있다고 했으니까, 내가 자는 장소와 조금이라도 거리를 두려는 거겠지.

물론 나도 거기에 뭐라고 하지 않았다.

단란주점에서 점찍은 애가 옆자리에 안 온다고 뭐라 하는 아저씨도 아니고.

내 옆에서는 에리스가 자고 있으니까 그걸로 충분. 여차하면 주머니 안에 록시의 그것도 있고.

뭐, 이쪽으로서도 '아마조네스 에이스'를 전원, 전면적으로 신용하는 것도 아니다.

이런 곳에 인신의 사도가 숨어 있을 수도 있고.

그녀들에게만 불침번을 맡기는 일 없이, 나와 에리스는 교대로 깨어 있기로 하자.

그런 에리스는 나무를 등지고 검을 껴안은 채로, 앉은 자세로 자고 있다.

예전에 루이젤드가 곧잘 했던 멋진 수면법이다. 어느 틈에 익힌 걸까.

하지만 잠든 얼굴은 풀어져 있었다.

평소에는 잘 때도 빠릿한데, 오늘은 왠지 히죽거리는 얼굴이다.

무슨 좋은 꿈이라도 꾸는 건지 모르겠다. 최근 에리스는 쿨한 느낌이 되어서 별로 감정을 세게 드러내지 않게 되었지만, 근본적인 부분에서는 변하지 않았겠고.

에리스가 예전보다 어른스러워진 것은 기쁜 일이지만, 조금 적적하기도 하다.

그건 넘어가고, 슬슬 불침번을 교대할 시간인데… 깨우기도 그렇군.

"수고."

그렇게 생각하는데, 내 옆에 털썩 소리를 내며 누가 앉았다.

사라다.

그녀는 두 손에 김이 오르는 컵을 들고 있었다. "자." 소리를 내며 한쪽을 내게로 내밀었다.

"고마워."

아무튼 받았다. 투명한 느낌이 강한 붉은 액체가 들어 있었다. 처음 보는군. 토마토 수프도 아닐 테고… 냄새를 맡아보니 찡하니 코를 찔렀다. 꽤나 매울 것 같은데.

"이건?"

"아리사 특제의 각성 수프."

과연, 잠을 쫓는 용도인가….

독은 없겠지?

"잘 먹겠습니다."

사라의 눈앞에서 갑자기 해독 마술 같은 걸 쓰면 무진장 심기가 상할 테고, 일단 한 모금 그대로 마실까?

라고 생각하며 찔끔찔끔 핥듯이 마셔보았다.

소량이지만, 입 안에 향기와 맛이 퍼졌다. 목으로 넘기자, 한 발 늦게 입 안에 찌르르한 자극이 남았다. 매운 걸 상상했는데, 의외로 그리 맵지 않았다. 그리고 몇 초 뒤, 위와 목이 따뜻해지는 느낌이었다. 생강차를 마셨을 때와 비슷할까.

"맛있네."

"그렇지?"

사라는 가볍게 웃으면서 자기도 수프를 천천히 마시기 시작했다.

하지만 사라 씨, 너무 가깝지 않습니까? 몸을 살짝만 기울이면 어깨가 닿을 것 같은 거리다.

내가 너무 의식하는 걸까?

"루데우스는 말이지."

그때 사라가 입을 열었다.

"지금 뭐 해?"

"뭐 하냐니?"

여자가 가까이 있으면 평범하게 두근거리는데… 아니, 변명 좀 하게 해줘. 내게는 아내가 셋 있다. 바람을 피우면 안 된다고 생각한다. 금욕의 루데우스이기도 하다.

하지만 미인이 옆에 앉으면 두근거리는 건 어쩔 수 없다고 생각해.

나는 주머니 안의 천을 움켜쥐고 기도했다.

신이시여, 제게 힘을!

"나는 루데우스가 샤리아에서 마술 길드나 어디에 소속되어 연구를 하든가, 교사가 되어 누구한테 마술을 가르치지 않을까 생각했어."

"내가 교사?"

"가르치는 거 잘하잖아."

그랬던가. 내가 사라에게 뭔가 가르쳤던가. 잘 기억나지 않는다.

"어쩌면 아내랑 같이 아슬라의 아리엘 왕녀님의 호위를 한다든가…. 아, 분명히 그 왕녀님은 몇 년 전에 여왕님이 되었지? 아슬라에 없었으니까 잘은 모르지만."

"응. 나도 그쪽으로 좀 도왔어."

"도왔다…라…. 하지만 딱히 아리엘 왕의 신하가 된 것도 아니잖아."

아하, 뭐 하냐는 이야기가 그런 건가.

"나는 다른 사람의 부하가 되었으니까."

"다른 사람?"

"용신 올스테드."

"용신? 칠대열강?"

오, 칠대열강을 아는 모양이다. 모험가 중에서는 그리 유명하지 않은 모양인데.

"그래. 지금은 그 사람 밑에서, 그 사람의 첨병이 되어서 각지에 암약하고 있어."

"…첨병으로 암약이라니. 무슨 일이 있어서 그런 사람의 부하가 된 거야? 네가 나서서 들어간 거야? 저는 능력이 있으니까 꼭 좀 부하로 써주십쇼, 라고."

"그런 쪽을 이야기하자면 길어지는데."

"들려줘. 아직 불침번이잖아?"

슬슬 에리스랑 교대하려고 했는데… 뭐, 좋아.

"그래. 어디서부터 말할까….”

그 뒤로 한동안 예전 이야기를 했다.

인신 이야기로 시작해서, 그 인신의 조언을 받으며 여행했던 것.

어느 때, 인신의 조언에 따라 지하실에 가려고 했는데 미래에서 내가 온 것.

인신의 말대로 하면 파멸한다고 안 것.

하지만 이미 늦어서 인신의 협박에 굴하여 용신 올스테드와 싸우게 된 것.

열심히 준비해서 임했지만, 못 이겼던 것.

필사적으로 목숨을 구걸하며 가족만이라도 살려달라고 애원했지만, 안 된다는 대답이었던 것.

에리스가 도우러 와준 것.

죽을 뻔했을 때, 올스테드가 자기편에 서라고 제안했기에 그걸 승낙한 것….

"그 뒤로 내 암약인생이 시작된 거야. 아슬라 왕국에서 아리엘을 왕으로 올리기 위해 애쓰고, 실론 왕국에서 전쟁에 참가하고, 미리스에서 무녀를 유괴하고, 마대륙에서 공주가 되고….”

"낮에 말했던 기스란 녀석은?"

"인신의 부하. 지금 나는 그 녀석을 쓰러뜨리기 위해 전력을 모으고 있어. 북신 칼맨의 권유도 그 일환이야."

"흐응…."

어느 틈에 컵이 비어 있었다.

물 마술이 있으니까 목이 마르진 않았지만.

"올스테드와의 만남은 루데우스에게 좋은 만남이었네."

"그래. 정말로 올스테드와 만나서 다행이라고 생각해."

"어떤 사람이야? 지금 이야기를 들어보면 아주 마음 좋고 그릇이 큰 느낌인데?"

"한마디로 말하자면, 그렇군…."

떠오르는 것은 올스테드와의 추억. 사무소를 만들었을 때, 아슬라 왕국에 함께 갔을 때, 크리프와 함께 저주, 아니, 저주를 푸는 투구를 만들었을 때, 그럴 때에 모두 그는….

"얼굴이 무서워."

"푸훗!"

사라가 웃음을 터뜨렸다. 하지만 어쩔 수 없다. 우리 회사의 사장님은 마음 착하고 그릇도 크고 포용력도 관통력도 있지만, 얼굴이 무서운 것도 사실이니까.

떠오르는 것은 올스테드의 무서운 얼굴뿐이다.

"쿠쿡… 후후, 아하…. 뭐야, 그게…. 그만큼 신세 진 사람인데 얼굴이 무서워…?"

"아니, 진짜로 얼굴이 무서워. 또 저주 때문에 다들 싫어해."

"쿠훗…!"

제대로 웃겼던 모양인지 사라는 한동안 배를 잡고 몸을 숙였다. 다른 이들이 자고 있으니까 큰 소리로 웃을 수 없는 거겠지.

"아… 웃겨라."

"에리스도 올스테드와 싸우게 되면서 사이가 회복되었어. 그러니까 올스테드 님은 내게 사랑의 큐피드이기도 해."

"얼굴은 무섭지만?"

"얼굴은 무섭지만."

사라는 또 웃었다. 포복절도다. 웃다가 콜록대기도 했다. 그렇게 웃기나? 최근 젊은 녀석들은 잘 모르겠다.

"…하아아."

한바탕 웃은 뒤에 사라는 크게 숨을 내쉬었다.

그리고 내 쪽을 보았다. 기분 탓인지, 아니면 화톳불의 불빛 때문인지 얼굴이 붉어 보였다.

사랑의 고백일지도… 고백을 하면 거절하자. 남자답고 멋지게. 내게는 아내와 남편이 있다고.

그렇게 농담처럼 생각하면서도 내 몸은 굳어 있었다.

"루데우스는 변했네. 왕녀님의 호위 때보다도 더."

사라의 눈은 젖어 있었다. 아름답고 귀엽다. 하지만 내 숨은 가빠지고 이마에 땀이 맺히는 게 느껴졌다. 재빨리 주머니에 손을 넣고 천을 움켜쥐었다.

"아, 벌써 이런 시간인가. 이야기가 길어졌네. 나는 슬슬 교대할게."

"어, 응."

사라는 곁을 떠났다.

…가만히 숨을 내뱉었다.

왠지 사라와 그런 분위기가 되면 긴장하게 되네…. 역시 ED가 발각되었을 때의 그 쇼크를 몸이 기억하는 걸지도 모른다.

"……."

그리고 방금 전까지 사라가 앉아 있던 곳과 반대쪽에 누군가가 앉았다. 누구인지는 말하지 않아도 안다. 방금 전부터 계속 시선을 느끼고 있었다.

"에리스, 언제부터 깨어 있었어?"

"올스테드가 사랑의 큐피드라는 때부터."

"올스테드가 큐피드라면 어떻게 생각해?"

"기분 나빠."

어머나, 직설적인 말. 뭐, 올스테드의 저주에 영향을 받는 사람으로서는 그런 감상도 나오나.

"하지만 덕분에 루데우스의 곁에 있을 수 있게 되었다면… 감사해도 좋아."

에리스는 그렇게 말하고 내 어깨에 머리를 올렸다.

으음~ 사랑을 느끼네.

"에리스."

"왜?"

"무릎베개해 줘."

"…어쩔 수 없네."

나는 에리스의 무릎에 머리를 올렸다.

방금 전까지의 긴장은 사라지고, 땀도 가시는 게 느껴졌다.

어쩌면 에리스는 내가 궁지에 몰렸다고 보고 도우러 와준 걸지도 모른다.

"아침까지 내가 불침번을 설 테니까, 루데우스는 이대로 자도 돼."

"응, 고마워, 에리스."

에리스의 다리. 조금 딱딱하지만 마음이 놓인다. 내 거기도 '아무래도 위기는 물러간 모양이다'라고 말하면서 고개를 들기 시작한다. 위기는 물러갔다고 해도 네가 나설 때가 아니니까 얌전히 있어라.

그런 생각을 하면서 나는 잠이 들었다.

다음 날, 가도를 걷고 있으니 멀리서도 알기 쉽게 커다란 모노리스 같은 바위가 보였다.

더 다가가 보니, 그 밑에는 사람들이 살고 연기가 피어오르는 게 보였다.

해머폴카다.

이 도시는 마르키엔 용병국 가장자리에 위치하는 소도시다.

도시 입구까지 가보니, 철제 간판이 서 있었다.

'대장장이의 도시, 해머폴카.'

그래, 이 도시는 대장일이 왕성한 곳이다.

저 거대한 바위 밑에서는 질 좋은 철광석이 나고, 여기 주민은 그 철광석을 가공하여 다른 나라에 수출하는 것으로 생계를 꾸린다.

도시에 들어가자, 드워프들이 사는 곳답게 쇠를 두드리는 소리가 들렸다.

하지만 사실 이 도시를 대장장이의 도시라고 부르는 이는 적다.

사람들은 이 도시를 이렇게 부른다.

'용병의 도시 해머폴카.'

마르키엔 용병국은 그 이름처럼 마르키엔이라는 이름의 대용병이 세운 나라로, 인근 나라에 용병을 보내는 것을 생업으로 삼는 죽음의 상인국가다.

해머폴카는 그중에서도 특히나 무구 생산이 왕성하여, 장비를 갖추기 쉽다는 이유도 있어서 외국 용병들이 모이게 되었다.

세계적으로 유명한 용병단의 본거지는 거의 이 나라에 있다고 해도 과언이 아니다.

물론 루드 용병단은 아니지만.

루드 용병단은 아직 세계적으로 유명하지 않다고? 뭐, 지금으로선 그렇지.

하지만 아이샤가 운영하는 우리 회사의 하청 기업이니까, 언젠가는 세계적으로 유명해질 거야.

"……"

자, 해머폴카. 용병의 도시라고 할 정도니까 시내에는 거친 얼굴들이 오가고 있었다.

그런데도 검의 성지만큼 험악한 느낌이 아닌 것은 여기가 안전지대이기 때문일까. 아니면 내 안에서 용병은 대화가 통하는 인간이라는 인식이 있기 때문일까.

아니, 딱히 검신류의 검사가 말이 안 통하는 상대라는 소리는 아니거든? 다만 말보다 먼저 검이 나올 뿐이라서.

다만 어째서인지 그들은 에리스에게 힐끔힐끔 시선을 보냈다.

에리스가 노려봐도, 싸움을 거는 것도 아니라 그저 실실 웃으면서 걸어갔다.

지금으로선 딱히 무슨 일이 없지만, 언제 에리스한테 싸움을 거는 놈이 나타나서 사망자를 대량생산하게 될지 걱정이다.

"어떻게 될까 싶었는데, 무사히 도착했네."

그런 걱정을 하고 있자, 사라가 멈춰 서서 그렇게 말했다.

"여기까지면 됐어. 정말로 고마웠어."

"여기면 돼? 뭣하면 분쟁지대 밖까지 보내주겠는데."

"보수도 못 내는데? 무슨 소리야!"

"아니, 나랑 사라 사이잖아…. 뭣하면 몸으로 지불해도 좋아."

일부러 저속한 얼굴을 하면서 손을 꿈틀거렸더니 '아마조네스 에이스' 멤버들이 창백한 얼굴로 한 발 물러났다.

에리스도 내 손목을 붙잡고 노려보았다.

"노, 농담이야…."

"알고 있어. 농담이 아니었으면 어젯밤에 손을 댔을 테니까."

"사라, 그 이상은 그만해. 내 손목뼈가 작살나겠어."

내 손목을 으깨 버리려는 에리스의 손을 가만히 붙잡자, 풀어 주었다.

"우리도 애는 아니니까 여기까지 오면 괜찮아."

"그래."

"너는 너대로 할 일이 있는 모양이니까, 방해되기 전에 갈게."

방해라….

분명히 혹시 여기에 기스가 있다면 싸움이 일어난다.

거기에 끌어들일 수는 없다.

"뭐, 너를 호위로 고용하기에 내 몸으로는 액수가 안 맞을 모양이고."

그렇지 않다고 말하고 싶지만, 적어도 어젯밤의 분위기를 보자면 사라가 나를 몸으로 고용하는 건 무리겠지.

"그럼 여기서 헤어지자."

"그래…. 오랜만에 만나서 기뻤어."

"나도."

"…너는 정말로 변했네. 뭐라고 할까, 굉장해졌어."

"딱히 대단해진 건 아니라고 생각하는데."

"그런 의미가 아니야. 나는 너랑 그런 관계가 될 뻔한 무렵부터 계속 모험가에, 계속 같은 일을 하면서 변하지 않았으니까…."

"그건 아니라고 생각하는데…."

사라는 그렇게 말하지만, 외모는 이전보다 많이 성장해서 어른스러워졌다.

이야기를 나눠 보니 많은 부분이 변하였다.

이번에는 며칠뿐이었지만, 분명 한 달 정도 같이 있으면 그녀의 변한 부분이 더 많이 보이게 되겠지.

본인은 모를지도 모르지만, 사람은 변하는 법이다.

"……."

한동안 사라는 고개를 숙이고 있었다.

뭐라고 말을 걸어야 하나….

그렇게 고민하는데, 잠시 뒤에 뭔가 결심한 것처럼 고개를 들었다.

"좋아, 결심했어! 나 모험가 은퇴할래!"

"뭐?!"

사라의 갑작스러운 선언에 '아마조네스 에이스' 멤버들이 놀라서 외쳤다.

하지만 사라는 그녀들 쪽을 보지 않았다.

파티 멤버니까 선언은 그녀들에게 하는 게 좋지 않을까.

"모험가를 그만두고 뭘 하게? 뭐 새로운 일이라도 시작할 거야?"

"딱히 새로운 건 안 해. 어디서 좋은 남자라도 찾아서 결혼하고 아이를 낳고 사냥이라도 하면서 살 생각이야."

그것은 사라가 지금까지 하지 않은 일이니까, 충분히 새로운 일이라고 생각하는데.

"사라는 미인이니까 못된 남자에게 속지 않을까 걱정이야."

"안심해. 창관에 가고 술에 떡이 된 뒤에 나를 비하하지 않는 녀석으로 고를 거니까."

"으윽, 찔린다."

그건 분명 서로에게 가슴 아픈 이야기였을 텐데, 자연스럽게 웃을 수 있었다.

발단은 내 착각에서 온 ED와 그 뒤의 내 행동이니까, 내가 웃으면 안 되는 걸지도 모르지만.

그래도 사라가 용서해주고 웃을 수 있게 되었으니 좋은 거 아닐까. 나도 웃어야겠지.

"뭐, 무슨 일이라도 생기면 연락해."

"응. 그럴게."

"그럼 이만."

"응. 잘 가. 바이바이, 루데우스."

사라는 가볍게 손을 흔들더니 도시 안쪽을 향해 걷기 시작했다.

그 뒤를 '아마조네스 에이스'의 멤버들이 쫓아갔다. "은퇴라니 무슨 소리?!"라는 목소리도 들려왔다.

이다음에 숙소 같은 데서 한바탕 소란이 나겠지.

하지만 사라는 저렇게 보여도 외골수라고 할까, 고집스러운 면이 있으니까, 은퇴를 철회할 일은 없겠지.

분쟁지대를 떠나서 파티를 해산하든가, 사라만 빠질까.

그 뒤에 사라의 새로운 인생이 시작된다….

어디의 누구처럼 혼인활동을 위해 미궁에 들어가지 않기를 빌자.

다음에는 언제 만날지 모른다. 또 만날 수 있을지도 모른다.

하지만 또 만나거든 지금처럼 이야기할 수 있으면 좋겠다.

다음에는 나만 이야기하는 게 아니라 사라의 이야기도 들을 수 있으면 좋겠다고, 그렇게 생각하면서 나는 사라와 헤어졌다.

제9화 북신과 용병과

그녀들과 헤어진 뒤에, 나는 앞서 만났던 교도기사를 찾기로 했다.

북신 칼맨은 이 도시에 이미 없는 모양이지만, 기스인 듯한 인물의 정보가 있다.

설마 본인이 이런 곳에 있을 것 같진 않지만, 어떤 유익한 정보를 얻을 수 있을지도 모른다.

어쩌면 나를 유인하기 위한 덫일 가능성도 있지만… 기스라면 이렇게 우연히 찾아냈다는 느낌의 덫을 쓰지 않을 거라고 생각해. 한다면 북신처럼 사도의 확률이 높은 상대와 싸울지도 모른다는 상황보다는, 더 안심할 수 있을 만한 상황을 연출하고 마음이 풀어진 때를 노릴 거라 생각한다. 아니, 그건 기스라기보다도 인신의 수법이었나.

아무튼 그 기스인 듯한 인물을 교도기사가 붙잡아두었다는 모양이니, 일단 그 교도기사와 연락을 취할 필요가 있겠지.

그렇긴 해도 교도기사단의 주둔지가 어디 있는지는 모른다.

실수했군. 집합 장소 정도는 정해둬야 했다.

주둔지 같은 장소를 찾을까…. 길을 오가는 사람에게 물으면 알려나.

"그러니까 동료는 안 판다니까."

그렇게 생각하면서 걷고 있는데, 앞쪽에서 그런 목소리가 들려왔다.

낮고 으르렁대는 듯한, 하지만 강한 마음이 느껴지는 또렷한 목소리.

어디서 들은 적이 있는 듯한데….

"금전을 지불할 생각은 없다. 미리스의 이름으로 얌전히 그 마족의 신병을 넘기라는 말이다."

그 목소리를 상대하는 것은 자기가 옳다고 믿어 의심치 않는 자의 목소리.

그쪽을 보니 가도를 사이에 두고 두 집단이 눈씨름을 벌이고 있었다.

한쪽은 아마도 용병이겠지. 통일성 없는 갑옷 차림에 각기 다른 무기를 들고 있었다.

반대쪽은 전원이 같은 은갑옷을 입고 있었다. 미리스의 문장이 들어간 은갑옷….

교도기사단이 용병과 다툼을 벌이고 있다.

교도기사단이 열 명 정도인 것에 비해 용병은 스무 명 정도. 명백히 머릿수가 다른데도 불구하고 교도기사단이 물러날 기색은 없었다.

실력에 절대적인 자신감이 있겠지만… 그 이상으로 자기들이 정의라는 절대적인 자신감이 있겠지.

"그럼 다른 식으로 말해주지. 동료를 배신할 마음은 없다."

용병 옆에 선 것은 한 남자다.

껄렁패가 그대로 어른이 된 듯 눈매가 나쁜 남자.

아아, 그리운 얼굴이다. 아니, 조금 나이 들었나? 수염도 길렀다.

"졸다트 씨!"

졸다트 헤켈러.

사라에 이어서 그리운 인물이 거기에 있었다.

그 또한 나에게 은인이다. 내가 ED라고 판명된 뒤에 여러모로 날 돌봐준 모험가.

왠지 이번에는 그리운 사람이 많네.

"어? 뭐야…. 어, 어이, 그리운 얼굴이 있잖아."

"오랜만입니다."

"그래…. 하지만 지금은 좀 바쁘다. 나중에 해."

졸다트는 그렇게 말하고 다시 한번 교도기사 쪽으로 시선을 돌렸다.

"일단 무슨 일인지 물어봐도 될까요?"

"응? 갑자기 이놈들이 와서 우리 멤버를 내놓으라는 거야. 아무 짓도 안 했는데!"

"그렇군요. 그렇긴 해도 아무 짓도 안 했다면 넘겨줘도 문제없지 않나요? 그들도 거친 짓은…."

"멍청아. 안 할 리가 없잖아. 미리스 교도기사단이 마족을 넘기라고 한다고. 목숨은 안 빼앗더라도 눈알 한둘 정도는 날아가도 이상하지 않아."

아하, 그런 거군.

내 말로 교도기사단이 움직였고, 그걸 상대가 거부했다는 건가.

뭐, 마족 배척파인 분들이 마족을 연행한다는데 거친 일이 없을 리가 없지.

조금 생각이 부족했달까, 기스라면 거친 일을 당해도 된다는 마음이 앞섰을지도.

그렇긴 해도 졸다트의 동료였다니….

으음. 혹시 졸다트가 기스와 손을 잡았다면 그들과 적대하게 되나.

…싫은데.

"…저기, 문제의 마족 분은 어느 쪽에?"

"그 녀석이야."

그러며 졸다트가 턱짓한 곳.

거기에는 한 원숭이 얼굴의 마족이 있었다.

"뭐, 뭐야, 너…."

아니군. 얼굴이 비슷하긴 하지만, 체격도 좋고 전사란 느낌이다. 비유하자면 골리앗과 비슷할까.

상황이 상황이라서 다소 겁먹은 기색은 있지만, 상대가 교도기사단인데도 무기를 손에 들고 용감하게 싸우려고 한다. 호리호리하고 표표하게, 재주 좋게 도망 다니는 타입인 기스와는 정반대로 보였다.

정말로 얼굴은 비슷하네.

고릴라와 침팬지 정도로 비슷하다.

혹시나 같은 종족인 걸까. 기스는 누카 족의 마지막 생존자라고 했는데.

"너, 이름과 종족은?"

"나는 로카 족의 그란체다! 교도기사라고 해서 쫄 것 같냐!"

엄청나게 쫄았잖아. 다리가 떨리고 있어.

뭐, 좋아, 좋아. 금방 끝낼 테니까.

"누카 족의 기스와는 무관계?"

"기스? 그야 예전에 같은 파티였던 적은 있는데…. 그보다 그 녀석이 또 무슨 짓 했나! 이제 지긋지긋해! 조금 닮았다는 이유로 툭하면 나한테 몰려온다고! 애초에 로카 족은 마족이 아냐! 수족이야!"

아무래도 다른 사람인 모양이다. 오히려 피해자 쪽인가.

뭐, 그런 거라고는 생각했어.

"알겠습니다. 그럼 내가 저들과 이야기를 해보겠습니다."

"이야기를 한다고 해서 들어줄 놈들이…. 어, 어이?!"

졸다트를 무시하고 교도기사단 쪽으로 향했다.

어어, 지난번에 만났던 사람이 어디 있지? 전원이 투구를 쓰고 있으니까 잘 모르겠다.

"실례. 지난번에 뵀던 분이?"

"저입니다. 저기, 저쪽 이들과 아시는 사이였습니까?"

"예, 우연하게도…. 더 말하자면 저쪽에 있는 마족도 내가 찾는 인물과 다른 사람인 모양입니다."

"다른 사람입니까?"

마족인데? 라는 얼굴.

마족이든 수족이든 다른 사람이면 다른 사람이야.

"그는 마족이 아니라 수족이라나 봅니다. 아무튼 협력해주셔서 고마웠습니다!"

자, 해산!

그런 마음을 담아서 주먹을 가슴에 대고 고개를 숙이자, 교도기사도 비슷한 포즈를 취하여 물러났다.

"너, 좀 안 본 사이에 사교적이 되었군…."

마지막에는 졸다트가 기막히다는 눈치로 그렇게 말했지만, 자작극 같은 짓을 사교적이라고 하진 않겠지.

아무튼 역시 기스는 없었던 모양이다.

졸다트가 리더를 맡은 모험가 파티 '스텝트 리더'는 '선더볼트'라는 클랜에 속해 있다.

'선더볼트'는 세계에서 손꼽히는 규모를 자랑하는 모험가 클랜이다.

이 '선더볼트'는 현재 해머폴카 시에 휘하의 모든 파티를 집결시켰다.

왜 '선더볼트' 같은 대규모 클랜이 이런 곳에 있는가.

그걸 설명하려면 애초에 왜 대규모 클랜이 만들어졌는가 하는 것부터 설명해야만 하겠지.

그렇긴 해도 그리 설명해야 할 내용이 많은 것도 아니다.

사람이 기업 같은 것을 만들고 그걸 운영하는 이유는, 안정되게 돈을 벌겠다는 목적 말고는 없으니까.

대개의 클랜은 파티 사이의 상호부조를 목적으로 결성된다.

한 파티로는 공략할 수 없을 만한 의뢰를, 신뢰할 수 있는 여러 파티로 받기 위해, 또 그런 의뢰를 안정적으로 수행하기 위해….

'선더볼트' 또한 그런 이유로 결성되었다.

당시 마법삼대국에서 활동했던 3개의 유명한 S급 파티가 어느 미궁을 공략하기 위해 손을 잡은 것이 계기였다.

결과적으로 미궁 공략에는 성공, '선더볼트'는 일약 유명해지고, 그 뒤에도 순조롭게 활약, 규모도 계속 커져서 단번에 여러 미궁을 동시 공략할 정도가 되었다.

나도 한 번 해본 적이 있지만, 고난이도의 미궁을 공략하고 싶으면 실력과 경험과 감을 겸비한 S급 모험가 파티가 완벽한 장비를 갖추고 완벽한 백업을 받으며 도전할 필요가 있다.

그렇긴 해도 항상 최고의 상태로 미궁에 들어갈 수는 없다.

함께 지내면서 자기들끼리 장비를 갖추고 일정을 생각하고 계획을 세워 공들여 준비를 하고 미궁에 도전한다, 이래서는 미궁에 들어가는 건 몇 달에 한 번 정도일지도 모른다.

물론 적당한 장비, 적당한 계획, 대충 준비하고 미궁에 들어가서 운 좋게 비싸게 팔아치울 수 있는 마력부여품을 찾든가 미궁 공략에 성공하는 녀석도 있지만… 대부분 비참한 말로를 맞는다.

그럼 어떻게 해야 항상 최고의 상태로, 게다가 높은 빈도로 미궁에 들어가서 확실히 최심부에 도달하여 답파할 수 있을까….

그래, 대규모의 클랜이라면 그게 가능하다.

사람이 많으면 많을수록 역할 분담이 가능해진다.

전투력에 특화된, 미궁 최심부를 목표로 하는 파티.

그들이 가져오는 정보를 토대로 저~중층부의 마물을 사냥하면서 각 층을 탐색하는 파티.

돈 관리와 장비 준비, 계획 입안, 정보 정리를 하는 파티.

여러 역할을 분담하고 협동해서 한 미궁에 도전한다. 대규모 클랜이라면 가능하다.

그게 S급 모험가가 대규모의 클랜을 결성하거나 들어가는 이유다.

하지만 메리트만 있는 건 아니다. 당연하지만 대규모 클랜에는 디메리트도 존재한다.

돈이다.

규모가 커지고 전문적인 일을 받는 인간이 늘어나면 늘어날수록 지출도 커진다.

미궁에 들어가서 반드시 답파할 수 있으면 좋다.

미궁의 최심층부에서 입수하는 마력결정은 경우에 따라서는 그것 하나만으로 아슬라 왕국에 으리으리한 주택을 세울 만한 금액으로 팔리고, 도중에 입수하는 마력부여품도 운 좋게 괜찮은 게 나오면 100명이 1년은 먹고 살 수 있는 벌이가 된다.

하지만 당연하게도 꼭 답파할 수 있는 것도 아니다. 다른 클랜에게 선수를 빼앗기든가, 최심층부를 공략하던 S급 파티가 전멸하든가, 도중에 자금이 바닥을 치는 등… 요인은 많지만, 적자가 이어지는 상황도 나온다.

그러면 클랜 리더는 골머리를 앓게 된다.

미궁에 들어가고 싶지만 돈이 없다. 멤버를 미궁에 보낼 수가 없다.

돈을 안정되게 벌기 위해 결성된 클랜인데 돈 문제가 생긴다.

웃기는 소리지만, 인생은 보통 그런 법이다. 모든 게 생각대로 돌아가는 건 아니다.

자, 대규모 클랜의 돈벌이.

견실하게 하자면 각각의 파티가 각각 의뢰를 받고 그중 몇 할을 클랜에 상납하는 게 좋겠지. 혹은 여러 파티로 받을 만한 의뢰… 예를 들어서 외톨이 드래곤의 토벌 의뢰를 받는 것도 선택지 중 하나일까.

하지만 대규모 클랜이기에 가능한 뒷길이 존재한다.

나라나 대상인에게서 받는 전속 의뢰다.

예를 들어서 마대륙과 미리스 대륙을 오가는 배에는 항상 호위가 붙어 있다. 이 호위는 조선소와 전속 계약을 맺은 모험가다. 웨스트포트와 이스트포트 쪽도 대규모 클랜이 죄다 맡고 있다. 그들은 서로 돌아가면서 배를 호위하며 돈을 벌고, 인근에 있는 미궁에 들어간다.

자, 그럼 '선더볼트'는 어떤가.

물론 '선더볼트'는 북방대지의 마법삼대국에서 으뜸가는 클랜이다.

각지의 대상인이나 마술 길드 등과 계약을 맺었다.

하지만 너무 손을 널리 뻗었다.

손을 넓게 뻗으면 뻗을수록 문제도 늘어난다.

구체적으로 말하자면 미궁에서 가져온 마력부여품을 상인과 마술 길드 중 어느 쪽에 팔아야 하느냐, 같은 이야기도 튀어나온다.

제한 없이 각지의 상인들과 계약하고, 제한 없이 각지에서 돈을 긁어모아서 미궁을 탐색하는 것이 불가능해졌다.

그렇긴 해도 클랜은 덩치가 커졌다.

50개를 넘는 파티, 500명을 넘는 클랜 멤버.

클랜 리더는 적자가 나지 않도록 하면서 그들을 모두 먹여 살릴 필요가 있었다.

해산하든가 축소하면 된다. 그런 생각도 있겠지만, 한 번 손에 넣은 것을 내놓는 것은 상상 이상으로 용기가 필요한 일이다.

클랜 리더는 고민했다.

고민하면서 분명 여러 수를 썼겠지.

하지만 근본적인 해결책이 되지 않아서⋯ 클랜 리더는 어떤 선택을 했다.

500명 이상인 멤버 전원을 먹여 살리면서 미궁 탐색도 가능한 일이 딱 하나 있었다.

용병 일이다.

불가능하진 않았다. 살인은 전문분야가 아니라지만, 실력과 경험과 감을 겸비한 모험가가 산더미만큼 있으니까.

그렇게 '선더볼트'는 모험가 클랜이라고도 용병단이라고도 할 수 없는 클랜이 되었다.

오랫동안 지낸 북방대지를 떠나 분쟁지대로 가게 되면서 탈퇴한 파티도 있었지만⋯ 중핵인 파티는 클랜 리더를 따라서 분쟁지대로 옮겨가게 되었다.

졸다트가 속한 '스텝트 리더'도 예외는 아니었다.

지금은 미궁 탐색과 전쟁을 교대로 하는 나날이라는 모양이다.

"뭐, 실제로는 나쁘지 않아. 여기서는 용병 일이 끊이지 않고 자금도 넉넉해졌어. 몇 년 동안 미궁도 다섯 개 답파했지."

그런 이야기를 듣는 곳은 '선더볼트'의 클랜 룸.

졸다트는 당연하다는 얼굴로 우리를 데려와서, 이 방에서 근황을 말해 주었다.

그는 담담히, 예전처럼 어딘가 종잡을 수 없는 느낌으로, 퉁명스럽게 말했다.

"다만 싫어하는 녀석도 있어. 역시 용병으로서 사람을 죽이는 건 가도에서 습격해온 도적을 죽이는 거랑은 다르다고 말이야. 미궁 답파로 돈을 좀 챙기면 그대로 은퇴해서 고향에 돌아가는 녀석도 많아."

'스텝트 리더'의 당시 멤버는 이제 아무도 남아 있지 않다나 보다.

은퇴했던가 죽었다고 한다.

나로서도 그들에게 신세를 진 바 있다는 마음에, 죽은 사람들에 대해서는 애도를 표했다.

"졸다트 씨는 은퇴하지 않습니까?"

"어…?"

졸다트는 입을 살짝 벌리고 코웃음을 쳤다.

"그런 생각을 한 적도 있지만… 때를 놓쳤어. 이대로 죽든가, 팔 하나라도 잃어서 그대로 객사하는 게 내 미래겠지."

자포자기란 느낌의 말이지만, 이건 나와 어울릴 때에도 곧잘 했던 말이다.

"말로는 그러면서도, 신참들을 돌봐야 한다는 생각에 계속 눌러앉는 거 아닙니까?"

"오오? 뭐야, 너, 말대답 좀 하게 되었잖아? 예전에는 입이 찢어져도 그런 소리를 안 하는 꼬맹이였는데. 아아, 결혼했댔

나. 그래서 그게 나아서 자식도 생기고 자신감 좀 생겼다는 거냐? 으응?"

"아파요, 아파!"

그렇게 말하면서 졸다트는 내 목에 팔을 두르고 머리통을 주먹으로 눌러대었다.

그립구나, 이 느낌.

"그래서 너는 왜 이런 곳에 왔어? 결혼한 남자가 올 곳이 아닌데."

"아, 자세히 말하자면 긴데요."

나는 지금까지 있었던 일을 간략하게 말하면서 북신 칼맨을 찾는다고 설명했다.

"그래서 지금 그 활동의 일환으로 북신 칼맨 3세를 동료로 끌어넣기 위해 움직이고 있지요."

"흐응, 용신 올스테드의 부하라···. 뭐, 너는 모험가였을 적부터 특출한 면이 있었으니까 그럴 수도 있을까."

졸다트는 다소 놀라면서도 어딘가 납득하는 기색이었다.

"북신 칼맨이라, 분명히 몇 년 전에는 있었지. 그런 녀석."

"오오, 지금은 어디에?"

"글쎄. 나도 거기까지는 몰라."

그렇겠지요.

"몇 번 만난 적은 있는데, 신기한 녀석이었어. 그 나이를 먹고도 이상하게 쌩쌩해서 말이야. 우리 젊은 애들한테도 검을 가르쳐 주려고 했지."

"헤에."

"그게 또 맞는 말만 한단 말이야. 북신류라는 건 보면 알겠는데, 그렇다고 해서 검을 쓰는 것도 아니고, 그런 주제에 강하고…. 이름 좀 있는 녀석이겠구나 했는데, 북신이라면 납득이야."

응? 어라? 분명히 북신 칼맨 3세는 더 자의식 과잉이라고 할까, 승인 욕구가 강한 녀석이라고 하지 않았나?

주위가 이름도 모른다는 게 가능해?

북신 칼맨 2세에게 물려받은 거대한 대검도 가지고 있을 텐데….

이름을 숨기고 검도 봉인하고, 젊은이들에게 검술을 가르치려고 한다….

그거 2세 쪽 아닌가?

어라…?

아니, 하지만 그럴 수도 있을까.

카오스 이론 운운은 아니지만, 내가 이 세계에서 여러모로 활동하면서 사람들의 움직임이 변했다.

본래 북신 칼맨 3세가 있을 장소에 2세가 있어도 이상하지 않다.

올스테드 왈, 비슷한 부자라는 모양이고.

"그렇군요. 고맙습니다."

이번에도 허탕인가. 검신 때도 그렇고, 허탕이 많군.

여태까지 너무 순조로웠다고 할 수 있지만, 이렇게 목적을 달성할 수 없을 때가 이어지면 초조함이 느껴지는군.

기스는 착착 준비를 하고 있을 테고….

"이번에는 허탕인 모양이니까 나는 돌아가겠습니다."

"빈손으로 돌아가나. 느긋하게 있다 가면 어때? 환영하겠는데?"

"아뇨, 바쁜 몸이라서."

"용신의 부하니까. 정말로 대단해졌군. 내가 모험가를 은퇴하면 신세 좀 지게 해줘."

"아, 그럼 일단 내 밑에 루드 용병단이란 게 있거든요. 하는 일은 용병이라기보다도 일종의 해결사입니다만, 졸다트 씨라면 대환영입니다. 지금 당장 이적하지 않겠습니까! 은퇴한 뒤가 아니라 지금!"

아이샤에게 말하지 않고 권유하는 건 좋지 않지만, 내 소개라면 넣을 수 있겠지. 혹시 안 되면 하청인 루드 용병단이 아니라 상장기업인 올스테드 코퍼레이션에 입사시켜도 좋다. 우리 회사는 미래 있는 회사다. 신입은 대환영이다.

졸다트처럼 거친 일에 강하고 싹싹한 녀석은 많을수록 좋다.

"…내가 꺼낸 말이긴 하지만 관둘란다. 이런 나라도 따르는 녀석들이 있으니까."

하지만 대답은 쌀쌀맞았다.

뭐, 그렇지. 아까도 졸다트는 동료들의 앞에 서 있었다.

무서운 교도기사단에게서 동료를 지키려고 했다.

그에게는 그가 있을 곳이 있고, 그는 그걸 지키려고 한다.

"여기서 쫓겨나서 갈 곳이 없어지면 부탁할게. 그때는 진짜로 팔 하나쯤 없어졌을 테니까, 별 도움이 안 되겠지만."

"물론 그래도 좋습니다. 기다릴 테니까요."

"흥."

내 말에 졸다트는 재미없다는 듯이, 내뱉듯이, 믿기지 않는다는 듯이, 하지만 어딘가 기쁜 듯이 코웃음을 쳤다.

이 거리감, 그립기도 하고 기쁘기도 한 느낌이군.

"뭐, 그렇긴 해도 그날, 죽는 게 아닐까 싶을 정도로 술에 절어서 엉엉 울며 나랑 같이 창관에 갔던 꼬맹이가 이렇게 대단해지다니~"

음, 그 이야기는 그만했으면 하는데.

"뭐야, 그 이야기?"

거봐, 에리스가 끼어들었다.

"오, 듣고 싶어?"

"아니, 졸다트 씨…. 그 정도로….”

"괜찮잖아. 너도 이제 과거의 일은 신경 안 쓰지? 이 이야기는 용병단 안에서 꽤나 유명하거든?"

유명한 거야, 나의 실패담이.

"무슨 이야기야?"

"어, 이 남자, 지금은 어떻게 불리는지 몰라도, 모험가를 할 적에는 '진흙탕' 루데우스라고 해서 말이지, 예의 바르고 누구에게든 웃으면서 경어를 썼어. 그런 주제에 실력은 확실했지. 외톨이 화룡을 혼자서 토벌할 정도의 실력이었어."

딱히 스스로에게 별명을 붙이고 다닌 건 아니고, 외톨이 화룡도 혼자서 토벌한 게 아닌데… 뭐, 이런 이야기는 다소 각색이 붙는 편이 재미있으니까.

"하지만 그런 이름을 쓰기 시작했을 무렵, 아직 진흙탕이 그냥 물웅덩이였을 무렵에는 경어는 고사하고 인사도 제대로 못하고, 웃음은 어머니 배 속에 두고 와서 어디서 산 가면을 얼굴에 붙인 것처럼 실실 거리는 낯짝으로, 그런 주제에 사람을 얕보는 눈으로, 자기는 이 세상에서 제일 불행하다는 얼굴을 하고 있었어."

"……."

"술맛 떨어지는 녀석이었지. 마음에 안 들었어."

졸다트는 일단 뭔가 떠올리듯이 말을 끊었다.

나를 보고 흥 소리를 내더니 에리스 쪽으로 다시 시선을 돌렸다.

"그런 꼬맹이가 어느 날 우리 '스텝트 리더'의 단골주점에 훌쩍 나타나서, 그 앞에서 술을 마시기 시작한 거야. 아니, 열받더라고. 뭐가 열받는지는 설명하기 어려운데, 아무튼 열받았어. 그래서 조금 놀려줄까 하고 다가갔지. 어차피 싸움을 걸

배짱도 없는 녀석이라고 생각해서."

"……."

에리스는 묵묵히 듣고 있지만, 그 눈은 진심이었다.

갑자기 공격하지는 않겠지만, 언제 졸다트를 때리고 들어도 이상하지 않은 것으로 보였다.

"그랬더니 갑자기 주먹을 휘두르는 거야. 술에 취했다고 해도 마술사가 검사를 말이지? 하지만 나는 반격하지 않았어. 진흙탕 녀석이 나를 때리면서 울었단 말이야. 이 졸다트 님이 울면서 붕붕 주먹을 휘두르는 꼬맹이한테 힘을 쓸 수도 없잖아?"

"…그러네."

에리스가 오싹해지는 낮은 목소리로 대답했다.

화난 걸까. 졸다트도 그 정도로 해두었으면 싶은데.

아니, 이 이야기는 나를 놀리는 이야기가 아니라 졸다트가 나를 돌봐주었다는 결론으로 끝나니까, 마지막에 잘 거들어 주면 되겠지만.

그 전에 에리스의 주먹이 이야기를 박살낼 것 같아.

"하지만 들어보니까, 파티의 여자랑 사이가 좋아져서 베드인 하려던 때에, 그 전 여자한테 차인 쇼크로 그게 서지 않게 되었다잖아. 외톨이 화룡을 혼자서 토벌하는 녀석이 말이지? 걸작 아냐?"

"……."

"그렇긴 해도 나도 좋은 녀석이었어. 진흙탕의 그걸 어떻게

든 해주고 싶다고 생각했거든. 아차, 그렇다고 해도 내가 직접 한다는 건 아니야. 남색도 아니니까…. 아니, 여기선 좀 웃어야 하는데….”

“아하하, 나도 졸다트 씨라면 사양입니다.”

에리스 대신 내가 웃었지만, 에리스의 분위기는 최악이었다.

공기에서 빠직빠직 하는 소리마저 들려오는 듯했다.

“그리고 그런 흐름으로 ‘그럼 치료하자!’라는 게 되어서, 둘이서 창관에 갔지. 역시 이런 건 그런 쪽의 프로에게 맡겨야지. 나는 진흙탕을 고급 창관에 던져놓고 주점에서 낭보를 기다렸지. 진흙탕이 창관에서 어떤 플레이를 했는가… 아니, 하려고 했던가는 나도 몰라. 아무튼 진흙탕은 실패했어. 남자로서 혼자 설 수 없는 몸이 되었지.”

아, 여기 웃을 타이밍입니다.

에리스 씨, 자, 웃어요… 그렇게 무서운 얼굴 하지 말고.

“아무튼 프로에게 맡겨도 어떻게 안 되어서, 어쩔 수 없이 그날 밤은 둘이서 가게의 술을 다 마셔 없앨 기세로 마셨어. 그리고 여기서부터가 걸작인데, 돌아올 때 진흙탕이 창부 누나의 가슴을 만지면서 말이지 ‘역시 여자는 꼬맹이 같은 건 안돼, 가슴 빵빵한 게 좋아!’라고 말했어. 그 앞을 지나가던 게 진흙탕네 파티의 여자. 그래, 그날 밤에 같이 자려다가 실패한 여자였지.”

아아, 잘도 기억하고 있네.

창부 누나의 가슴을 주무르면서가 아니라 가게에서 나온 뒤였던 것까지 기억한다.

"짜악! 두 번 다시 얼굴 보이지 마!"

졸다트의 판토마임 같은 제스처는 광대 같아서 실로 웃겼다. 분명 지금까지 몇 번이나 했겠지.

"그렇게 진흙탕은 여자에게 차이고 모험가로 평생을 살기로 결의했다…."

졸다트가 그렇게 마무리 지은 순간, 클랜 룸에 있던 다른 모험가들이 킬킬 웃었다.

나도 따라서 웃으려고 했다.

아니, 재미있다기보다는 그립다는 느낌이 강할까.

정말로 그 뒤로 많은 일이 있었다.

사라와 결별하고, 마법대학에 가고, 실피 덕분에 몸이 낫고, 록시와 재회하고, 파울로가 죽고… 지금은 아이가 넷이나 있다. 고작 몇 년 동안일 텐데 많은 일이 있었다.

"…그립네요."

"정말로. 그 무렵에는 나도 젊었지. 이유도 없이 널 돌보고."

"그건 지금도 그리 변하지 않았잖나요?"

"하핫, 네가 할 말이냐!"

또 내 목에 팔을 감고 머리를 주먹으로 쑤셔댔다.

하지만 졸다트는 문득 시선을 돌려 에리스를 보았다.

"그보다 그쪽의 빨강머리 미인 앞에서 하기는 좀 그런 이야기였나. 어디의 누구야? 너 분명히 빨강머리 여자는 싫어했잖아."

"아….."

그런가, 이쪽에도 설명해야 하는군.

"딱히 싫었던 건 아니지요. 약간 트라우마가 있었을 뿐이라서."

"세상에서는 그런 것도 싫어한다고 표현하지."

그런 건가.

그렇게 생각하며, 에리스는 팔짱을 끼고 다리를 어깨 넓이로 벌린, 평소의 포즈를 하고 있었다.

불안한 얼굴이었다.

하지만 내가 딱히 빨강머리를 싫어하지 않는다는 건 에리스도 잘 알겠지. 평소부터 얼마나… 아니, 이런 건 확실히 말해두는 편이 좋아.

"싫어하는 거 아니니까."

"알고 있어!"

"휴우, 우리 보라고 그러는 거냐. 그 미인도 네 여자냐?"

"예, 에리스. 이쪽은 아까 이야기를 들어서 알겠지만, 내가 힘들 때에 신세 졌던 졸다트 씨."

그렇게 말하자, 에리스는 팔짱을 낀 채로 졸다트를 노려보았다.

"에리스야."

"음, 그래, 졸다트다…. 아니, 에리스? 그건 네가 그렇게 된 원인이었던 여자 아닌가?"

"어어…. 설명하겠습니다…."

사라에게 했던 설명을 다시 한번 거듭했다.

그렇긴 해도 사라에게 하는 것보다는 마음 편했다.

"흐응…. 뭐, 네가 좋다면 상관없지만…."

하지만 졸다트의 반응은 사라에게 말했을 때보다 무거웠다.

졸다트는 꽤나 복잡한 얼굴을 하면서 에리스를 노려보았다.

"당시의 이 녀석, 꽤나 위험했거든? 자살 직전까지 갔어. 너, 그런 거 알면서 이 녀석에게 돌아온 거냐?"

에리스의 머리칼이 곤두서는가 싶었다.

나는 재빨리 앞에 나서서 에리스를 막으려고 했다. 졸다트를 지키면서 '자, 자, 졸다트 씨도 악의는 없어'라고 말하려고 했다.

하지만 그 전에 에리스는 발길을 돌려서 클랜 룸에서 뛰쳐나갔다.

"아차… 말이 심했나…."

졸다트는 이마에 손을 대고 그대로 머리를 쓸어넘겼다.

그리고 나를 보았다.

"가르쳐주지 않았냐?"

"예?"

"그러니까 네가 당시 얼마나 위험했던가 하는 이야기."

"했다고는 생각합니다만."

그렇긴 해도 당시의 나를 아는 이는 지금까지 없었고, 졸다트 이외에 내가 그렇게까지 힘들게했다고 아는 이는 없겠지.

에리스도 실피나 누군가에게 내가 어떤 상황이었는지 들었겠고 나도 슬쩍 말하긴 했지만, 실제로 어떤 일이 있었는지, 내가 얼마나 힘들어했는지, 당시를 아는 인간의 생생한 이야기를 듣는 건 처음이었을까.

에리스가 보자면, 자기 죄의 무게를 재확인한 느낌일까.

나는 더 이상 신경 쓰지 않는다. 아니, 행복한 현재 이전의 불행한 사고로밖에 생각하지 않지만. 지금은 절조 없이 하게 해주고 있고.

"그럼 조금 달래 주고 오겠습니다."

"그래…. 어이 진흙탕! 내가 팔 하나 없어지면 일자리 준다는 이야기, 잊지 마라!"

"예. 하지만 목숨까지는 잃지 말아 주세요."

"당연하지. 누구한테 하는 말이야!"

이 마음 편한 대화를 나이 더 먹은 뒤에도 할 수 있으면 좋겠군.

그렇게 생각하면서 나는 클랜 룸을 뒤로 했다.

밖으로 나가는 문에 손을 댔을 때, 문득 뒤에서 목소리가 들려왔다.

"아, 그렇지, 칼맨이 어디로 갔는지는 모르지만! 몇 년 전에 용병 일로 갔던 곳에….”

그리고 들은 정보는 기스를 찾거나 인신을 타도하는 일에는 필요한 것이 아니었다.

하지만 나와 에리스에게는 아주 중요한 것이었다.

우연하게 만난 두 명의 옛 친구.

생각해 보면 피트아령에서 에리스와 헤어진 지 이미 10년 가깝게 지났나.

당시에는 나중에 이렇게 될 거라고는 생각도 않았지…. 자기 일로 정신없어서.

에리스와 둘이서 분쟁지대에 가서 북신을 찾는다. 돌아가야 할 집에는 아내와 자식도 있다.

다만 좋은 일만 있는 건 아니다. 인신이라는 적이 나왔고, 기스라는 친구인지 후배인지 은인인지 모를 녀석도 적으로 돌아섰다.

더 말하자면 에리스도 왠지 침울해졌다.

내가 찾아냈을 때에는 도시 외곽, 조금 완만한 언덕에 드러누워서 하늘을 보고 있었다.

무슨 생각을 하는 걸까…. 생각해 보면 피트아령의 로아에 있을 무렵, 일이 마음대로 되지 않으면 마구간 뒤의 짚더미 위에서 이렇게 하늘을 바라보았던 것 같다.

"······."

평소처럼 바로 옆에 앉자, 에리스가 가만히 내 손을 붙잡았다.

"나, 루데우스한테 못된 짓을 했어."

"그렇지도 않아."

"하지만 자살하려고 했다는 이야기는 처음 들었어."

"그건… 술김에 나온 말 같은 거야."

"실피는 알고 있어?"

"모르지 않을까?"

자살 자체는 돌발적인 일이었고, 사람들이 바로 막아주었다. 그 뒤에는 생각도 하지 않았으니까 거기까지는 말하지 않았던 것 같다.

어디, 하지만 에리스를 어떻게 위로한다.

딱히 신경 안 써, 라고 하면 솔직히 받아들여줄까.

무리일 것 같다.

"…왜?"

"아니, 피트아령에서 에리스와 헤어지지 않았으면 그들과도 만날 수 없었겠구나 싶어서."

"······미안해."

"사과하라는 게 아냐. 사라도 졸다트 씨도 마음씨 좋은 사람들이잖아? 그런 사람과 만날 수 있었으니까, 나쁜 일만 있었던 건 아니라고 말하고 싶은 거야."

에리스의 손에 힘이 들어갔다.

에리스도 변했구나 싶다. 예전의 에리스는 이런 식으로 알기 쉽게 약한 모습을 보이지 않았다. 나니까 보여주는 걸지도 모르지만.

"에리스도 알다시피 지금은 건강하고 아이까지 만들었으니까, 다 지나간 이야기야."

"…그래."

에리스의 손을 만지작거리고 있었더니, 꾹 맞잡아왔다.

어느 틈에 상반신을 일으킨 에리스에게 어깨를 붙잡혀서 키스를 하게 되었다.

뭐야. 분명히 나는 당신 것이지만… 여기는 야외고 아직 해도 높게 떠 있는데?

그런데 갑자기 키스 같은 걸 하면… 금욕의 루데우스에서 성욕의 루데우스로 진화하잖아.

"이젠 숨기고 있지 마. 두 번 다시."

"예."

"실피도 화냈으니까."

"예."

평생 따라가겠습니다….

그게 아니라! 진정해라, 소녀 루데우스로 있을 때가 아냐.

"나도 조심할게."

"그래."

"그럼 가자. 이번에도 실패였으니, 다음은, 아니, 다음에야 말로 북신 칼맨을 찾자."

그때 깨달았다.

나와 에리스와 거리를 두고 남자 몇 명이 보였다.

용병인지 거친 얼굴의 남자들. 그 시선은 에리스 쪽을 향하고 있었다.

적의는 별로 느껴지지 않았다. 에리스가 검왕인 걸 알면서 덤비려는 느낌도 아닌 듯했다.

검의 성지 때와 마찬가지로 대련 요청일까.

"…무슨 일이죠?"

공공장소에서 러브러브한 모습을 보여서 화내는 걸까? 그렇게 생각하면서 물어보았다.

"아, 아니, 싸움을 걸려는 건 아니었어."

나도 그럴 생각은 없지만, 바라보는 상대가 일부러 말을 걸어오면 그렇게 생각할까.

"우리 마르키엔 사람들이 믿는 신에게 어떤 전승이 있어서…."

"호오. 어떤 신인지 물어봐도?"

"숲의 여신 레느. 동물의 모습을 한 전쟁신이야."

레느인가. 들어본 적 없는 이름이군.

동물의 모습을 한 신이라면 수족 쪽의 신앙일까.

뭐, 이 근처에서 왜 수족의 신을 믿는지는 모르겠지만.

…수족이라고 하니까 생각났는데, 길레느가 그 신과 이름이 비슷하군.

길레느와 여신은 가장 거리가 먼 단어지만… 이 세계에서는 아이에게 신이나 위인의 이름을 붙이는 일이 많으니까 길레느도 그런 경위로 붙은 이름일지 모른다. 몇 대 전의 성수의 이름을 붙인다든가.

"레느는 빨강머리 여자를 찾는 여신이야. 그녀에게 빨강머리 여자가 있는 곳을 가르쳐주면 행운과 승리를 불러온다는 전승이 있어."

"그렇군요."

왠지 에리스를 힐끔힐끔 본다 했더니 그런 이유인가….

그렇게 되면 빨강머리 여자와 맺어지면 평생 굶주리지 않는다든가, 사후에 발할라에 갈 수 있다든가, 그런 전승도 있겠군.

"그래서 보고 있었는데… 계속 쳐다봐서 미안해."

"아뇨, 아뇨."

남자들은 그렇게 말하고 떠나갔다.

"자, 이번에도 허탕이었지만, 돌아가기 전에 들르고 싶은 곳이 있는데 괜찮을까?"

"상관없어."

"좋아, 그럼 가자."

나는 에리스의 손을 잡고 일어서서 시외로 발을 옮겼다.

그 장소를 찾는 데에는 조금 시간이 걸렸다.

졸다트에게 들었을 뿐이고, 그도 정확한 장소를 파악하는 건 아니었다.

나라의 이름은 변했고, 국경선도 바뀌었다.

며칠 동안 찾아서 못 찾으면 포기할 생각이었다.

찾은 것은 운이 좋았기 때문일까, 아니면 과거에 길레느에게 한 번 그 장소의 풍경에 대해 들었기 때문일까…. 어느 쪽이든 우연에 가깝겠지.

그건 야트막한 언덕 중턱에 있는 나무 아래 있었다.

썩어버린 나무판자를 엮은 것이 지면에 두 개 꽂혀 있었다.

한쪽은 망가져 있었다. 누가 그걸 부숴서 모닥불이라도 피웠는지, 아니면 그냥 서툴게 만들었기 때문에 비바람을 못 견딘 건지는 모르겠지만….

손재주 없는 누군가가 열심히 만들었을 그것은 일반적으로 '무덤'이라고 불린다.

망가진 쪽의 판자에는 'ㄹ다'라고 적혀 있었다. 앞뒤의 글자는 보이지 않았다.

그리고 망가지지 않은 쪽의 판자.

거기에는 이렇게 적혀 있었다.

'필립 보레아스 그레이랫.'

아마도 망가진 쪽에는 '힐다 보레아스 그레이랫'이라고 적혀 있었겠지.

서툰 글씨였다. 획이 흐트러졌다. 더러운 글씨라고도 할 수 있다.

하지만 나는 이걸 쓴 사람이 어떤 사람인지 알고 있다. 그러니까 분명 이 이름을 쓸 때, 이 사람들이 정말로 죽었다고 인정하기 싫었던 거겠지. 괴로웠겠지. 그 깊은 슬픔과 한탄스러운 마음을 지금은 이해할 수 있다.

그리고 그녀의 '글자를 쓸 수 있게 되어서 다행이다'라는 마음도.

"…아버님과 어머님은 여기서 돌아가셨구나."

"응, 그런가 봐."

몇 년 전, 필립과 힐다는 여기에 있던 나라로 전이했다. 분쟁지대에 나타난 아슬라 귀족. 왜 왔는가, 어떻게 왔는가, 전혀 대답하지 못해서 스파이로 의심을 샀다.

필립은 말재간이 있는 남자였다.

속이 시꺼멓고 머리 회전도 빠르고, 정치적인 행동도 결코 서툴지 않았다.

그러니까 분명 어떻게든 하려고 했을 것이다.

하지만 전이한 시점에서 궁지에 몰린 거겠지.

전이한 이유도 모르고, 자기 신분증명도 할 수 없다.

이 나라의 정세도 모른다. 중요인물도 모른다. 뿐만 아니라 나라 이름도.

그런 가운데 남자 혼자서 지켜야 할 아내를 뒤에 두고, 아무런 도움도 없이 대체 뭘 할 수 있었을까….

나와 에리스도 루이젤드의 도움이 없었으면, 그리고 루이젤드를 신용하라고 인신이 말하지 않았으면, 그들과 비슷한 운명을 맞았을지도 모른다.

필립과 비슷한 케이스로, 리랴와 아이샤도 꽤나 위험했다.

그 외에도 죽은 사람은 많다.

전이한 시점에서 어쩔 수 없었던 사람들은 많이 있다.

지금 돌이켜 생각해봐도 그 전이사건은 큰 재해였다. 당시는 이세계니까 이 정도 일은 일어나는 건가 생각했지만, 그 뒤에 두 번 다시 비슷한 규모의 재해가 일어나지 않은 것을 생각하면 정말로 미증유의 대재해였다고 생각한다.

"아버님은 분명 원통하셨을 거야."

"그래."

"살아계셨으면 지금의 우리를 보고 어떻게 생각하실까?"

에리스는 계속 무덤 쪽을 바라보았다.

나는 그 뒤에 서서 그의 뒷모습을 보면서 대답했다.

"기뻐해주시지 않을까."

필립은 야심가였다.

나와 에리스를 맺어 주어서 보레아스의 정점에 서려고 했다. 혹시 전이사건이 일어나지 않고 그대로 흘러갔으면, 나는 그대로 그 생각에 붙잡혀서 그렇게 되었을지도 모른다.

실피와의 약속이 있습니다. 같이 마법대학에 갈 겁니다. 그렇게 말해도 교묘하게 나를 붙잡았겠지. 실피를 제2부인으로 삼는 방향으로 간다든가. 그 뒤에 실제로 정권을 잡을지는 모르겠지만….

"그래…."

나의 지금 위치는 어떤 의미로 필립이 꿈꾸던 것에 가까우리라.

왕의 은인이고, 발언력도 있고, 아슬라 귀족들에게 인맥이 통하고, 그러면서 책임은 그리 없다.

혹시 지금 필립이 살아 있으면….

이세계에라도 전이했다가 10년의 세월을 보내고 지금 돌아왔다면.

분명 내 입장을 발판 삼아서 아리엘에게 접근하고, 최종적으로는 고문이라든가, 그렇게 필립답게 뒤에서 암약하는 위치를 차지하겠지.

"어머님도 분명 기뻐해주시겠지?"

"물론."

힐다는 자기 아들을 보레아스 본가에 빼앗긴 것을 마음에 두고 있었다. 무관계한 나한테 악의를 퍼부을 정도로.

최종적으로 내게 마음을 열어준 모양이지만, 그 뒤로 별로 이야기할 틈도 없이 전이사건이 일어났고 두 번 다시 만날 수 없어졌다.

그런 내가 에리스와 결혼하고 자식을 낳았다. 아르스. 아들이다. 힐다에게는 손자다.

힐다는 분명 아르스를 엄청나게 예뻐했겠지.

자기 손으로 키우고 싶었던 아들처럼, 여러모로 돌봐주었겠지.

힐다는 귀족다운 면도 있었으니까 실피나 록시의 아이를 차별할 것도 같고, 여러 문제가 있을 것도 같지만…. 아니, 오히려 그녀도 아슬라 왕국의 귀족이니 중혼 쪽으로 이해심이 있을지도 모른다. 에리스에게 '지금 너는 제3부인이지만, 위의 둘을 독살하면 제1부인이야' 같은 소리를 했을지도 모른다…. 아니, 아무리 그래도 그런 말은 안 할까. 하하, 내 기억 속의 힐다는 무서운 사람이었으니까 조금 상상에 보정이 걸리는군.

어찌 되었든 분명 기뻐했겠지. 틀림없이.

"……."

"……."

한동안 거기서 조용한 시간을 보냈다.

분명 에리스도 피트아령의 로아에 있을 무렵을 떠올리고 있겠지.

생각해 보면 에리스는 지금까지 논스톱으로 달려왔다. 마대륙에서 피트아령으로 돌아오고, 그대로 검의 성지에 가서 수행하고, 그 뒤로 자식을 낳고 키우면서 내 호위 같은 위치에서 여기저기 뛰어다녔다.

피트아령에 있을 적을 생각하며 감상에 젖을 시간이 있었을
까.

"……."

"아니, 뭐 하는 거야?"

갑자기 무덤을 파헤치기 시작한 내게 에리스가 당황한 것처
럼 물었다.

"이장할까 해서. 여기는 아무래도 조금 쓸쓸하니까."

"아…. 그래, 도울게."

흙 마술로 마구 파내도 괜찮겠지만, 나와 에리스는 손으로
단단한 지면을 파서 땅 속에 있던 두 개의 해골을 찾아내고 잘
씻은 뒤에 지참했던 천으로 쌌다.

"그럼 갈까."

"알았어."

에리스는 그렇게 말하고 일어섰다.

무덤은 역시 아슬라 왕국 쪽에 두는 게 좋을까. 샤리아 쪽이
성묘하기 쉽겠지만, 필립이 살던 곳이 좋겠지. 피트아령…은
아직 발전하는 중이라서 과거의 모습이 돌아오지 않았으니까
수도 아르스가 좋을까. 응, 거기의 보레아스 가문과 관련 있는
묘지가 좋겠지.

"루데우스."

"응?"

"여기에 데려와 줘서 고마워."

"응."

에리스의 솔직한 말에 나는 고개를 끄덕였다.

그 뒤에 나와 에리스는 아슬라 왕국에 들러서 필립과 힐다를 매장했다.

루크에게 어디가 좋을지 의논해보았더니, 어떤 장소로 안내해 주었다.

거기는 보레아스와 관련 있는 묘지지만, 연유가 있어서 다른 보레아스와는 격리된 묘지였다.

별로 알려지지 않은 묘지지만, 선대 왕이 10년 정도 전에 비밀리에 만들게 한 곳으로, 루크도 최근에 들어서야 그 묘지의 존재를 알았다는 모양이다.

그 묘지의 묘비에는 이렇게 적혀 있었다.

'용맹한 사자, 여기에 잠들다.'

그게 구체적으로 누구인지는 아무도 언급하지 않았다.

묘지기는 입막음이라도 있었는지, 누구의 무덤이냐고 물어도 절대 대답해 주지 않았다.

다만 왠지 모르게 상상이 갔다. 왜 루크가 여기로 데려와 주었는지도 포함해서.

그러니까 나는 그 묘지에 필립과 힐다를 묻었다.

그리고 에리스와 함께 또 오겠다고 말하며 인사하고 그 자리를 떠났다.

★　★　★

검의 성지를 방문한 것도, 분쟁지대에서 북신 칼맨 3세를 찾는 것도, 양쪽 다 실패로 끝났다.

2연속으로 임무에 실패하고서 마지막으로는 성대하게 딴 곳에 들렀다 왔다.

이것은 비난을 살지도 모른다.

올스테드가 끈을 당기면, 내 발밑의 바닥이 사라지고, 휘잉, 첨벙이다.

…뭐, 이번만큼은 어쩔 수 없겠지.

검신이 없는 것은 예상 밖이었지만, 북신과 만날 수 없는 것은 예상해두었다.

전력으로서 대단한 두 사람과 만날 수도 없는 것에는 무력감이 들지만, 올스테드가 아는 루프에서 벗어나면 벗어날수록 이런 일도 많아진다.

그 뒤에 필립과 힐다의 무덤까지 간 것은… 솔직하게 질타를 듣자.

북신 칼맨을 찾으러 갔는데, 그를 찾는 기간보다 더 긴 시간을 써 버렸다.

"지금 돌아왔습니다. 올스테드 님, 아쉽게도 검신과 북신은…."

"음."

내가 방에 들어가자, 올스테드가 무서운 얼굴을 들었다.

격노한 표정이다. 역시나 시간을 낭비해서… 아니, 딱히 화난 게 아니다. 그냥 무서울 뿐이다.

다만 올스테드가 보고 있던 게 마음에 걸렸다.

거기에는 규칙적으로 돌이 놓여 있었다. 묘비처럼도 보이는 그것은 내가 각지에 설치한 통신석판이다. 석판 밑에는 각각이 설치된 장소의 이름이 적혀 있다.

하지만 아슬라 왕국, 미리스, 왕룡 왕국 정도일 무렵에는 별 문제 없었지만, 마대륙을 전전한 탓인지 꽤나 늘었다.

이래서는 사장실이 아니라 서버룸이다.

"봐라."

짧은 말과 동시에 이동한 올스테드의 시선은 어느 한 곳을 향하였다.

석판 하나가 희미한 빛을 내고 있었다.

대응하는 석판은 아토페의 요새.

거기 적힌 글자는 간결했다.

'키시리카 키시리스를 포획했다.'

제10화 두 개째

마대륙 가슬로 지방, 네크로스 요새.

마대륙에서 가장 난공불락인 그 요새 안쪽. 웬만해서는 사용되지 않는 감옥 안에 죄인이 있었다.

"…그르르르르."

그 죄인은 손에 차꼬를 차고 있었다. 다리에는 철구가 묶여 있고, 청색과 백색의 줄무늬가 들어간 파자마를 입고 있었다.

무참한 모습이다.

"그르르르르르."

감옥에 울리는 울음소리는 죄인의 배 속에서 울리고 있었다.

기분 나쁜 그 소리는 죄인이 지금 상태를 좋게 여기지 않는다는 증거라고도 할 수 있겠지.

어쩌면 그냥 배가 고픈 탓일지도 모르지만.

"나와라!"

갑자기 감옥 문이 열렸다.

나타난 것은 시커먼 갑옷으로 온몸을 감싼, 건장한 두 남자. 그들은 죄인을 일으켜 세우더니 감옥 밖으로 데려갔다.

철구가 크룽크룽 하는 무거운 소리를 울리면서 끌려갔다.

하지만 죄인은 철구 따윈 아랑곳하지 않았다. 의외로 힘이 센 모양이다.

죄인은 흑기사들에게 이끌려서 감옥을 나갔다.

긴 복도와 계단을 올라가서 죄인이 연행된 곳은 알현실이었다.

"얼른 걸어!"

죄인은 벌을 받듯이 등을 떠밀려서, 비틀거리며 보라색 촛대로 둘러싸인 원형 광장으로 끌려 나갔다.

고개를 든 곳에는 옥좌가 있었다.

과거에 그 죄인도 앉은 적 있는 옥좌에는 마왕이 앉아 있었다.

"아토페…."

시커먼 갑옷을 입은 여자 마왕이. 그녀를 본 순간 죄인의 얼굴에 분노의 빛이 떠올랐다.

"…이게 무슨 짓이냐!"

죄인은 외쳤다. 배 속에서 나오는 소리로 외쳤다. 배 속에 아무것도 넣지 않은 탓인지, 목소리는 잘 울렸다.

"흥, 나는 나보다 강한 자에게 붙는다! 라플라스 때도, 그 뒤에도 그랬다!"

상대하는 것은 마왕.

마대륙에서 가장 두려움을 사는 마왕은 오히려 고개를 빳빳하게 들고 죄인을 노려보았다.

"한탄스럽구나, 죽은 네크로스가 한탄한다!"

"아버지는 말했다, 나는 나 좋을 대로 살라고!"

"그건 그대가 사람의 말을 듣지 않는 바보니까 그렇겠지! 어차피 좋을 대로밖에 살 수 없다고 포기한 것이니라!"

"나는 바보가 아냐!"

소리치는 마왕. 하지만 죄인은 분노 따윈 아랑곳하지 않았다. 표표한 얼굴로 코웃음을 쳤다.

"바보지. 그대는 옛날부터 바보였다. 스스로도 알고 있겠지. 눈앞에 먹이가 나타나면 아무 생각도 못 하게 되는 머리라는 걸."

"아냐! 칼은 내가 현명하다고 했다! 기억력도 좋다고 했어!"

"그건 말이지, 아토페⋯."

죄인은 말했다.

마왕에게 말했다.

말해선 안 되는 말을.

"그냥 빈말이니라."

"으아아아아아아아아아아!"

마왕이 열 받았다. 분노로 머리가 곤두서는 기세로 열 받았다.

주위의 검은 갑옷들이 붙잡았지만, 곧바로 나가떨어졌다. 하지만 검은 갑옷들도 지지 않았다. 스크럼을 짜고 마왕을 열심히 막았다.

마왕은 손을 붕붕 휘두르면서 죄인에게 사형을 선고했다.

"너 이놈! 죽었어! 죽여버린다! 한 번 더 죽어!"

"그래, 그래! 분하면 산수라도 배워 봐라."

"으아아아아아아!"

죄인의 계속되는 도발에 마왕은 혼신의 힘으로 검은 갑옷들을 밀어냈다.

"키시리카 님, 진정하십시오! 이 이상 아토페 님을 도발하시는 건!"

"시끄럽다! 맛있는 걸 먹여준다기에 따라왔더니, 이런 대접 아니더냐! 이런 말이라도 하지 않으면 성이 안 풀린다!"

그래, 죄인은 덫에 걸린 것이다. 계략에 빠졌다.

트레이드마크인 검은 갑옷을 벗어던진 남자들이 던진 '아가씨, 맛있는 거 줄게, 따라올래?'라는 말에 속아서 함정에 빠졌다.

그래, 눈앞에 먹이를 내밀었더니, 아무런 생각도 없이 따라갔다가 함정에 빠졌다!

그렇게 약속은 깨졌다. 죄인에게 맛있는 것 따윈 없었다.

"애초에 왜 잡아온 건지 아직 이유도 못 들었다! 짐이 뭘 했단 말이냐! 나는 아무것도… 아무것도… 못된 짓 안 했지?"

그때 죄인은 움찔거리면서 손을 모은 채로 꼼지락거렸다.

짚이는 게 너무 많은 것이다. 돌이켜보면 죄인은 못된 짓밖에 하지 않았다고 착각할 만큼, 못된 짓을 많이 해왔다.

누가 화를 내더라도 무리가 아니다.

"흥! 네놈은 못된 짓 따윈 하지 않았다!"

하지만 마왕은 그렇게 말했다.

고작 몇 초 만에 분노는 가라앉았다. 다른 사람이라면 몰라도 이 죄인을 상대로 화내도 의미가 없다. 마왕도 그걸 아는 것이다.

"그럼 무엇이냐! 아무리 그대라고 해도 아무것도 안 한 짐에게 이런 짓을 할 만큼 싫어하는 건 아니겠지! 그대가 이런 짓을 할 때는 착각했든가 누군가에게 속았을 때고…."

그때 죄인은 깨달았다.

"그래, 그대 또 누구에게 속았군!"

"아니! 나는 속은 게 아냐!"

"속는 녀석은 다들 그렇게 말하지! 좋아! 그렇다면 짐에게 다 말해 봐라. 지금이라면 아직 안 늦었다. 돌이킬 수 없어지기 전에 짐이 도와주마. 그러니까 얼른 이 차꼬를 풀어라…!"

손을 앞으로 대미는 죄인.

반대로 마왕은 저 멀리, 다른 곳으로 시선을 보냈다.

"속이는 건 대화로 하는 거다. 하지만 우리는 다르다. 우리는 싸웠다. 서로 싸웠다. 그 싸움 끝에 패배를 인정한 거다."

"거짓말! 지기를 싫어하는 그대가 얌전히 패배를 인정할 리가!"

"내게 패배를 받아들이게 한 남자…. 그건 이 녀석이다!"

마왕이 가리킨 곳.

그것은… 회색 로브를 입은 한 마술사였다.

마술사는 못된 얼굴을 하고 있었다. 여자 셋 정도는 데리고 있을 듯한 못된 얼굴이었다.

혹은 그게 그 남자의 혼신의 웃음일 가능성도 있었지만.

"그, 그대는… 루벤스!"

"꽤 비슷했는데 아쉽네요."

"부, 분명히 너라면, 그 마력총량이라면 아토페도…."

전율하는 죄인.

과거에 딱 두 번 만났던 인간 마술사. 처음에 만났을 때는 그 기분 나쁠 정도의 마력총량에 웃었고, 두 번째 만났을 때는 마왕을 앞설 정도의 마력에 웃었다.

세 번째는 웃을 수 없었다.

아토페를 무릎 꿇리고 자신을 생포하게 한 남자… 웃을 수 없었다.

"후후…."

마술사는 조용히 내려다보면서 입가를 일그러뜨리며 웃었다.

"실은 키시리카 님께 드리고 싶은 게 있어서 말이죠…."

"뭐뭐뭐, 뭐냐, 내 목에 칼을 꽂겠다는 거냐?"

"후후후, 더 좋은 것이지요."

마술사는 유열이 넘쳐흐르는, 히죽대는 웃음을 지었다.

"아, 아, 안 속는다! 인간은 항상 그렇지! 감언으로 짐을 속이려고 든다!"

죄인은 저항했지만, 이미 퇴로는 없었다.

바들바들 떨면서, 실금 직전인 몸에 힘을 주면서, 도망칠 곳을 찾으려고 했다.

"이것을 봐도 그런 말씀을 하실 수 있을까요?"

마술사는 자기가 지고 있던 꾸러미를 내리고 안에 손을 넣었다.

거기서 나온 것은 시커먼 상자.

"히익…!"

죄인의 목에서 작은 비명이 새어나왔다.

시커먼 상자!

이렇게 시커먼 상자에 뭐가 들어 있을지 상상만 해도, 죄인의 공포심은 더없이 커졌다.

대체 뭐가 들어 있을까.

정말로 시커먼 상자였다. 검은 상자가 아니라 시커맸다. 더없이 무시무시한 것이 들어 있을 게 틀림없다! 시커먼 색이니까!

"이걸 받으면 내 말을 뭐든지 듣고 싶어질 겁니다."

"뭐, 뭐라고…?!"

상자가 열렸다.

거기에는 주먹 정도 크기의 동그란 것이 가득 들어 있었다.

노란색이었지만, 곰팡이 같이 하얀 것이 잔뜩 달라붙어 있었다. 그 기분 나쁜 형태와 위험한 색깔, 그리고 떠도는 달콤한 향기에 죄인은 소름이 돋았다.

"뭐, 뭐냐, 그건…. 그걸로 뭘 어쩌려는 게냐…!"

"후후, 이건 말이죠, 이렇게 하는 겁니다."

마술사는 그걸 하나 손에 들더니 키시리카의 입가로 가져왔다.

동시에 흑기사 두 사람이 죄인의 어깨를 붙잡아 움직이지 못하게 하였다.

"자, 아~앙."

"그, 그만… 그만… 그만둬어어어어어어!!!!"

★ 루데우스 시점 ★

마계대제 키시리카 키시리스는 내가 가져온 도넛을 울면서 먹고 있다.

"이렇게 맛있는 게 세상에 있었나, 이런 것이…!"

미리스 신성국에서 들여온 신선한 달걀과 설탕을 사용한 도넛이다.

제작자는 아이샤 그레이랫. 예전에 나나호시에게 그런 음식이 있다는 이야기를 듣고 독학으로 만들었다나 보다. 우리 집에서는 기름을 사용한 요리가 제법 있으니까, 재료를 모으는 건 쉬웠다는 모양이다.

"이럴 수가…! 나는 이 맛을 만나기 위해 살아 있었던 걸지도 모르겠군…!"

오랜만에 만난 키시리카는 꽤나 심기가 안 좋아 보였지만,

지금은 괜찮은 눈치였다.

도넛의 마력이군.

이 도넛, 시식 때 록시에게도 먹였는데 효과는 확실했다.

그렇게 행복해 보이는 록시는 지금까지 본 적이 없었는지 모른다.

나로서는 그렇게 행복한 얼굴을 해줄 수 없다. 아니, 미리스에서 수입 루트를 만든 건 나다. 그러니까 내가 그 행복한 얼굴을 만들었다고 할 수 있다.

장인어른, 장모님, 저는 록시를 행복하게 하고 있습니다. 아이샤가 만든 도넛으로.

아무튼 도넛에는 마족을 굴복시키는 마력이 있다.

"아⋯."

하지만 마력은 유한, 마법은 횟수 제한이 있다.

키시리카는 12개의 도넛을 다 먹고 슬픈 표정을 하였다.

"이것밖에 없나⋯?"

"예."

"⋯⋯혹시 더 가져와 준다면 뭐든지 소원을 들어주겠는데?"

"그 말을 듣고 싶었습니다."

그렇게 말하며 웃자, 키시리카는 퍼뜩 놀란 표정을 하더니 자기 몸을 껴안았다.

"큭⋯. 역시 몸인가⋯. 아무리 맛있는 것을 주었다고 해도 내 몸은 바디의⋯ 하지만 그렇게 맛있는 것을 주었으니⋯ 큭!"

"지금 금욕 중이니까 그런 건 됐습니다."

"그런가…. 인내는 몸에 좋지 않은데?"

"딱히 인내할 수 없게 되면 아내에게 부탁하겠습니다."

"아내? 오오, 그런가. 이미 결혼했나. 으음, 인간의 성장은 빠르구나…."

자, 슬슬 본론이다.

오늘은 이걸 듣기 위해 왔다.

키시리카는 밥을 먹여 주는 상대에게 포상을 내린다고 하니까, 일부러 도넛까지 만들어 왔다.

"일단 먼저, 키시리카 님의 힘으로 기스라는 남자를 찾아 주셨으면 합니다."

"호오, 기스…."

"예, 특징은…."

나는 기스의 자세한 특징과, 편지에 적혀 있던 본명인 듯한 것을 키시리카에게 말했다.

"흠흠, 어디서 들은 적 있는 듯한 녀석이구나…. 잠깐만 있어 봐라."

키시리카는 입가에 도넛 가루를 묻힌 채로 눈을 이리저리 굴렸다.

파칭코처럼 휙휙 변하는 눈이 어느 순간 딱 하고 멎었다.

키시리카의 마안 중 하나, '만리안'이다.

그녀는 그것으로 하늘을 노려보았다. 얼굴을 잔뜩 찌푸리면

서 어딘가를 보기 시작했다.

"호오…. 음…. 이건… 아, 맛있겠다….”

뭐라고 중얼거리던 키시리카가 이리저리 시선을 돌렸다.

그리고 어느 타이밍에 키시리카의 눈이 딱 하고 멎었다.

"찾았다.”

순식간이었다.

"북방대지의 동쪽 끝, 비헤이릴 왕국. 그곳에 있는 숲에서 누군가와 말하고 있구나…. 으음, 참 못된 얼굴이로군….”

키시리카는 이히힛 웃으면서 쭈욱 몸을 내밀었다.

"어디 보자, 같이 이야기하는 건… 음?”

갑자기 키시리카의 표정이 어두워졌다.

"안 보이게 되었다.”

키시리카는 방금 전과 달리 진지한 표정으로 눈을 감았다.

그녀는 눈을 쉬게 하듯이, 감은 채로 고개를 하늘로 향했다.

하지만 잠시 뒤에 천천히 눈을 떴다.

"이 감각은…… 그래. 그대가 지금 싸우는 건 인신… 아닌가?”

평소와 전혀 다른, 다른 사람처럼 조용한 분위기를 띠고 있었다.

"예, 그렇습니다.”

"인신과 싸운다는 소리는, 즉 그대는 용신에게 붙었군?"

"…예."

"흐음…."

키시리카는 팔짱을 끼고 입을 다물었다. 더없을 정도로 생각하는 포즈.

몇 초 뒤, 그녀는 하늘을 올려다보았다. 달을 보듯이, 물론지금은 대낮이고 하늘은 맑았다. 구름밖에 없었다.

"그리고 아토페. 그대는 이 남자에게 붙었군?"

"예."

"그래…. 이것도 천명이려나."

평소의 장난스러운 분위기가 느껴지지 않았다. 마치 현자와같았다.

어떻게 된 거지? 도넛을 잘못 먹고 어떻게 되었나…?

"키시리카 님은 인신을 아십니까?"

"음. 녀석과는 좀 얽힌 바가 있어서…. 솔직히 더는 엮이고 싶지 않다."

"얽힌 바라고요?"

"별것 아니다. 고작 4200년 정도 전에 이용당해서 말이지. 라플라스를 죽이고 싶은 인신에게, 짐과 바디가 말이다."

4200년 전…?

아, 제2차 인마대전 때인가.

"분명히 투신과 용신이 싸웠다고 했지요."

"그래. 짐을 지키기 위해 투신갑옷을 입은 바디와 마룡왕 라플라스가."

"어어…. 바디가디 폐하가?"

지금 밝혀진 충격적인 진실이라고 해야 할까.

투신의 정체는 바디가디…인가?

올스테드는 그런 걸 안 가르쳐 줬는데.

하지만 어디서 들은 듯도… 아, 란돌프인가.

그게 사실이었나…. 거짓인지 진짜인지 판별하기 어렵다니까, 그 아저씨 이야기.

"투신갑옷은 잃어버린 지 오래…. 하지만 바디가 나타나면 주의하도록 해라. 녀석은 아직 인신에게 인의를 느끼는 바가 있으니까. 적이 될지도 모른다."

"……예."

그 마음 훈훈한 마왕과 싸우고 싶지 않다.

하지만 적이 되는 것도 염두에 두어야만 하나….

가능하면 그 인의 따윈 얼른 잊어버리고 내 편이 되었으면 하는데.

"뭐, 아토페를 아군으로 들인 그대라면 지금의 바디 정도는 어떻게 되겠지만, 가능하면 죽이지 말아다오."

바디가디는 아토페의 동생으로, 키시리카와 약혼했다.

가족이다. 마족은 너글너글한 편이지만, 아무리 그래도 가족이 살해되었는데 가만히 있을 정도는 아니겠지.

"알겠습니다. 애초에 그 사람을 그리 쉽게 죽일 수 있다는 생각도 안 합니다만."

"음. 불사마족은 끈질긴 게 장점이니까."

키시리카는 그렇게 말하면서 아토페를 힐끗 보았다.

아토페는 의기양양한 얼굴이었다.

하지만 지금 그 말은 아마도 칭찬이 아닐 거야.

"그리고… 이리 좀 와 보거라."

키시리카가 손짓하였다.

나는 거기에 따라서 그녀에게 다가갔다. 그녀가 손을 입가에 대었다.

비밀이야기일까.

"조금 더 얼굴을 가까이 가져와 보아라."

"뭡니…."

"자, 푸욱."

키시리카가 느닷없이 내 왼쪽 눈에 손가락을 꽂았다.

격통이 일었다.

"끄아아아아아아아아!!!!"

무심코 뒤로 도망치려고 했지만, 키시리카에게 머리를 붙잡혀서 도망칠 수 없었다.

마도갑옷 '2식 개량형'도 입었는데, 왜 도망칠 수 없지?!

아파, 아파!

아, 아니, 하지만 이건… 도망치지 않아도 될까.

"호오, 얌전해졌구나."

나는 키시리카의 행위를 받아들였다.

아프긴 하다. 아파서 두개골이 깡깡 울렸다.

갑자기 눈에 손가락을 꽂고 마구 후벼대고 있지만, 이게 뭘 하는 건지는 알고 있었다.

두 번째니까.

"끝났구나."

이윽고 키시리카의 손가락이 쑤욱 빠져나갔다.

격통이 남은 눈, 실명의 감각.

하지만 시력이 사라지지 않은 것을 나도 잘 알고 있었다.

"맛있는 음식에는 사례를 하나 하는 게 짐의 룰이니라."

"……."

"이걸로 두 개째다."

나는 아픔이 가시는 눈을 누르면서 키시리카 앞에 한쪽 무릎을 꿇었다.

"짐은 이 싸움에 관여하지 않겠지만, 인신에게는 묵은 빚도 있지. 그러니까 그건 서비스다."

손을 뗐다.

시야는 이중이었다. 마치 한쪽 눈 앞에 손바닥을 놓은 것처럼, 뭔가 다른 풍경이 비쳤다.

머리가 아파올 것 같다.

"천리안. 먼 곳을 볼 뿐인 눈이지만, 뭔가에 도움이 되겠지."

천리안인가.

얼른 오른눈을 감고 왼눈에 마력을 넣었다. 예견안을 사용하는 것과 마찬가지로 마력을 조절하여 먼 곳을 보았다.

알현실에서 보이는 네크로스 요새의 입구. 거기에서는 한 검은 갑옷이 투구를 벗고 머리통을 벅벅 긁고 있었다.

시선을 움직여서 마력을 더 넣었다.

시야가 하늘을 날았다. 한없이 확대되는 카메라처럼 점점 날아갔다.

크레이터가 보였다. 크레이터 안에는 도시가 있었다.

하지만 도시 전체는 보이지 않았다.

더 멀리 보려고 마력을 넣었다.

하지만 산에서 멈추었다.

산에 있는 돌의 세세한 모양이나 하품을 하는 그레이트 토터스의 모습은 보이지만, 거기까지였다.

직선상에 장해물이 있는 것처럼 거기서 시선이 막혔다.

마력을 넣는 걸 멈추자, 바로 시야가 원래 장소로 돌아왔다.

단순히 먼 곳이 보일 뿐.

엄청 강력하다고는 할 수 없고 쓰기에도 불편한 느낌이지만, 쓸모는 많을 것 같다.

"지금의 그대라면 두 개의 마안을 동시에 쓸 수도 있겠지."

"감사합니다."

나는 솔직하게 감사의 말을 전했다.

"음, 그럼 루데우스! 또 문제가 생기면 짐을 찾아오거라! 인신과 관련된 일이 아니라면 도와주마!"

키시리카는 차꼬를 철컥 하고 벗더니, 다리에 달려 있던 쇠사슬을 손으로 끊어 버렸다.

그리고 푸른 줄무늬 파자마를 휙 벗어던지고 평소의 본디지 차림으로.

그리고 크게 도약했다.

"이별이다! 토오…푸웁?!"

키시리카는 얼굴부터 떨어졌다.

아토페가 그 다리를 덥썩 붙잡았기 때문이다.

"기다려."

"뭐냐! 짐의 무진장 멋진 퇴장 신을 방해하다니."

키시리카는 코에서 줄줄 피를 흘리면서 아토페를 노려보았다.

아토페는 미안한 기색도 없이 키시리카를 내려다보았다.

"내 부탁도 들어."

"뭐라고. 느닷없이 짐을 잡아다가 갑옷에 처넣은 놈의 부탁 같은 건 안 들어준다. 이거 놔라, 쉿, 쉿."

키시리카는 코피를 닦으면서 아토페의 팔을 두들겼다.

하지만 아토페는 그걸 아랑곳하지 않고 키시리카의 멱살을 잡았다.

본디지가 주욱 늘어나서 키시리카의 궁상맞은 가슴이 드러났다.

오옷!

아니, 금욕의 루데우스는 이런 유혹에는… 큭!

"알과 알렉이 어디 있는지 가르쳐 줘. 루데우스에게는 강한 녀석이 필요하잖아? 녀석들이라면 적임일 거야."

"아니, 루데우스한테는 아까 가르쳐줬으니까…. 특별 서비스로 마안도 줬고… 이 이상은 안 된다."

알과 알렉.

이건 분명히 북신 2세와 3세의 애칭이었던가. 친한 이들은 그들을 그렇게 부른다.

아토페에게는 그들을 찾다가 못 찾았다고 말했는데, 잘 생각해 보니 아토페는 두 사람의 가족이니까 직접 나선 것뿐일까.

"가르쳐줘."

"싫, 다, 아~"

하지만 키시리카는 가르쳐줄 마음이 없어보였다.

기스의 위치는 알았다고 해도 녀석이 뭘 꾸미는지는 모르고, 여기서는 좀 억지를 부려서라도 아군을 늘리고 싶은 마음이기도 하다. 아군은 많으면 많을수록 좋으니까.

'음, 억지를 부려서라도…?'

그래. 이게 있었지.

나는 내 손가락에 끼고 있던 흉흉한 해골 반지의 존재를 떠올렸다.

란돌프의 반지다.

"키시리카 님, 키시리카 님. 이걸 봐 주십시오."

"음? 뭐냐, 그건. 어디서 본 듯한데, 어디였더라…. 왠지 안 좋은 예감이 드는데."

"'란돌프의 부탁'입니다."

"음… 란돌프인가! 기억났다! 그건 녀석의 반지로구나!"

키시리카의 반응은 극적이었다.

구체적으로 말해서 안색이 새파래졌다.

"그래, 그래, 녀석의 부탁인가…. 녀석에게는 신세를 졌으니까, 엄청 신세를 졌으니까…. 녀석은 짐을 도울 때마다 '사례는 나중에 받아도 됩니다, 나중에, 쿠후후후후'라며 웃었지…. 그 미소를 볼 때는 뭘 요구하려는 건지 공포에 떨고…."

"이걸로 빚은 없어지는 겁니다."

"그런가! 그렇군! 그럼 잠깐만 기다려 봐라!"

키시리카는 다시 한번 눈을 주욱 허공으로 돌렸다.

찾는 시간은 고작 몇 초.

편리한 검색 엔진이다.

"알은 모르겠군. 아슬라 쪽인가 싶은데, 마력이 좀 짙은 곳에 있는 건지, 아니면 마안을 피하는 수라도 쓴 건지, 흐릿하다. 알렉은 가도를 걷고 있군…. 이 방향은 비헤이릴 왕국 쪽이구나."

"그래. 그럼 잘됐네. 루데우스, 비헤이릴 왕국에 가거든 알렉산더라는 남자를 찾아. 네 힘이 될 거다."

"알겠습니다."

북신 칼맨 3세가 비헤이릴 왕국에?

기스가 있는 곳에?

우연…일까?

아니, 인신이 하는 짓이니까 키시리카가 기스를 발견하는 것
은 알까.

그럼 덫이군. 그래, 덫이다.

"좋아, 끝인가? 짐은 이만 간다? 다리도 괜찮고, 허리도 괜
찮고, 어깨도 괜찮고, 아무도 붙잡지 않지? 그럼 이별이다! 와
하하하하하! 와하하하하하! 와하와하와하하하하하!"

내가 고민하고, 아토페가 팔짱을 끼고 선 뒤에서, 도플러 효
과를 남기며 웃음소리가 멀어졌다.

일부러 잡혀 있었던 걸까.

여전히 폭풍 같은 인물이다.

어찌 되었든.

나는 기스의 위치와 '천리안'을 손에 넣었다.

나는 아토페와 헤어져서 샤리아로 돌아왔다.

기스의 위치가 드러났다.

다만 동시에 그 장소로 '칠대열강' 중 하나인 '북신 칼맨 3세'가 향하고 있다는 정보도 얻었다.

검신도, 북신 칼맨 2세도 찾지 못했다.

이렇게 되면 불길한 예감밖에 들지 않았다.

자, 어떻게 할까.

가능하면 적을 줄이면서 아군을 늘리고 싶은데, 혹시 기스가 내 기척을 알아차리면 당장이라도 도망가겠지.

도망치지 않는 경우는 이미 전력을 모았다는 소리니까, 오히려 이쪽이 도망치는 편이 좋다.

으음….

역시 미리 정찰을 해야 할까.

그리고 퇴로를 막고, 전력을 배치하고, 확실히 몰아붙인다.

키시리카가 떠나간 것이 아쉽다.

그녀가 있으면 더 자세한 상황을 알 수 있는데.

그 편리한 검색 엔진, 어떻게든 곁에 두고 써먹을 수 없을까. 도넛 공장을 만들어서 배출구를 키시리카의 둥지로 삼는다든가.

그렇게 생각하며 자택으로 돌아갔다.

"오, 어서 와라냐."

"딱 돌아왔네."

거기에는 보기 힘든 두 사람이 있었다.

리니아와 프루세나다.

그녀들은 우리 집 거실의 소파에 자기 집인 것처럼 앉아 있었다.

아니, 그것은 정확하지 않다.

자기 집인 양 앉아 있는 것은 에리스다.

리니아와 프루세나는 에리스의 무릎 위에 머리를 올린 모습이고, 에리스는 그 귀 밑둥을 쓰다듬고 있었다.

완전히 복종한 상태다. 하렘이라고 해도 좋다.

"어서 와."

"응."

에리스는 내가 봐도 그 손을 멈추지 않고 계속 움직였다.

"보스, 보고가 있다냐."

"그것도 낭보야."

두 사람은 그렇게 말하면서도 일어나지 않았다.

아주 기분 좋은 듯이 골골대는 모습이다. 완전히 다리가 풀렸군.

"자."

프루세나가 드러누운 채로 나에게 편지 한 통을 내밀었다.

버릇없네… 뭐, 상관없지만.

"동쪽에서 보고가 왔다냐. '문제의 인형과 똑같은 녹색 머리에, 이마에 보석을 가진 마족—스펠드 족을 발견했다'… 그건 그 보고서다냐."

"오오! 드디어!"

나는 편지를 받아서 읽었다.

거기에는 간결한 발견 보고와 자세한 내용이 적혀 있었다.

어느 나라의 상인이 한 남자와 거래를 한 모양이다.

끄트머리를 천으로 싼 하얀 막대기를 들었고, 머리보호대를 장착.

두꺼운 로브를 입고 후드를 깊게 눌러썼지만, 강풍에 후드가 휘날릴 때 살짝 보인 머리칼은 녹색이고, 로브 밑에는 인형과 같은 민족의상 같은 것을 입고 있었다고 한다.

그는 사람들의 눈을 피하듯이 행동하면서 약을 구입했다는 모양이다.

구입한 약의 내용까지는 모르지만, 묘사하는 겉모습은 루이젤드와 흡사하다.

"…어?

거기까지 읽던 나는 마지막 한 페이지에서 시선이 멈추었다.

'발견 장소 : 비헤이릴 왕국 제2도시 이렐에서 서쪽으로 한나절. 지룡의 계곡 근처의 마을.'

비헤이릴 왕국.

하루에 세 번이나 그 단어를 들으면 아무리 둔한 나도 안다.

"그런가…."

기스에 북신 칼맨 3세에 루이젤드.

이 정도가 되면 우연일 리가 없다.

확실히 비헤이릴 왕국에서 뭔가가 일어나려고 한다. 아니,

기스가 뭔가를 일으키려고 하는 것이다.

이 편지도 어쩌면 기스의 덫일지도 모른다.

루이젤드를 방패로 쓸 건지, 아니면 설마 루이젤드가 적이
된 걸까.

그건 모른다… 하지만 확실한 것이 있다.

루이젤드가 위험에 처할 가능성이 있다면 나는 간다. 안 갈
수가 없다.

준비 기간은 끝.

결전의 때가 온 것이다.

막간

기스와
마지막 동료

마대륙의 어느 곳. 나는 비에고야 지방의 어느 소도시 시장의 저택. 그 정원에 있었다.

주위에 충분한 것은 농후한 술 냄새, 그리고 술에 취해 웃통을 벗은 남자들.

그 남자들의 두목인 듯한 녀석이 내 눈앞에 있었다.

나에게 그 인물은 가깝지만 구름 위의 존재였다.

이름은 알고 있고, 멀리서 본 적도 있다. 하지만 한 번도 엮인 적이 없고, 대화한 적도 없다.

하지만 분명히 세계 어딘가에 있으며 뭔가 하고 있다.

그런 존재다.

최근에는 그런 녀석들만 만났지만, 역시 이번에도 다리가 떨렸다.

"푸하하하하! 푸하하하! 푸하! 푸하! 푸하하하하하하하!"

그 녀석은 기분 좋게 술을 마시고 있었다.

여섯 개의 팔로 커다란 술통을 들고, 그대로 단숨에 들이마셨다.

이미 맛 따윈 아무래도 좋다는 듯한 그 모습은 술이 아깝다고도 할 수 있다.

"기분 좋은 모양이군."

앞으로 나서서 그렇게 말하자, 녀석은 다 비운 술통을 뒤로 휙 던지며 나를 보았다.

"후하하하하, 기분 좋지!"

녀석은 그렇게 한마디만 하고 내게서 시선을 떼었다.

"자, 다음 술을 가져와라! 네놈들이 빚는 술, 맛은 그럭저럭이지만 질리지 않는군! 아주 잘 빚었다! 후하하하하하하!"

나에게는 요만치도 흥미가 없는 거겠지.

하지만 나는 이 녀석이 조금이나마 흥미를 가질 단어를 알고 있다. 이 녀석이 들었을 때에 무시할 수 없는 단어다.

"인신에 대해 알고 있나?"

웃음소리가 멎었다.

시선이 내게로 돌아왔다.

"…너, 어디서 그 이름을 들었지?"

"너랑 같아. 꿈속."

"그렇군! 그럼 라노아 왕국의 마법대학에 가 봐라! 인신과 관계 깊은 자가 거기에 있을 테니까! 푸하하하!"

선배 말인가.

뭐, 혹시 내가 인신과 관련 있어서 곤경에 처했다면 선배에게 가는 게 정답이겠지. 나도 그렇게 권할 거다.

"아니, 너한테 용건이 있어."

"뭐?"

"나는 인신에게 붙어서 용신과 싸우고 있어. 힘을 빌려줘."

"호오…."

분위기가 변하는 게 느껴졌다.

웃는 얼굴에서 진지한 얼굴로. 어떤 때라도 웃고 있는 남자의 유쾌한 분위기가 변하였다.

"그럼 하나 가르쳐주마. 내가 해주는 조언이라고 생각해라."

"들어볼까."

"인신에게 붙으면 언젠가 네 소중한 것을 네 손으로 없애게 된다. 일찌감치 발을 빼는 게 현명해."

"그래, 인신의 조언에 따른 탓에 나는 고향을 없애게 되었지."

"…고향을? 응? 그런데도 아직 인신을 따르는 건가?"

"뭐, 그래."

눈빛이 변한다는 게 이런 걸 말하겠지.

기묘한 것을 보는 눈으로 나를 보고 있다. 기분 좋군.

"그럼 너는 자기 손으로 고향을 없애놓고서 아무것도 느끼지 않는다고?"

"설마, 쇼크였거든? 이미 다 늦어서 어떻게 할 수 없게 되었을 때에, 처음으로 내 고향을 그리 싫어하지 않는다는 걸 알았어. 병신 같다고 생각했던 부모와 형제도 없어지길 바랄 정도는 아니었다고 깨달았어. 그런 짓을 했으니까 후회로 며칠 동안은 일어설 수도 없었어."

떠오르는 것은 인신의 조언에 따라 여행한 뒤로 몇 년 지났을 때의 일이다.

그건, 그래, 파울로나 다른 녀석들과 만나기 전이었나. 나는 모험가였고 돈 문제를 겪고 있었다.

인신의 조언은 한 남자에게 어떤 정보를 넘기라는 것뿐이었다.

평소의 조언과 비교해서 구체적으로, 왠지 부탁 같은 어조라서 조금 의아했던 것을 기억한다.

다만 시키는 대로 했더니 정보를 받은 남자는 나에게 거금을 주었다.

그 거금이라는 것도 당시의 내가 보기에 그랬다는 정도다. 한 달 정도는 일하지 않고 생활할 수 있는 정도의 돈이었나.

나는 만족했다.

그 돈을 갖고 주점으로 직행해서 그 자리에 있는 모두에게 술을 사고, 나 자신도 실컷 마셨다.

하지만 다음 날.

다음 날 내가 넘긴 정보가 어느 마왕의 성미를 건드렸다는 것을 알았다.

온후한 마왕이었지만, 누구에게나 들키기 싫은 비밀은 있다.

내가 넘긴 정보는 바로 그 비밀이었던 모양이다.

그리고 마왕은 정보를 흘린 것이 누카족이라는 정보만큼은 알았던 모양이다.

그래서 누카족의 마을에 가서, 마을에 있는 누카족을 모두 없앴다.

인정사정없었다. 남자고 여자고 노인이고 아이고, 구별없이 몰살이었다.

그리고 마왕도 죽었다.

내가 흘린 정보는 그 마왕을 죽이기 위한 방법의 열쇠였는지, 나한테 정보를 산 남자에게서 또 정보를 산 놈들의 손에 죽었다.

나만이 살아남았다.

쇼크였다. 울고 한탄하고 후회도 했다. 왜 그런 짓을 했을까, 왜 그런 녀석을 믿었던 걸까.

그때 인신이 뭐라고 했던가.

깔깔 웃으며 날 놀린 것은 기억한다.

"너무하지. 일부러 제일 괴로운 일을 겪게 하고서, 또 더 몰아대니까."

"그런데도 인신에게 가담하나…. 푸하하하하! 재미있는 녀석이군!"

"그렇지? 그런 말 자주 들어."

나처럼 불행의 밑바닥까지 떨어졌는데도 인신에게 계속 매달리는 녀석은 없겠지.

루데우스도 그렇고, 이 남자도 그렇다.

"그리고 나는 너도 재미있는 녀석이라고 생각해."

"호오?"

하지만 이야기를 들어보기로는 이 녀석은 조금 다르지 않을까 생각해.

나와 마찬가지가 아닐까 생각해.

"나도 자세히 들은 게 아니지만… 너, 좋아하는 여자가 있지?"

"그래! 지금은 약혼녀다!"

"하지만 그 좋아하는 여자에게 마음을 전하는 건 너 혼자로서는 할 수 없었던 거 아냐?"

"흠."

"그럴 수 있었던 건 인신 덕이지? 거기에 대한 답례는 했어?"

"…흐음. 듣고 보니 분명히… 그러고 보니 하지 않았군!"

"그럼 그때의 답례로 힘을 빌려줘도 좋지 않아? 아냐?"

솔직히 말하자면 나는 이 자리에서 붙잡혀서 사지가 비틀려도 어쩔 수 없다고 생각한다.

이 남자는 어느 쪽이냐면 루데우스 쪽이다.

분명 이 녀석은 알 거다. 인신의 조언에 따라 행동했다가 소중한 것이 짓밟힌 자의 마음을.

하지만 동시에 내 마음도 알지 않을까 싶었다.

소중한 것을 짓밟히고, 하지만 내가 정말로 소중하다고 생각했던 것만큼은 빼앗기지 않은 내 마음을.

이 녀석은 인신에게 속은 녀석 중에서 유일하게 남았으니까.

손에 넣을 수 있었으니까.

가장 소중한 것을.

"분명히 맞는 말이군! 내게는 인신에게 손을 빌려줄 의리가 있어!"

"그렇지?!"

"그러나 거절한다!"

"어째서?!"

"너 말이지!"

무심코 소리쳤을 때 나에게 삿대질을 하였다. 네 개의 손, 네 개의 손가락으로 동시에.

"푸하하하하! 과거를 들추고 그런 말을 쏙살거린다고 동료가 되면 마왕이라고 할 수 있겠나!"

"……."

아, 그런가. 그러고 보면 이런 녀석이었지, 불사마족이란 놈은.

오래 살기에 계약이나 체면, 아무튼 그런 자기식 룰에 집착한다.

"나는 불사신의 마왕 바디가디! 나를 동료로 삼고 싶으면 나를 쓰러뜨려라!"

그래, 이 녀석은 불사신의 마왕 바디가디. 지혜를 주는 마왕.

불사마왕 아토페라토페는 힘을 주는 마왕이기에 그 힘을 보이는 것으로 군문에 들일 수 있다.

반대로 이 녀석은 지혜를 보이지 않으면 군문에 들일 수 없다고 한다.

"좋아, 지혜 싸움이라면 나에게도 승산이 있으니까."

"지혜 싸움? 푸하하하하! 무슨 말도 안 되는 소리! 그런 걸 가려서 뭣에 쓴다고!"

"뭐?"

이러면 안 되는데. 싸움으로는 승산이 없어. 다른 누구를 데려와야 했나…?

"마왕님은 나처럼 약한 녀석을 때려눕힌다고 마왕의 명예가 지켜진다고 생각해?"

"설마! 마왕은 항상 용사가 되려는 이에게 기회를 주는 법이지."

"…그럼 승부의 방법은?"

"이거다."

그렇게 말하며 녀석이 꺼낸 것은 술통이었다.

"보아하니 너도 꽤나 주당인 듯하군!"

"뭐, 술은 좋아하지만."

술 싸움인가….

솔직히 나는 그렇게 술이 센 게 아니다. 탈핸드보다 좋아할지도 모르지만, 강하냐 하면 그런 것도 아니니까.

그렇긴 해도….

쓱 보니까 바디가디의 옆에는 열 개가 넘는 빈 술통이 있었다.

바디가디의 얼굴이 시뻘건 것을 보면, 이미 꽤나 마신 것 같았다.

그걸 생각하면… 아니, 속지 마. 이 녀석은 불사마족. 아무리 취한 것처럼 보여도 그 용량은 무진장. 끝이 없다. 술 싸움에서 이길 턱이 없어.

"왜 그러지? 겁먹었나? 아니면 이길 수 있는 싸움밖에 안 한다는 건가?"

"아니, 못 이길 싸움은 하지 않는 거야."

"루데우스 그레이랫은 달랐다. 나를 앞에 두고 한 발짝도 물러나지 않았다. 큰 소리로 웃으며 느닷없이 제급 마술을 날렸지. 물론 내가 이겼지만! 푸하하하하!"

"선배와 똑같이 보면 안 되지. 이쪽은 선배와 달리 재능이란 게 결여되어 있으니까."

"흥. 뭐가 못 이길 싸움은 하지 않는다는 거냐. 뭐가 재능이냐. 당시의 루데우스 그레이랫은 그만한 자신이 있었다고 생각하나? 녀석이 자신의 재능을 진심으로 믿으며 모든 싸움에 몸을 던졌다고 생각하나?"

그 말에 떠오르는 것은 전이미궁.

선배는 나보다도 자신이 있었겠지만, 그래도 불안한 얼굴을 숨기지 않는 상황도 여럿 있었다.

그리고 마지막에 실패하여 망가질 뻔했다.

최종적으로는 록시가 억지로 회복시켰고, 그 뒤로 어떻게 다시 일어난 모양이지만… 파울로의 죽음에 오래 괴로워하지 않은 건 아냐.

올스테드와 싸웠을 때도 이길 수 있다고 생각하진 않았을 거다. 히드라 한 마리에 고생하던 녀석이 히드라를 한손으로 죽일 만한 녀석에게 도전하는 거니까.

"너 자신도 알고 있겠지? 안전권에서 실로 조종하는 것만으로는 이길 수 없는 싸움이 있다는 것 정도는. 때로는 자기 목숨을 위험에 드러내서라도 도박에 나서야만 한다는 것 정도는."

"……."

"나는 알고 있다. 과거에는 몰랐으니까 모든 것을 잃게 되었고, 그리고 그 반성으로 이렇게 몸을 단련하고 술을 마시며 여러 친구를 만들었으니까! 푸하하하하! 너희에게 과거의 약해빠진 나를 보여주고 싶군!"

지혜를 내리는 마왕이 어떤 마왕이었는지는 나도 인신에게서 조금 들은 정도밖에 모른다.

하지만 딱 하나 확실한 게 있다.

마왕에게 계약은 절대적이다.

고작 술 싸움.

하지만 거기에 이길 수 있으면 이 녀석은 약속을 지킨다.

인신의 부하가 된다. 내 손발이 된다.

저 불사신의 마왕 바디가디가, 과거에 용신과 싸워서 그걸 쓰러뜨린 남자가, 아무런 명성도 없고 인신의 조언에 따라 누군가의 인생의 부스러기를 주워먹을 뿐인 이 기스 누카디아의 부하가.

"…알았어."

주먹 싸움으로는 만에 하나도 승산이 없다.

하지만 싸움이 아니라면 승산이 없는 것도 아니야.

"해보자고! 해치워 주마, 마왕님!"

"푸하하하! 잘 말했다! 어디 덤벼 봐라!"

"그 말, 잊지 마라."

"어이, 애들아, 계속 가져와!"

승부가 성립되고, 주위가 떠들썩해졌다.

"어이, 원숭이 얼굴! 한 번 해봐라!"

"이 바닥 놈도 아니면서 근성이 있잖아."

"네가 아무리 원숭이라도 상대는 보통이 아냐! 조심해!"

남자들에게 이끌려서 자리에 앉았다.

쓱 보니 이미 바디가디에게 도전했다가 패한 녀석들이 겹겹이 쓰러져 있었다.

보이는 것만 해도 다섯 명. 안 보이는 것까지 포함하면 분명 더 되겠지.

그럼 바디가디도 꽤나 마셨을 터… 승산은 있나…?

"자, 일단은 첫 잔이다."

술잔이 나왔다.

주먹 크기의 나무잔에 투명한 황금색 술이 따라져 있었다.

"건배!"

"건배!"

첫잔. 일단 어렵잖게 비울 수 있었다.

응. 꽤 마시기 쉬운 술이군. 이거라면 얼마든지 마실 수 있을 듯한 느낌이 든다.

하지만 그게 아니란 것은 쓰러진 남자들의 숫자를 보면 안다.

"크큭, 모두 어리석구나. 불사신의 마왕인 이 몸에게 술 싸움으로 덤비다니."

"지금까지 너한테 이긴 녀석이 있었어?"

"있지!"

그때 다음 잔이 나왔다.

역시나 나란히 놓인 잔을 맞부딪치고 단숨에 마셨다.

"푸하… 이름을 물어봐도 되나?"

"뻔하지 않나! 마계대제 키시리카 키시리스다!"

"그건 노카운트지."

"푸하하하하하하하! 승리는 승리, 패배는 패배다!"

마계대제 키시리카 키시리스는 불사신의 마왕 바디가디의 약혼녀다.

제2차 인마대전 때 주종관계였다. 그렇다면 바디가디가 키시리카의 체면을 위해 적당히 물러나서 승리를 양보하는 것도 있을 법한 이야기다.

"하지만 그 승부는 키시리카의 승리다. 나는 일부러 지지 않는다. 마왕의 이름을 걸고! 푸하하하하!"

세 잔째. 아직 할 수 있다.

"정정당당한 승부에서 네가 졌다고?"

"그래. 하지만 기스, 누카디아 최후의 생존자여."

"뭐야, 나에 대해 알고 있었어?"

"푸하하하하! 나의 영민, 그것도 최근에 멸망한 종족 정도야 기억하지!"

네 잔째. 아직 맛있다.

"기스 누카디아여. 너, 정정당당한 승부라는 게 어떤 거라고 생각하지?"

"어떤 거냐고 하면, 그야 네가 말한 것처럼 일부러 지거나 대충 하지 않고, 승패가 확실히 날 때까지 계속하는 승부잖아?"

"음. 바로 그렇다!"

다섯 잔째가 나왔다.

나는 그걸 받았다. 아직 할 수 있다. 아직 괜찮아.

"하지만 승리란 것은 항상 애매모호하다. 그렇게 생각하지 않나?"

"그래. 세상에는 졌는데도 의기양양한 녀석들도 많고."

"푸하하하하! 잘 알고 있지 않나!"

여섯 잔째.

시야 가장자리가 어질어질하게 도는 게 느껴진다.

하지만 아직 괜찮다. 아직 마실 수 있다. 나는 취하지 않았어, 괜찮아.

"다시 한번 생각해라. 네게 승리는 무엇이지?"

"…승리라고~?"

이런. 이건 위험한 술이다. 마시기 쉽고 쭉쭉 들어가지만, 도수는 아슬라의 와인보다도 세다. 라노아의 화주, 그게 아니더라도 드워프의 술에 가깝다. 맛이 좋아서 눈치채지 못했지만, 이건 단숨에 취하게 만드는 게 목적인 술이다. 이런 페이스로 마셔도 되는 술이 아니었다.

조금 진정해, 페이스를 내려, 이대로 가면 진다.

질 수는 없어. 승산이 없더라도 여기서 끝낼 수는 없어.

"음, 그렇지. 자알 생각해봐라."

생각해? 생각한다고?

뭘 생각하라는 거지.

승리, 승리다… 승리란 뭘까. 나에게 승리. 뭘 하면 나는 승리할까.

바디가디를 술싸움에서 이기는 것? 아니, 그런 걸 하고 싶은 게 아냐.

뭔가 더 있을 거다. 내가 이런 술싸움을 벌이는 이유.

"자, 여덟 잔째다."

언제 일곱 잔째를 비웠는지 떠오르지 않는다.

하지만 이해했다. 이건 말하자면 지혜 싸움이다. 이 마왕님은 내가 취할 때까지 자기를 설득할 말을 찾으라는 소리를 하고 있는 거다.

술로 이기는 게 아니라 패배를 인정하게 하는 게 중요하다고 말하는 거다.

그리고 패배를 인정하게 하는 힌트를 대화 곳곳에 뿌리고 있는 거겠지.

그 힌트를 토대로 적절한 말을 찾아내어 그것을 맞춘다. 그런 게임이다.

흥, 무슨 소리를 했는지 기억할 리가 없잖아. 이렇게 센 술을 마구 먹여대고서 장난쳐?

"손바닥 위에서 춤추게 할 생각이야? 아앙?"

"푸하하하! 내 손바닥은 크니까 춤추기도 좋겠지!"

"누가 그런 데에 올라갈까 보냐. 춤추는 건 너야. 내 손바닥 위에서!"

아홉 잔째.

"잘 말했다! 하지만 이미 휘청대지 않나!"

"시끄러!"

열 잔째를 받았을 때 손이 떨리고 있었다.

이 잔을 마시면 확실히 내가 토할 거란 예감이 있었다.

하지만 내 손은 멈추지 않았다. 멈출 리가 없었다. 이유가 있는 건 아니지만, 여기서 멈추면 루데우스에게 못 이긴다고 생각했다.

"우욱…."

단숨에 올라왔다.

위가 쌓인 술을 이겨내지 못해서 수축을 시작했다.

머리가 핑핑 돌고, 어떻게든 버티려고 했지만 구역질이 시작되었다. 목을 넘어서 입에 시큼한 뭔가가 올라왔다. 입을 다물었지만 코로도 나왔다. 불쾌한 느낌이 단숨에 머리를 뚫고 지나갔다.

"우에에에엑."

토했다.

고형물 같은 게 아니다. 위액과 술이 섞인 액체가 지면에 퍼졌다.

시큼한 냄새가 주위에 충만하고, 구경하던 남자들이 얼굴을 찌푸리면서도 갈채를 보냈다.

마왕의 승리라고 칭찬했다.

"푸하하하하! 승부가 났군!"

나는 엎드린 모습으로, 입에서 질질 타액을 흘리면서 지면을 바라보았다.

안 좋다. 몸이 안 좋다. 마음도 안 좋다.

나는… 나는 완전히 졌다. 완전히 패배자다.

"……."

올려다보자, 거기에는 여섯 개의 팔을 가진 마왕이 보였다.

위풍당당하게 서서 술잔을 들고 이쪽을 내려다보고 있었다. 의기양양한 얼굴로.

눈을 돌렸다. 패배가 믿기지 않았다. 이길 방법은 없을 텐데도, 마음속 어딘가로는 이길 수 있다고 생각하고 있었다. 술싸움이라면 그래도 이길 수 있다고.

그건 나의….

그때 어떤 것이 보였다.

"음?"

나는 그걸 손에 들고 다시 자리에 앉았다. 그리고 말없이 그걸 들어올렸다.

어느 틈에 준비된 열한 잔째 술을….

"토하면 패배라는 룰을 누가 정했지?"

바디가디는 순간 놀랐지만, 씨익 웃으며 다시 앉았다.

"아무도 정하지 않았지!"

제2라운드가 시작되었다.

몇 잔 마셨는지 기억도 못 한다.

몇 번 토했는지 기억도 못 한다.

도중부터는 한 잔 마실 때마다 토했고, 토하면서도 마셨다.

몸은 이미 한계를 맞았고, 나도 그걸 알고 있었다.

의식은 계속 몽롱했고, 시야는 흐릿하고, 기억은 끊겼다. 나오는 말은 신음소리.

나오는 술을 그저 기계적으로 마실 뿐인 작업.

기절하지 않은 것은 무슨 기적이 아닐까 싶었다.

"우… 윽…."

"푸하하하하! 푸하하하! 푸하하하하! 푸하하하하하하하!"

의식 저편에서 바디가디의 웃음소리가 들렸다. 하지만 도중

부터는 주위 구경꾼들의 목소리가 들리지 않았다. 마치 꿈속 같다.

어라? 왜 바디가디 녀석이 옆으로 쓰러져 있지?

아니, 내가 쓰러진 건가, 이건….

"마왕님, 이대로 하다간 이 녀석, 죽습니다."

"흠…. 그 정도까지 할 남자라고는 생각 못 했는데…."

"어떻게 할까요?"

"해독을 걸고 저쪽에서 재워라."

"그럼 승부는…."

"푸하하하! 이 정도 겁쟁이가 목숨까지 걸었으니 나도 패배를 인정할 수밖에 없지! 용사란 힘이 강한 자가 아니니까! 푸하하하하하!"

바디가디의 그런 목소리를 들으면서 내 의식은 어둠 속에 떨어졌다.

좋은 기회다. 옛날이야기를 하나 해보지.

그것은 자기가 현명하다고 착각했던 남자의 이야기다.

음, 착각하고 있었다. 주위 사람들이 전부 바보였으니까.

동료도, 힘으로는 도저히 당할 수 없는 누이도, 경애해야 할 제왕조차도, 모두 다 머리가 부족했다.

그런 가운데 남자는 자기가 현명하다고 생각하였다.

실제로 다른 이들과 비교하면 남자는 현명했다.

그 종족은 대개 어리석게 태어나지만, 남자는 태어날 때부터 지혜가 있었다.

만사의 도리를 깨우치고, 사람의 생각을 앞서 읽고, 문제에 대한 해결책을 찾는 것에도 능했다.

몇 만 년에 한 번 나오는 수재라고 아버지는 말했고, 지혜의 마왕이라는 별명이 붙을 정도로.

그러니까 남자는 자기가 현명하다고 착각하였다.

응? 뭐? 실제로 현명하다면 착각이 아니지 않냐고? 푸하하하! 그렇지, 그래, 그게 바로 착각이야!

생각해봐라. 어리석은 이 중에서 다소 머리가 좋다고 해서 진실로 현명하다고 할 수 있나? 아니지! 오히려 자기가 현명하다고 생각하는 만큼 머리가 나쁜 게야!

자, 이야기를 되돌리지.

당시 인간과 마족은 전쟁을 하고 있었다. 인마대전이다. 두 번째지.

후의 라플라스 전쟁과 비교하면 장난 같은 전쟁이었어. 우리처럼 수명이 긴 마족은 마음도 넉넉해서 말이지, 침공도 느긋하고, 중요한 전투에서 승리해도 인간에게 재건의 시간을 줄 정도로 아주 느긋했다. 마족은 다들 최종적으로 이기면 되는 거라고 생각하였다.

남자는 마왕군 안에서 작전참모의 지위에 앉아 있었다.

남자는 현황을 보고 개탄했다. 이대로는 안 된다, 정말로 이기고 싶다면 더 매섭게 공격하여 요소요소를 손에 넣어야 한다…고. 물론 아무도 그 말을 귀담아 듣지 않았다. 왜냐면 녀석들은 만사의 도리를 모르는 바보였으니까! 푸하하하하!

그런데 어느 날.

정말로 어느 날, 이라고밖에 할 수 없군. 아무런 전조도 없었다. 아니, 어쩌면 뭔가 있었을지도 모르지만, 결국은 남자도 어리석은 자, 알 리가 없지.

어느 날부터 남자는 꿈을 꾸게 되었다.

남자가 꾸는 꿈에는 어느 인물이 나왔다. 인물이라고 해도 남자인지 여자인지 알 수 없다. 기억에도 남지 않았다.

그야말로 꿈 같은 녀석이로군.

꿈속의 인물은 '인신'이라고 말했다.

말 그대로 인간의 신이라고.

남자는 물었다. 신이 마족인 나를 죽이러 온 거냐고.

녀석은 말했다. "나는 신이거든? 이 세계에 사는 자는 모두 내 자식 같은 존재. 그러니까 너를 죽일 생각은 없어. 그저 애쓰는 너를 도와주고 싶어서."라고.

웃기는 놈이었다.

미심쩍게 여기는 남자에게 녀석은 작은 조언을 남기고 사라졌다. 사소한 조언이었지. 소수라도 좋으니까 가르가우 유적에

병력을 데려가 보라고.

당시에 남자도 참 고지식했지. 가르가우 유적에 어느 마왕이 진주해 있는 것은 알고 있었다. 별로 위험한 일도 없겠지만, 일단 소수의 병력을 데리고 가 보았다.

도착해 보니 이럴 수가. 설마 싶은 가르가우 유적에서 전투가 벌어졌고, 게다가 마족이 열세였다.

인간에게 남자의 출현은 예상도 않았던 사태였다. 남자가 데려온 병력은 결코 많지 않았지만, 인간의 병력을 무너뜨리기에는 충분하였다.

그렇게 남자는 마왕군의 중심인물이라고 할 수 있는 마왕을 구했고 발언력을 손에 넣었다.

그 뒤로는 땅 짚고 헤엄치기.

남자는 타고난 현명함으로 마왕군을 뒤에서 조종했다. 급속하다고 할 수 있는 속도로 인간의 영역을 지배하고, 당시 수족이었던 종족을 마족으로 끌어들이고 해족을 끌어들여서 착착 그 지배영역을 넓혔다.

인간의 절멸은 시간문제라고 할 수 있겠지.

남자는 신에게 감사했다. 이걸로 위대한 아버지의 복수를 할 수 있게 되었다고.

하지만 그렇게 되지 않았다.

그때의 일은 잘 기억한다.

남자가 세운 작전은 완벽했다. 음, 지금 떠올려봐도 한 치의 틈도 없었다. 푸하하, 그렇긴 해도 그게 하나도 떠오르지 않지만! 떠오르는 거라고는 완벽하다는 것과 그 작전이 성공하면 아슬라 왕국에 교두보를 확보하고 인간은 도망칠 곳이 사라져서 마족의 승리가 확정될 터였다는 것 정도다.

그런 작전이 실패로 끝났다.

하지만 그건 이상한 이야기였다.

우리 군대는 물량으로도 질로도 앞서고 있었다. 뿐만 아니라 정신적으로도 인간보다 위였다. 인간은 아마도 그 싸움의 중요성을 알지 못했겠고, 그렇기에 마족이 공략하려는 요새도 방어가 약했다. 고로 남자는 확신을 품고 군대를 보냈다.

하지만 졌다.

보냈던 군대가 몰살당했다.

음, 몰살이다. 전멸 같은 어중간한 말로 표현하기도 꺼려질 정도로. 한 명도 살아남지 못했다.

남자는 나중에 그 전장을 보고 소름이 끼쳤다.

만 명이 넘는 병력이 한 명씩 짓이겨져 있었다.

뭐가 어떻게 되면 그런 살육이 일어날 수 있을까, 그 누구도 짐작도 할 수 없었다.

안 거라고는 그게 거의 한 인간의 손에서 일어났다는 정도다.

사체는 거의 다 비슷한 방식으로 죽었으니까.

인간 중에 뭔가 말도 안 되는 괴물이 탄생했다고 남자는 이해했다.

용사다.

제1차 인마대전 때에 그런 용사가 나타나서 압도적인 힘으로 마족을 쫓아냈다고 들었으니까 바로 이해했다.

그 뒤로는 무슨 일이든 잘 풀리지 않게 되었다.

남자가 세운 작전은 족족 용사의 방해에 가로막혀 좌절되었다.

모두 다 그 용사 때문이다…. 음? 어떻게 알았냐고? 아니, 모든 전장에서 병사들이 몰살당한 것도 아니고, 이쪽도 정보를 모았지.

그 결과 안 것은, 인간도 그 용사의 존재가 뭔지 모른다는 정도.

그저 황금의 갑옷을 입고 전장에 나타나서 인간에게 승리를 가져다준다. 그저 그것뿐인 존재였다.

사람들이 부르는 이름은 '황금기사 알데바란'.

알데바란은 그야말로 압도적인 힘으로 전황을 뒤집고 인간에게 기세를 불어넣었다.

웃기는 이야기지. 남자가 아무리 지혜를 쥐어짜내고, 아무리 심모원려를 가지고 작전을 세워도, 압도적인 힘으로 그걸 뒤엎어 버렸으니까.

제2차 인마대전이라는 이름이었지만, 실제로 그 대전은 마족 대 알데바란의 형태였다고 해도 과언이 아니다. 게다가 그 녀석, 중간부터는 갑옷도 입지 않고 그 짓을 해냈지.

그리고 마족은 알데바란에게 이길 수 없었다. 남자는 그 이후로 중요한 모든 전장에서 패배했다.

그리고 인간의 군대가 마족의 마지막 요새, 키시리스 성에 육박하였다.

당시의 남자는 책임감 넘치는 남자라서, 이런 곤경에 빠진 것은 자기 때문이라고 생각하고 있었다. 용감한 마왕들을 잃은 것도, 최강의 마왕 중 하나였던 누나가 봉인된 것도, 지금까지 손에 넣었던 영토를 빼앗긴 것도, 모두 자기 때문이라고. 참 주제도 모르는 남자야.

지금 돌이켜보면 그런 상대에게 진 것에 책임감을 품을 것도 없었는데.

다른 마왕들과 마찬가지로 얼른 도망쳐서 지방에서 숨죽이고 살면 좋았을 것을.

남자가 얼마나 책임을 느끼든지 이미 어떻게 할 수 없었다.

마족군은 붕괴하고, 마족의 영역을 모두 인간에게 빼앗기는 것도 시간문제였다.

그런 가운데 남자가 가장 어리석고 어떻게 손 쓸 수 없다고 생각했던 여자가 말했다.

"네 탓이 아니다. 뒷일은 내게 맡기도록 하여라."

그것은 경애해야 할 제왕이었다. 자유분방하고 멋대로 사는 여자였다.

당시 남자는 그 여자를 겉으로는 싫어했지만, 푸핫! 속으로는 푹 빠져 있었지. 왜 남자가 지혜의 마왕으로서 작전참모를 맡았는가 하면, 그 여자를 기쁘게 해주고 싶었으니까야!

마지막 순간에 남자는 그걸 깨달았다.

그리고 신에게 기도했다.

부디 저 여자를 도와줘, 우리 마족을 도와줘. 그걸 위해 나는 뭐든지 하겠다, 라고.

녀석이 나타난 것은 그날 밤이었다.

나타난 것은 꿈속. 남자인지 여자인지 모를, 기억에 남지 않는 모습을 한 녀석은 웃음을 띠면서 옛 친구에게 길을 가르쳐 주듯이 한손을 들고 있었다.

"여어."

남자는 당연히 의문스럽게 생각했다. 왜 녀석이, 인간의 신이 마족인 내 바람에 응하여 나타난 걸까, 라고.

그런 남자의 의문에 대답하듯이 녀석은 말했다.

"알데바란은 말이지, 못된 투신이야. 나도 난처한 판이야. 이대로 가면 너의 소중한 여왕님이 죽고 마족은 멸망해."

지금 와서 생각하면 이상한 데가 있는 이야기지. 왜 마족이 멸망하는 정도로 인간의 신이 난처해질까….

하지만 남자는 궁지에 몰려 있었다. 지푸라기라도 잡는 심정이었다.

"어떻게 하면 되지?"

남자의 대답에 인신은 웃었지. 그 기분 나쁜 웃음.

"그냥 내가 말하는 대로 하면 돼."

남자는 그렇게 여행을 떠났다.

남자는 지금 모습에서는 상상도 못 할 정도로 허약해서 뼈랑 가죽밖에 없다고 할 정도였지만, 그래도 불사마족, 쉬지도 않고 계속 걸었다. 인간의 군대 사이를 누비듯이 빠져나가고, 열 개가 넘는 숲을 지나고, 다섯 개가 넘는 강을 건너고, 세 개가 넘는 산에 오르고, 지금은 없는 어느 미궁 속에서 일단 그것을 찾아냈다.

그것은 보라색의 병이었다.

원래는 약이었을 그것은 미궁의 마력으로 그 성질이 변해 있었다.

"그것은 마안을 막는 영약이야. 그걸 마시면 너는 마안에 비치지 않게 돼."

어쩌면 그것은 알데바란이 아닌, 다른 인간 용사가 손에 넣어야 했던 것일지도 모르지.

마족의 수괴인 마계대제 키시리카 키시리스에 대항하는 특효약이라고 해야 할 효능을 가진 영약.

한 번 마시면 죽을 때까지 효능이 이어진다는 그것을 남자는 마셨다.

그리고 남자는 다시 한번 달려갔다.

밑바닥이 보이지 않는 계곡을 넘고, 눈보라 몰아치는 들판을 나아가고, 세계에서 가장 높은 산을 올라서….

거기서 발견했다.

황금 갑옷을.

머리끝부터 발끝까지 황금인데도 악취미란 느낌은 들지 않고, 보는 이를 모두 매료하는 힘이 넘치는… 흉흉한 갑옷이었다.

그런 갑옷이 험준한 산 속에 숨겨지듯이 봉인되어 있었다.

"그건 입는 자에게 무적의 힘을 주는 갑옷이야."

거듭 말하지. 남자는 바보였다.

왜 그런 게 봉인되어 있는지, 왜 그런 게 숨겨져 있는지, 거기까지 생각하지 않았다.

지혜의 마왕이라고 칭하는 것도 부끄럽다. 우매의 마왕이라고 칭하는 게 어울리겠지.

남자는 인신의 말에 따라서 봉인을 풀었다.

봉인은 복잡했지만, 자칭 지혜의 마왕인 남자에게 그것은 그리 어려운 것이 아니었다.

남자는 봉인을 풀고 갑옷을 입고… 모든 것을 빼앗겼다.

분명히 갑옷에는 힘이 있었다.

넘쳐날 정도의 마력은 갑옷에 자아가 깃들게 하였다.

하지만 처음에는 그 의사가 느껴지지 않았다.

그저 남자는 갑옷에서 넘쳐나는 힘에 취하여, 이거라면 저 알데바란도 쓰러뜨릴 수 있다고 확신했다. 반드시 알데바란을, 그리고 인간을 몰살할 수 있다고.

음, 그때부터 이미 조금 이상해졌던 거로군.

아무튼 본래 싸움과는 거리가 멀었을 남자는 투쟁심에 따라서 질풍처럼 달렸다.

가장 높은 산에서 뛰어내리고, 계곡을, 눈보라를, 세 개가 넘는 산을, 다섯 개가 넘는 강을, 열 개가 넘는 숲을 뛰어넘어, 인간의 군대를 짓밟고 사랑하는 여자에게 돌아갔다.

안 늦었다고 생각했다.

왜냐면 여자는 아직 살아 있었다.

싸워서 엉망이 된 몸이고, 당장이라도 죽을 것만 같은 장면이었지만, 살아 있었다.

그리고 여자와 싸우는 것은… 음, 조금 설명이 어렵지만, 이 녀석은 알데바란이 아니었다.

실제로는 알데바란이라고 해도 상관없지만, 알데바란이 아니었다. 왜냐면 알데바란이란 이름의 인간은, 처음 싸움에서 출현했던 황금기사는 그때 이미 죽었을 테니까.

그곳에 있던 것은 용신 라플라스.

혹은 마룡신 라플라스라고 불리는 남자였다.

남자도 그 존재는 알고 있었다.

용신 라플라스, 산속에서 은둔 생활을 하면서 이따금 마을로 내려와서 사람들에게 무술을 가르치는, 부드럽고 온후한 성격으로, 불사마족에게는 '이 남자에게는 절대로 손을 대지 마라'라는 말이 전해지는 남자… 그 정도로밖에 알지 못했지만.

그런 녀석이 어째서인지 여자를 죽이려고 하였다.

평소의 남자라면 그 이유를 생각했겠지, 그 이유를 물었겠지. 지혜로 라플라스를 설득하고, 싸움을 피하려고 했겠지.

하지만 남자는 투쟁심에 지배당하는 상태였다. 상처 입은 여자를 본 순간, 격노하였다.

여태껏 질러 본 적 없을 정도의 포효를 지르고, 라플라스에게 덤볐다.

라플라스도 놀랐다. 그렇겠지. 절대로 발견될 리 없는 갑옷을 입은 자가 어째서인지 있었으니까. 게다가 그 녀석은 마안에도 비치지 않았다.

하지만 그래도, 그래도 마룡신의 이름은 헛것이 아니었다.

혼자 살아남은 고대 용족의 왕, 이자에게는 절대로 손을 대지 말라는 말이 있을 정도다.

남자의 본래 힘이라면 몇 초도 못 버텼겠지.

실제로 첫 일격에 남자는 두 팔이 잘려나가고 목이 날아갔다.

남자가 갑옷을 입지 않았다면 그걸로 끝이었겠지.

남자가 불사마족이 아니라면 그걸로 끝이었겠지.

하지만 남자는 갑옷을 입은 불사마족이었다.

남자는 남은 몸뚱이에서 순식간에 재생하였고, 갑옷 또한 자동으로 수복되었다.

갑옷은 반쯤 의식을 잃은 남자를 억지로 움직여서 계속 싸우게 했다.

그야말로 격전이었다.

라플라스에게 오산이 있었다면, 자기가 만든 갑옷을 자기가 택하지 않은 자가 쓸 거라곤 생각도 않았다는 점일까.

남자는 싸우는 방법 같은 건 몰랐지만, 갑옷은 모든 무기를 연성하고 모든 무술을 모방하고 전황을 보면서 천 개가 넘는 오의에서 최적의 것을 택할 수 있었다.

모든 오의를 말이다.

물론 그중에서는 마룡신 라플라스가 오랜 시간을 들여 만들어낸 것도 포함되어 있었다.

아이러니한 일이지.

라플라스가 무슨 생각으로 그 기술을 만들었는지는 모르지만, 그 기술은 라플라스 자신에게 치명상이 될 수 있었다.

라플라스는 두 동강이 났다.

남자는 세계 최강의 상대를 타도하고, 사랑하는 여자를 지켜냈다.

훌륭한 일이지! 그야말로 해피엔딩이야! 푸하하하하!

…라고 말하고 싶지만, 이야기는 거기서 끝나지 않는다.

왜냐면, 왜냐면 남자는 아직 움직이고 있었다.

갑옷에게 의식을 빼앗겨서 투쟁심만이 지배하는 괴물로 변해서 말이야.

남자가 의식을 되찾았을 때, 남자가 든 검은 여자의 심장을 꿰뚫고 있었다.

왜 의식을 되찾았는지는 모르지. 여자가 마지막 힘을 쥐어짜내어 뭔가 했을지, 아니면 남자에게는 돌이킬 수 없을 정도로 쇼크였기에 의식을 되찾았는지.

모든 게 다 늦어버렸어.

남자는 자기 손으로 사랑하는 여자를 죽인 것이다.

"아… 아…."

말은 나오지 않았다.

이 사람만큼은 지키자고 생각했으니까.

"하… 하하하…."

하지만 여자는 달랐다.

녀석은 웃었다. 지금 이 순간, 신뢰하던 자에게 배신당하면서도.

"여전히… 벌레 씹은 얼굴을, 하고…. 재미없는 녀석… 웃어라."

"어…."

"어떤 때라도… 일단, 웃어라…."

"하지만 저는 당신을…."

"괜찮아, 괜찮아…. 그대는 너무 고지식했다…. 우거지상을 하고… 혼자 방에 틀어박혀서, 술도 마시지 않고, 잠도 자지 않고, 뭐가 즐겁겠나…. 큰 소리로 웃고, 여자라도 안아라…."

"여자라니… 저는 당신을 사모하고 있습니다…!"

"하하하… 뭐라고? 그럼 더 유쾌한 남자가 되거라…. 그러면 결혼해주마….."

"네… 네…. 노력하겠습니다…."

"그럼 내세에서는 네가 약혼자다… 하하하, 하하…."

여자는 마지막에 웃었다.

유쾌하게, 그리고 힘 있게,

"하하하하하! 하하, 하하, 하하하하하하하하하!"

그 웃음소리 속에서 남자와 여자는 빛에 휩싸여서 죽었다.

음, 왜 갑자기 빛에 휩싸였냐고 의아한 얼굴을 하고 있군.

실은 말이지, 라플라스가 폭발했다.

역시나 오랫동안 사명감만으로 살아온 남자라서, 라플라스 녀석은 자기가 죽을 때의 일도 생각해두었다.

죽어가는 라플라스는 자기가 죽을 때에 인자를 뿌려서, 긴 세월을 들여서 부활하는 술법을 준비해두었다.

하지만 여기서 인신의 책략이 작용했다.

갑옷이 발한 오의가 그 술법을 불완전한 것으로 만들었다.

라플라스는 두 동강 나고, 술법도 불완전, 죽을 때에 사용할 터였던 엄청난 마력이 갈 곳을 잃고 폭주하여 폭발한 것이다.

불사신 라플라스는 죽었다.

뭐, 실제로는 둘로 나뉘어서 각각 마신과 기신을 칭하게 되었지만, 마룡신 라플라스라고 불리던 존재가 아니게 되었기 때문에 죽었다고 해도 과언은 아니겠지.

자, 죽었더라도 남자는 불사마족, 다소 시간은 걸렸지만 부활한다.

그렇게 부활할 때, 의식을 잃고서 흐릿한 꿈을 꾸었다.

꿈에 있던 것은 인신이었다.

"후후, 하하, 하하하하하!"

인신은 웃고 있었다. 바보처럼.

"뭐가 지혜의 마왕이야! 내 손바닥 위에서 춤추다가, 좋아하던 여자까지 죽이고! 골이 빈 꼭두각시 인형이잖아!"

인신은 알고 있었다.

그 갑옷을 손에 넣고 라플라스와 싸우면, 의식을 빼앗겨서 남자가 사랑하는 여자를 죽이게 된다는 것을.

모두 알면서 신용을 사고 조종한 것이다.

"아, 정말이지 재미있어. 지금의 너처럼 넋 나간 얼굴을 보는 건… 최고야. 그 얼굴을 보고 싶었어!"

인신은 남자를 실컷 비웃고 놀리고, 바보 취급하고,

"그럼 이제 만날 일은 없겠지만, 어디 오래오래 살아봐. 바보 마왕님."

그렇게 말하고 사라졌다.

"그런 바보 마왕님인 나에게 힘을 빌려달라고?"

아무것도 없는 세계에서 남자는 말했다.

"응. 아니, 하지만 남들과 달리 너는 불사마족이고, 그 여자도 살아 있어서 지금을 즐겁게 보내고 있잖아? 그렇게 원한을 품을 것도 아니지 않아?"

"일리는 있지만, 다음에는 남자도 여자도 다 소멸할지도 모르지."

"그럴 리 없다니까. 정말로 큰일이야. 사과할 테니까 힘을 빌려줘. 이렇게 빌게."

남자인지 여자인지, 젊은지 나이 먹은 건지도 모르는, 기억에 남지 않는 신은 그렇게 말하며 고개를 숙였다.

"흠."

그건 가벼운 것이었다고 할 수 있겠지.

성의라고는 요만큼도 느껴지지 않는 것이었다고 할 수 있겠지.

하지만 확실히 사죄였다. 남을 비웃는 것을 생업으로 삼는, 사죄와 가장 거리가 먼 생물이, 남을 속이는 것을 자랑으로 삼지만 사과할 일은 없을 듯한 남자가 한 사죄였다.

저 인신이 분명히 고개를 숙였다.

"내가 힘을 빌려주지 않으면 어떻게 되지?"

"나는 죽게 돼. 먼 미래의 일이지만."

남자는 생각했다.

분명히 자신은 속았다.

조언에 따라 인간을 빨리 침공한 결과, 잠든 사자를 깨웠다.

저주의 갑옷에 붙잡혀서 사랑하는 여자를 죽이게 되었다. 충의는 놀림감이 되고 짓밟혔다. 분명 당시의 인신은 그 모든 것을 알고 있었다. 절망한 표정으로 꺼이꺼이 우는 자신의 모습을. 분명히 이 녀석은 그걸 비웃었다. 재미있다는 듯이.

용서할 수 없는 일이었다.

자랑스러운 마왕군은 이미 없다.

남자는 이미 마왕군의 작전참모가 아니고, 단순한 마왕에 불과하다.

"'그'의 일도 도와줬잖아."

"거기에 대해서는 감사한다."

"그렇지?"

그 조언은 사람을 통해 전한 것이었다.

모르는 사람이 전해준 두 가지 정보를 남자 나름대로 좋다고 생각한 방향으로 이끌었다.

나중에 그 사람에게 왜 그런 정보를 가져왔냐고 물었더니, '꿈속에 신이 나타나서 그러라고 했다'고 대답했기에 씁쓸한 표정을 하였다.

그렇긴 해도 그 정보 자체에는 감사하였다.

덕분에 과거에 영민이었던 어느 종족과 그 종족의 영웅을 구할 수 있었다.

영웅이 기뻐하는 얼굴을 남자는 잊을 수 없다.

"그러니까 좀 부탁해."

인신은 그렇게 말하며 다시 한번 고개를 숙였다.

"흐음…."

남자는 생각했다.

좋은 일을 했다고 해도, 녀석이 용서할 수 없는 짓을 저질렀다는 사실은 사라지지 않는다.

하지만 용서할 수 없다고 해도, 정말로 용서할 수 없는 짓일까.

다른 이라면 모를까 남자는 불사마족. 여자는 당시에는 몰랐지만, 그렇게 간단히 죽지 않는 운명을 가지고 있었다. 양쪽 다 살아 있다.

물론 과거의 남자라면 단칼에 거절했겠지.

오히려 적에게 붙어서 과거의 원한을 풀려고 들겠지.

하지만 남자는 과거의 남자가 아니다. 변했다.

지혜의 마왕이라는 골방의 샌님은 과거의 모습이고, 몸을 단련하고 큰 소리로 웃고 여자를 안고 술을 마시고 취해서 어디서든 큰 대 자로 뻗어서 잔다. 그렇게 여자의 약혼자로 어울리는 남자가 되었다.

지금의 남자는 지혜의 마왕이 아니다. 빈약하고 신의 조언을 따르지 않으면 여자 하나 구할 수 없는 남자가 아니다.

불사신의 마왕 바디가디.

옛 키시리카 성이 서 있는 리카리스의 주인, 비에고야 지방의 왕이다.

사소한 일은 신경 쓰지 않는, 호방하고 통이 큰 마왕이다.

그런 마왕이 아무런 힘도 없는 약한 마족에게 도전을 받아서 패배를 인정하고, 게다가 오랜 원수라고 할 수 있는 상대에게 사죄까지 받았다.

그럼 이렇게 말하겠지.

"푸하하하하하하! 좋아! 그렇게까지 말한다면 도와주도록 하지!"

"정말로? 우와, 고마워!"

그렇게 바디가디는 인신의 사도가 되었다.

"어디, 어떻게 싸울 생각이지? 적은?"

"적은 용신 올스테드."

"호오."

"그렇긴 해도 쓰러뜨릴 상대는 그 부하, 루데우스 그레이랫."

"그 바보 같은 마력을 가진 애송이인가."

바디가디는 루데우스와 1년 정도 가까이에 있었던 것에 불과하다.

저 마신 라플라스를 뛰어넘는 마력을 가진 소년이라는 이야기를 키시리카에게 듣고 흥미를 품었던 존재다.

그 라플라스가 부활했다면 만나둘 필요가 있다고 생각했다.

실제로는 그냥 마력이 많을 뿐인 애송이였다. 어딘가 신기한 느낌도 있었지만, 신기한 느낌이 들 정도지 보통 소년이라는 것에는 변함없었다.

"푸하하하하! 그 애송이, 지금은 용신의 부하가 되었나! 뭘 어떻게 하면 그 뚱하고 속내를 모를 남자의 부하로 들어가는 거지! 재미있군!"

"아니, 나도 전혀 모르겠어."

"흥, 그런 소리 하지만, 보나마나 네놈이 속여댄 결과 복수의 귀신이 된 거겠지?"

"그 점을 설명하는 건 귀찮지만…. 뭐, 틀린 건 아냐."

"푸하하! 자업자득 아닌가!"

남자는 호쾌하게 웃었다. 과거의 앙갚음이라는 듯이.

인신은 그 웃음에 대해 기분 나쁜 얼굴을 하였다. 하지만 남자가 자기 말이 되어준 것은 변함없기에 울분을 삼킬 수밖에 없었다.

"뭐, 됐어. 자세한 작전은 기스가 생각하고 있는데, 간단히 말하자면 다른 사도와 협력해서 루데우스를 덫에 빠뜨린다는 느낌이야."

"호오, 정정당당히 정면에서 싸우지 않고?"

"정면에서 싸우지 않고 이길 수 있다면 그게 최고지. 그렇지?"

과거에 지혜의 마왕이었던 남자라면 그 말에 둘도 없이 수긍하겠지.

하지만 지금의 남자는 바보의 마왕. 불사신의 마왕 바디가
디.

상대의 일격을 일부러 맞고 버텨낸 뒤에 반격으로 쓰러뜨리
는 마왕. 루데우스의 말을 빌리자면 일종의 프로레슬러다.

"마음에 안 드는군."

"…뭐, 지금의 너라면 그렇게 말하겠지. 하지만 너는 누구보
다도 잘 알고 있잖아? 네가 정면에서 도전한다고 용신에게 이
길 수 없다는 걸."

"뭐, 그렇지."

"그래서 그래. 너는 지금부터 어느 장소에 가서 어떤 것을
가져오도록 해."

"…그건 인간의 군대 사이를 누비듯이 이동하여 열 개가 넘
는 숲을 통과하고, 다섯 개가 넘는 강을 건너고, 세 개가 넘는
산에 오르고, 바닥이 보이지 않는 협곡을 넘고, 눈보라 몰아
치는 들판을 지나서, 세계에서 가장 높은 산에 오르는 것 아닌
가?"

"아니, 그게 아냐. 바다를 하나 건너면 돼."

인신은 다음 순간 웃었다.

"물론 가져와 줬으면 하는 건 너도 잘 아는 것이지만."

그 말에 바디가디는 거기에 무엇이 잠들어 있는지 이해했다.

그것은 그에게 저주스러운 것이다.

하지만 용신과 싸우려면, 그리고 그걸 쓰러뜨리고 싶다면 둘

도 없이 필요한 것이기도 하다.

"으음…. 뭐, 좋아!"

바디가디는 잠시 고민했지만 곧 승낙했다.

그는 불사신의 마왕 바디가디. 키시리카 키시리스의 약혼자. 사소한 일에 얽매일 만큼 쪼잔한 마왕이 아니다.

승부에 이기면 부하가 되겠다고 말했다.

사죄를 받아들이고 힘을 빌려주겠다고 말했다.

마왕에게 계약은 절대적이다. 절대적이라고 해도 거짓말을 하거나 둘러댈 정도로 대충이지만. 그렇긴 해도 힘을 빌려주겠다고 했으니 그걸 가져와서 그걸로 싸워달라고 한다면 거기에 따르는 것을 주저하지 않는다.

"달리 조언은 없나?"

"아쉽게도 내 눈은 마안의 일종이라서, 마안을 막는 영약을 마신 네 미래는 보이지 않아."

"그런가, 그런가! 그거 좋은 말을 들었군! 역시 인생, 앞날이 보이면 재미가 없으니까! 푸하하하하하하!"

바디가디는 유쾌했다.

자기가 웃으면 웃을수록 인신이 불쾌한 얼굴을 했으니까.

"네 미래는 보이지 않지만, 다른 남자의 미래는 보여. 그 녀석은 너 정도는 아니지만 현명하고 힘없는 이의 싸움을 아는 남자야. 그의 말에 따라."

"푸하하하, 그 원숭이 얼굴 꼬맹이 말인가! 좋아, 어디 녀석의 손발이 되어서 움직여보도록 할까!"

"그럼 지혜의 마왕 바디가디."

"아니, 지금의 나는 바보의 마왕님. 불사신의 마왕 바디가디다!"

"…그럼 불사신의 마왕 바디가디여… 부탁드립니다."

"어디 맡겨보아라! 푸하하, 푸하하하하, 푸하하하하하하하하하하!"

자기 웃음소리를 들으면서 바디가디는 차츰 시야가 하얗게 물드는 것을 느꼈다.

"푸하하하하하하하!"

우거지상을 하는 인신을 만족스럽게 바라보면서 바디가디는 의식이 사라질 때까지 계속 웃었다.

23권 끝

무직전생 ~ 이세계에 갔으면 최선을 다한다 ~ **23**

2021년 10월 10일 초판 발행
2023년 1월 30일 2쇄 발행

저자   리후진 나 마고노테
일러스트   시로타카
옮긴이   한신남

발행인   정동훈
편집인   여영아
편집 팀장   황정아
편집   노혜림

발행처   (주)학산문화사
등록   1995년 7월 1일
등록번호   제3-632호
주소   서울특별시 동작구 상도로 282 학산빌딩
편집부   02-828-8838
영업부   02-828-8986

ISBN 979-11-348-5682-3 04830
ISBN 979-11-256-0603-1 (세트)

값 9,000원